LE VENT DU BOULET

ISBN : 978-2-213-64633-6

Fabrice Nicolino

Le vent du boulet

roman

Fayard

DU MÊME AUTEUR

Jours sang, Fleuve noir, 1987.

Le Tour de France d'un écologiste, Seuil, 1993.

La France sauvage racontée aux enfants, Sarbacane, 2005.

Pesticides : révélations sur un scandale français, Fayard, 2007.

Yancui le Valeureux, Sarbacane, 2007.

La Faim, la bagnole, le blé et nous : une dénonciation des biocarburants, Fayard, 2007.

Prologue

Voilà. On est le 17 avril, je suis vivant. Si on veut. Cela fera bientôt un an qu'un ami a franchi ma porte, rue Lesage, à Belleville, Paris, France, pour me rendre service. J'espère qu'Antoine De Bei regrette parfois de ne pas être devin : il m'aurait laissé dépérir. J'aurais préféré peut-être, que tant souffrir.

Je vais mieux. Si. J'ai arrêté les médicaments dès le mois d'octobre, au cul la chimie, et je n'ai jamais repris l'alcool, sauf en de rares occasions, quand le pleur menace, quand Antoine m'invite chez lui, et les deux fois où j'ai couché avec Maureen. La Gauloise est toujours ma forteresse d'antan, la gardienne de mes prisons, elle s'agite en ce moment sous mes yeux.

Je suis encore vivant, c'est déconcertant. Je ne suis pas sûr de pouvoir compter dessus bien longtemps. Que s'est-il passé depuis la fin de l'été, depuis que j'ai échappé à ce bastringue ? Commençons par les morts, peut-être. Selon Antoine, qui suit de près l'actualité locale, Ahmed Kebbour n'a toujours pas été retrouvé. À l'heure qu'il est, que peut-il rester de lui ? Ses dents jaunes ? Son haleine de rat ? Oublions.

Christian Mathieu a officiellement été tué par un cambrioleur. La police n'a pas même cherché la vraisemblance, à croire que c'était au-dessus de ses forces maigrelettes. Un voleur chez un collectionneur de poids et haltères ? Retrouvé quasiment à poil, ses vêtements éparpillés autour de lui, sa silhouette musculeuse criblée de trois impacts de balles ? Lui, l'ancien parachutiste d'exception, il se serait laissé surprendre puis descendre comme un loulou de Poméranie ? Quelle belle enquête, et quelle jolie conclusion ! La police est grande quand elle le veut.

L'amie de cœur de Popeye, une certaine Nicole N'Diaye, Sénégalaise d'après le journal *La Provence*, aurait vu le meurtrier. Il aurait vingt-cinq ans, des lunettes et une casquette. Tout moi, en somme. Je me suis demandé pourquoi elle avait raconté de telles conneries, et je me le demande encore. J'ai osé penser qu'elle était soulagée de ne plus sucer la queue de Popeye. J'ai osé.

Concernant les noyés de force, les conclusions de l'enquête m'ont surpris. Hartmann n'a pas abdiqué, il a œuvré, comme promis. Il a fait son travail, en partie du moins. L'autopsie, qui n'a pas été préfabriquée, a démontré que les poumons des deux plongeurs de Port-Cros contenaient de l'eau douce, assez rare en haute mer. Bien qu'enlisée, perdue dans le désert en plein soleil, l'enquête continue, car elle a été ouverte pour assassinat.

Du côté des vivants, Lando ne veut plus entendre parler de rien, et je le comprends. Du reste, à l'entendre, il n'a jamais été chargé de faire la moindre analyse dans cette affaire. Le genou de Kijo ? La machine s'est trompée. « Stop », de toute façon, « Stop, s'il vous plaît, stop. » « Stop », un des mots préférés de la nouvelle étape de sa pauvre vie. La nénette qui l'accusait de l'avoir gravement tripotée a retiré sa plainte et Lando parle d'exil. Il ferait mieux.

Kijo, justement. Je viens de recevoir une petite carte de lui, avec un couple d'amoureux de Peynet dessus. Il dit qu'il est heureux, que sa copine attend un petit. Une petite, en fait. Il a quitté sa supérette, il parle d'un BTS d'horticulture, des Alpes-de-Haute-Provence.

Pierre-Henri est allé au Canada pour voir son frère installé là-bas et n'en est pas revenu. Ou, plutôt, il est repassé chez lui pour tout bazarder, personne n'y a rien compris. Il a vendu la maison et fermé le cabinet, il a rendu son tablier trop maculé. Nous nous sommes vus, et je dois l'aller visiter là-bas, à Trois-Rivières, où il travaille dans un hôpital. Il dit qu'il est soulagé, que le Québec est grand, que le Québec est libre. Il adore New York, qu'il rejoint certains week-ends en avion.

Le Philippe à Marina, l'*ancien* Philippe à Marina, a fini par m'écrire une longue lettre fin novembre. Auparavant, on s'était écharpés au téléphone ; je lui aurais bien balancé un ou deux coups de boule, mais à distance ce n'est pas évident. Dans son courrier, il était calmé, apaisé pour de bon, et me donnait du « cher Fred ». Si ! Il prétendait être en plein deuil mais ajoutait qu'il fallait se tourner vers la vie. « N'est-ce pas, mon cher Fred ? » Je n'ai pas répondu, et je crois bien que j'ai déchiré la lettre. Depuis, j'ai su par Pierre-Henri et certains membres de son ancien réseau qu'il s'était marié. C'est donc ainsi qu'il oublie. *Requiescat in pace*.

Antoine semble normal en tout point. Il rit et continue de bien aimer sa femme, Domi, bien qu'elle soit un peu chiante sur les bords. Je ne parle pas pour moi, cette fille a toujours été adorable à mon endroit. Antoine rit, Antoine aime, Antoine plaide. Il a récemment, en février, défendu Jean-Paul, un ami commun, un éditeur qui n'hésite pas à prendre les risques qu'il faut. Une sombre histoire de rétrocommissions concédées par l'Algérie dans le cadre d'un vaste contrat gazier, dénoncée dans un livre au napalm. Jean-Paul et son auteur, un Algérien courageux, ont emporté le morceau grâce à une ruse de guerre, un vice de forme décelé au dernier moment par Antoine. Mon pote semble n'avoir pas changé; pourtant, les quelques fois où l'on a abordé ensemble les événements, sa voix a flotté, son œil a cherché la fuite au loin, il a eu des soupirs pesants. Il a peur. Voilà, la chose essentielle est dite : Antoine semble normal, mais il a peur. Pour lui peut-être, pour sa famille sûrement. Il voudrait que l'affaire soit vitrifiée, enterrée pour trois cents ans au cimetière de La Hague, au milieu de déchets électronucléaires – voilà ce qu'il voudrait, j'en suis certain. Rarement, mais tout de même, il parvient à m'arracher un rire d'avant.

Maureen vit sa vie et regarde Charwa, sa pousse, commencer la sienne dans les éclats de rire. Maureen a un amant, et ce n'est pas moi. Elle m'a lancé des appels de phare jusqu'en janvier, par là, on s'est retrouvés au lit deux fois, mais je l'ai envoyée promener, pour ne pas changer. Donc, elle a un jules, un mec que j'aimerais bien détester, mais ce salopard est si gentil avec elle que je n'y parviens pas. Putain, comment fait-il ?

Charwa m'a sauvé la vie et a planté des fleurs autour, et des rires, et des instants de bonheur. Je n'ai pas cessé de la voir, je propose sans arrêt à sa mère de la garder dans la journée, d'aller la promener, de la sortir… Merde, je suis attaché par les fibres, je n'en reviens pas ! Certains matins, je regrette, ô comme je regrette d'avoir refusé, avec Maureen. Trop tard.

Angelica m'envoie des mots, des flots. Je ne lis pas tout, car chaque fois je suis embarqué pour deux jours, la tempête souffle de bas en haut. J'aime cette femme à un point qui m'inquiète, il faut neuf cents kilomètres entre nous, c'est mieux. On s'est téléphoné deux ou trois fois, elle est passée en coup de vent gargantuesque à Paris, on a déjeuné chinois. Ce jour-là, tout était d'un calme étrange. Elle continue de pleurer. Et Ange boit.

Hartmann m'étonne. Un peu avant Noël, je me suis autorisé à l'appeler au travail, je voulais ajouter quelques mots au « merci » un peu court du jour de mon départ. Il a été laconique au possible, réfrigérant, même, mais m'a recommandé d'attendre de ses nouvelles. Le mystère. Dès le lendemain, dans ma boîte aux lettres de la rue Lesage m'attendait un petit mot avec une courte phrase : « *Pour continuer la conversation, appeler à dix-sept heures précises, d'une cabine publique éloignée* », et un numéro de portable à la suite. À l'heure dite, j'ai appelé depuis une cabine située au coin du Cirque d'Hiver et j'ai pu me libérer d'un peu de ma dette avec des phrases sincères et méditées.

Hartmann est un homme exceptionnel, pas la peine de chercher plus loin le compliment. Je le lui ai dit, à ma manière louche. Il m'a servi quelques sentences mais aussi demandé des nouvelles de ma santé, j'étais touché plus que je ne saurais dire. Il a affirmé pour finir, en montant sur ses grands chevaux, que l'enquête sur les noyés de Port-Cros se poursuivait et qu'elle se poursuivrait. J'ai passé mes doutes sous silence.

Quant à moi, je vis, je vivote, je vis. En échange de menues conneries, dont des corrections, Jean-Paul, l'ami éditeur, me délivre un petit salaire qui me suffit, d'autant que je ne paie rien pour l'appartement. Il n'est pas exclu, comme j'en avais la vague intention l'an passé, que je tente de coucher avec la voisine d'en face. Le mois d'avril revient, bientôt mai, tout n'a pas disparu dans la vaste trappe des jours. Rien n'a disparu. Je pense à Marina Lourens, je rêve d'elle.

N'oublions pas la haine. Il ne faut pas haïr dans une belle société pacifiée comme la nôtre. C'est barbare. Je suis un barbare qui n'oublie ni ne regrette rien. Ni Kebbour, ni Mathieu. Je suis un barbare qui se réveille la nuit quand il croise dans l'eau froide le reflet de visages inconnus. Je suis un barbare qui pense à la vengeance. On verra bien. Patience.

I

1

À Paris, un an plus tôt, c'était le printemps et je buvais encore. Comme un grand, seul, dans mon appartement de la rue Lesage, à Belleville. Ce jour-là, je me souviens que je rigolais, accoudé à la fenêtre. L'air s'échauffait doucement, il devait être pas loin de onze heures, j'avais la flemme de bouger pour vérifier, pas la peine de se faire mal pour si peu. J'avais le bout des doigts sur le chambranle déteint, le bois était sec et fendillé, on n'avait pas vu cette garce de flotte depuis février ou mars, depuis ce jour où je m'étais fait tremper ; je n'étais pas près de recommencer un truc pareil.

Je m'exerçais à ne rien faire depuis des mois. Certains jours, j'en criais de joie, d'autres soirs, je demandais pardon. La maîtrise des sentiments est un art complexe que je dominais bien. Sauf que non. Le téléphone était débranché, toujours ça de gagné : on ne m'emmerdait plus, et les rares à me vouloir encore, à se souvenir, se fatiguaient un à un. Bientôt, le silence serait total.

Ça semble foldingue, mais j'étais foldingue en ce temps-là. Ce temps-là a disparu, mais je peux encore en parler, en toute connaissance de cause. Quand on a sonné, j'ai eu un frisson, je hais cette sonnette électrique, mon cœur s'emballe, ma vie a peur. Le mois de mai, le lilas blanc, les mains qui se réchauffent lentement sur le bord de la fenêtre, tout s'est sauvé d'un coup, et les temps vilains ont fait pareil.

J'ai ouvert. Dieu que cet homme me rappelait Antoine ! La même allure conquérante, de longs douilles noirs peignés en arrière et un sourire copain qui le quittait rarement, avec moi, en tout cas. J'étais déjà un rien saoul, certes, mais j'ai tâché de me montrer impénétrable. Je n'ai pas cillé, je suis même resté silencieux, ma seule erreur était d'avoir ouvert. L'inconnu est entré sans rien demander.

Ce n'était pas un inconnu, pardi, c'était Antoine, un hameçon me mordait la barbaque. Dieu que c'était chiant.

– Garde ton numéro de vieille otarie, il a gloussé.

Je ne voyais pas. Les otaries ont pourtant toute ma sympathie. Quel rapport ?

– Ou te me fous un coup de poing dans la gueule, ou te me sors un coup à boire, j'ai soif. C'est l'heure de l'apéro, dehors.

– Déjà ? j'ai répondu.

Quelle réplique ! Je crois que j'étais sur le point de capituler.

– Il est quelle heure ?

– Une heure moins le quart, Madame Placard, et j'en suis sûr, Madame Chaussure. Tu peux rire, je suis pas émotif.

J'ai tiré une bouteille de pastis du fin fond de la cuisine, il en restait une bonne moitié, mais Antoine siffle, c'est un siffleur d'anis, et je n'avais rien d'autre à la maison.

– Qu'est-ce que tu viens me faire chier ?

Ma voix était une petite flûte à champagne à deux doigts de se briser, rien à voir avec les verres à moutarde que j'avais sortis.

La phrase l'a fait rire, il ne lui manquait pas une dent. Ce type ne vieillissait pas, sa ressemblance avec André Breton ne faiblissait pas. « Je suis donc le seul à me démantibuler devant la glace ? » j'ai pensé. « Où est la justice, où est donc passé le grand Spartacus ? »

– J'ai toujours aimé ça, il a dit.

C'était vrai, il adore combattre dans l'arène mes « tendances auto nihilistes ». L'expression vient de lui, évidemment.

– Tu perds tes cheveux, mon loulou ! T'attends la venue du Secours catholique ?

– Populaire, j'ai répliqué, je suis encore laïque, connard ! Et vas-y mollo, c'est ma dernière bouteille.

Il s'est levé. La table était vraiment sale, avec sa dizaine de ronds de bols à café, sa vingtaine de marques de verres à vin et ses miettes éparpillées. Pendant une seconde, j'ai eu peur qu'il se prenne pour Monsieur Propre et réclame une éponge et une serpillière. Mais c'était moi, la serpillière, et je posais devant lui, l'air du type satisfait et souriant à la vie.

– T'es content de me voir ? il a osé.

Là, je l'ai surpris.

– Ouais, mon petit vieux. T'es le seul couple qui me reste, Antoine. Un maso qui reste longtemps sans son copain sadique, il s'étiole. Tu veux quoi, mon chéri ?

– Ah ! poulette, je t'embrocherais bien ! J'ai besoin de toi, si t'existes encore. T'inquiète, je ne viens pas pour une énième rédemption, ducon, t'es perdu, j'ai plus d'espoir. Je viens juste voir s'il y a encore un bout de citron à presser, sinon, ciao !

– J'en ai déjà marre.

C'était vrai. Trop de vie et de paroles, j'avais un coup de barre. Peut-être à cause des trois bières et du blanc que je m'étais descendus en solo un peu plus tôt.

– Belle phrase, il a constaté. Tu sais que ta barbe est dégueulasse ?

– M'emmerde pas, tu veux ? Tu seras gentil…

Mais je me suis passé la main sous le menton. Il avait raison. Cela dit, je m'en foutais pas qu'un peu.

– Fred, tu sens fort, c'est quoi, ton parfum ? On va vers l'été, mon vieux, il faut te laver, tu sais ?

Ce con m'a eu, je n'étais pas si insensible. Je pensais malgré moi aux tonnes de fringues sales cachées depuis l'hiver dans le grand coffre de ma chambre. L'image d'une pute serrant son nez de dégoût, refusant de monter avec moi, a même fait son apparition. Je n'en étais pas si loin. Or, Antoine était l'homme du contraste : non seulement il ressemblait à Breton, mais il en avait l'élégance et fumait à la pipe un délicat tabac velouté venu droit d'Angleterre, miel et rose sur un lit de jonquilles.

– *Was willst du, mensch ?* Que me veux-tu, André ?

– La beauté sera convulsive ou ne sera pas, a-t-il ricané.

Citer Breton était dans ses cordes.

– Tu sais que t'as une gueule de convulsion, Fredo ?

– Pas Fredo, chiotte ! Fred si ça te chante, mais pas Fredo.

Il a eu ce rire des profondeurs, et il m'a eu une fois encore : je me suis marré. Le salaud plaît aux femmes comme aux hommes. En tout bien tout honneur, hein ? Il s'est arrêté en un clin d'œil, je n'ai pas osé penser qu'il contrôlait à ce point. Il s'est assis sur une chaise en plastique noir volée cinq ans plus tôt dans des circonstances peu intéressantes, la chaise a tenu, et c'est à cet instant précis que l'affaire Bardini-Lourens a commencé pour moi. *Fatalitas.*

– J'ai un truc sur les bretelles, Fred, tu dois pouvoir imaginer, je crois. Un type et sa femme m'ont apporté une affaire moche comme tout, vraiment duraille. En même temps…

– Stop, on t'a encore donné de l'argent ? Mais ton histoire est horrible ! Appelle les flics !

Il ne riait plus car il passait prestement d'un état à l'autre, Antoine est changeant et chatoyant. Pas vraiment un caméléon, plutôt, et simplement, un être vivant. Et pas le pire de l'espèce, on peut me croire.

– Dans les cinquante ans, par là, il a précisé d'une voix fêlée. Enfin, lui. Elle, elle doit être un peu plus jeune, quarante, quarante-deux. Ils habitent près de l'eau, près de Toulon. Tu connais, non ?

Bien sûr, que je connaissais. Il le savait. Antoine De Bei n'ignore rien des ficelles qui entourent l'âme humaine, et il maîtrise l'art de les manipuler. J'ai beau le voir arriver de vingt kilomètres à pied, il me fait toujours ce curieux effet d'être entré sans se faire remarquer. Antoine De Bei est un suborneur, il aurait pu se taper des nénettes de quinze ans, ou se faire élire député, ou devenir ministre. Ou Président.

– Je pense que tu n'es pas sérieux, Antoine. Je ne blague pas : je crois que tu me surestimes, tu vois pas la décadence ?

– Si, a prétendu ce salaud. Si, de fait, tu descends.

Il a levé le cul, s'est approché d'une étagère couverte d'une demi-tonne de poussière, a pris le gros cendrier jaune translucide volé à Rome du temps de Rita, l'a retourné, et six cents mégots suivis d'un orage tropical de cendres froides sont tombés sur le parquet crotté. Puis il s'est rassis avec l'objet pour y vider le contenu de sa pipe. Un autre osait, je lui ouvrais le ventre avec les dents, je pense. Mais je suis resté calme, pour un nerveux, j'ai allumé une Gauloise sans filtre en pensant au cancer, *al cancro*, et je me suis dit : « Merde, le grand numéro. » J'ai pensé sans y penser à Fellini et à *La Strada*.

– On dirait que tu serais le grand Zampano et, moi, Giuletta Masina, on marcherait sur les chemins et tu ferais éclater des chaînes autour de ton torse velu. On dirait que tu serais le plus fort, j'ai lancé.

– J'ai le torse glabre, a contesté Antoine.

C'était vrai. Aux jours lointains de l'enfance, on se baignait souvent dans la Marne, à Neuilly. Je l'avais vu torse nu des dizaines de fois, récemment encore. Je n'avais pas l'esprit clair, n'insistons pas, je me sentais des petites secousses latérales dans la tête.

– Oui, j'ai fini par admettre. Tu peux pas être Zampano.

– Est-ce que t'es en état ?

Il n'était sûr de rien, il avait comme un sérieux doute, on le sentait.

– Fred, ta panade finira par m'emmerder, tu peux me croire sur parole. Je te parle de cette histoire ?

– Vas-y.

Mentalement, j'ai passé un coup d'éponge sur mon cerveau. Mauvaise pioche car, quand je l'ai ramassée, elle était lourde et dégoulinante, tout imbibée de jus répugnants.

– Vas-y, j'ai répété, je me sens mieux.

– J'ai accepté leur argent. Cinq mille euros. Je les ai empochés, mais pour leur faire plaisir. Ne te mets pas à pleurer, pas encore. C'est le type qui m'a eu, je crois bien, son accent rital. J'ai pensé à ton père, Fred. C'est ta faute, ma crapule.

J'ai rigolé. Il disait vrai : Antoine n'a pas plus besoin de fric que moi d'un tire-bouchon, et j'en ai une vaste collection. Mais je n'aimais pas l'allusion à mon vieux, on approchait d'une zone de guerre.

– Ces gens sont des martyrs, a dit Antoine.

J'ai regardé ses rides frontales – il en avait une de plus que la dernière fois –, j'ai eu un peu froid. Encore un fond de verre en moins sur terre : j'ai vidé mon pastis.

– Pour tout t'avouer, il a ajouté, leur histoire est infernale et je crois pas que je la prendrai, Fred. Si c'est non, je leur rendrai leur fric ; et si c'est oui, bah, on verra bien. J'ai besoin de voir, de toute façon. Alors, voilà, je te demande un vrai service. Tu vas quand même pas te défiler, hein ?

C'est bien ce que j'avais imaginé. Dès le départ, j'avais préparé une belle phrase de refus catégorique. Elle traînait encore pas si loin, je pouvais peut-être la choper du bras et la lui lancer dans les dents. Au lieu de quoi, je me suis demandé s'il me restait un sac vide pour l'aspirateur, si j'étais vieux et si je coucherais un jour avec la voisine d'en face. En mai, la courbe de ma libido suit une courbe légèrement ascendante, je ne sais pas si c'est répandu, je crois que oui.

– De quoi ça parle ?

– Assez crasseux, a convenu Antoine. Épouvantable, même : leur fille unique est morte dans une explosion.

J'ai hoché, je ne m'attendais à rien de précis.

– Et alors ?

Il a eu un rictus qui n'annonçait pas le beau temps.

– Et alors ? La justice assure que c'est le gaz. Une explosion au gaz aurait tout ravagé dans l'immeuble où elle travaillait. Mais tu te souviens peut-être. C'était il y a deux ans, en mars : dix morts et des tas de blessés. Tu t'en souviens ?

Je n'étais pas sûr. Il a lissé les cheveux de sa tempe droite, ce mec devait avoir une glace invisible devant les yeux, impossible autrement.

– C'est maintenant qu'ils se réveillent ?

– Ils se sont jamais endormis. Ces gens ont eu trois avocats qui leur ont bouffé des montagnes de blé, je préfère ne pas te citer de chiffres. Par ailleurs, ils disent des choses sensées. Si c'est vrai, il y a des lézards. Va savoir. Je ne veux pas les escroquer et je n'ai pas le temps de m'en occuper pour l'instant. Ils sont à Paris pour deux jours avec une partie du dossier d'instruction. Tu les vois, tu discutes, tu lis, tu réfléchis, tu me vois, je décide. Voilà le schéma général. Tu dis ?

– Je dis… Et merde ! Je dis : merde, ça va me sortir, c'est d'accord. Te marre pas. Ne te marre surtout pas, Antoine : si je me lance dans ce foutoir et que je peux dégueuler sur des beaux habits noirs à col d'hermine, je vais pas me gêner. On est bien d'accord, hein ?

– Connard de mes deux, il a blasphémé, sûr de sa victoire, j'ai presque le même costard qu'eux !

– Justement, tu feras gaffe aux éclaboussures.

– T'as la prunelle qui brille, Fred. Ton œil brille, mon petit salaud. Va donc te raser, je t'emmène.

2

Et c'est ainsi que tout a commencé. Peut-être pas au poil près, je crois maintenant me souvenir qu'on a fini la bouteille de Ricard avant de sceller l'accord, et je suis presque sûr que j'étais bourré comme un coing. Mais je ne cherche pas d'excuse. J'aurais marché. Je ne savais pas qu'il y aurait tant de mort au bout, tant de merde, tant d'intense chierie, et non plus cet incroyable bonheur. J'aurais dit oui, car je ne pouvais plus demeurer immobile. Il fallait vivre, puisqu'on ne mourait pas.

Quand je suis allé voir les Bardini dans leur hôtel de la rue de Dunkerque, je m'étais dépiauté, épouillé. Les poils de ma barbe, au fond d'un sac-poubelle, partiraient bientôt en fumée à l'usine d'incinération des bords du périphérique, vers Ivry. Je portais un jeans propre, un tee-shirt blanc, et maintenais une veste de toile bleue sur l'épaule. Ma tête ? Celle d'un type qui voit approcher ses cinquante ans et sait qu'il finira par les avoir et se faire avoir. Une moustache noire encore, des cheveux trop longs pour l'âge canonique, un nez sur lequel on pouvait poser la main. Cent quatre-vingt-un centimètres. J'avais fait journaliste pendant un moment. Pas le mec en place qu'on voit dans le poste. Plutôt un teigneux qui aimait semer la merde et se retrouvait souvent avec un procès au cul. Les injures et les diffamations dont on m'avait jugé coupable formaient masse. J'étais simplement ruiné. La distance entre ma situation normale et la dèche complète était faible de longue date, et j'avais franchi le Rubicon cinq mois plus tôt.

Mes derniers sous, je les avais refilés à un maire du Sud, du midi de notre sainte République. Corcia. Raymond Corcia. Une ordure comme on les montre peu dans les journaux bien élevés. Je l'avais salement secoué avec une série d'articles sur ses amitiés dans le milieu et de belles arnaques montées avec de braves sentinelles du monde libre, des Chrétiens du Liban amateurs de blanches héroïnes et de blanche héroïne. Tout était vrai et, devant le tribunal, tout aurait dû se passer au mieux. Mais il m'arrive d'être con : je n'ai pas enfermé mes témoins à double tour avant d'avaler la clé. Le principal est opportunément tombé malade le jour de l'audience et le juge – un sacré petit bonhomme comme on les aime là-bas, laxiste de l'œil droit – m'a essoré. Je sais, on ne voit pas de telles choses chez nous, à peine en Amérique. Mais il n'y a pas que les beatniks, les hippies, les rappeurs et Mickey qui franchissent l'Atlantique. Les flics vérolés et les politicards corrompus aussi. En première classe. Par bandes.

J'étais donc raide, morose, déclinant, et la cloche m'attendait peut-être au prochain tournant. Antoine m'avait filé deux mille euros, faisant passer ce cadeau pour une rémunération. Ce mec avait de la tenue, et puis on avait été enfants ensemble, il n'y a rien de mieux sur terre.

Quand la porte de la chambre s'est ouverte, mon cœur a vivement battu. Antoine avait raison : Bardini ressemblait à mon vieux, mort et poussière depuis un bail. À celui que j'avais connu tout petit. Merde alors, mon père.

– Monsieur Bardini ?

– C'est moi, je suis Ange Bardini.

Il n'avait pas d'accent rital, là, Antoine avait poussé un peu. L'Ange m'a fait entrer dans la pièce où il faisait sombre et a allumé une lampe. Les environs n'en sont pas devenus brillants pour autant. La chambre mêlait le jaune, le gris, le beige, le marron et le vert. Les rideaux donnaient envie de passer la tête à travers la vitre. Sur le lit, une forme géante respirait.

– Ma femme, a affirmé Bardini.

Je n'ai pas eu le flan de la regarder de trop près. Angelica Bardini dormait, les yeux cachés par un masque noir, elle ne verrait sans doute pas la fin du monde.

– Voilà, a ajouté Bardini en montrant deux chemises à soufflet posées sur la petite table.

Il s'est assis à côté, les yeux las. On aurait pu croire une veillée funèbre. Un long silence s'est installé. Qu'attendait-il ? Que lui avait dit Antoine ?

Je me suis assis à mon tour. Le bonhomme avait fermé les yeux. Il semblait qu'on avait sommeil, chez les Bardini. Probablement souhaitait-on oublier le cours des choses humaines. J'ai laissé s'écouler deux ou trois minutes, puis j'ai osé :

– Elle avait quel âge ?

Bardini a répondu vivement, peut-être même avant d'avoir rouvert les yeux.

– Dix-neuf ans. Ma fille avait dix-neuf ans. Vous pouvez admettre une mort à cet âge-là ?

J'ai tâché d'ignorer la question.

– Son décès date de trois ans, n'est-ce pas ?

– Trois ans, deux mois, dix-sept jours.

À ce moment, sa femme s'est éveillée et a appuyé un coude sur le matelas. Avant qu'elle ne soulève son masque, les cheveux noirs de son chignon se sont éparpillés derrière sa nuque. Apparition. J'ai pensé au surgissement d'un mammifère marin hors de l'eau.

– Pourquoi vous n'accepteriez pas ? elle a crié.

Madame Bardini avait une voix spéciale, claire et douce, jeune aussi. Et un corps de morse.

J'ai pensé qu'ils étaient timbrés, démolis, sortant des phrases de derrière quelque fagot occipital, sans prévenir, sans raccord, sans s'occuper de l'interlocuteur, du moment, du lieu, du sens. Bien plus tard, j'ai saisi qu'ils étaient seulement obsédés. Du coup, comme un petit crétin, j'ai répliqué :

– Mais quoi, madame ? Je ne sais rien encore, Maître De Bei m'a juste demandé de regarder de près cette dramatique affaire et de lui faire ensuite…

Elle n'écoutait pas, elle regardait Ange sans m'accorder un œil. Elle lui a baragouiné quelque chose dans un de ces furieux patois de là-bas. J'en connaissais un ou deux, mais pas deux mille, et je n'ai rien capté. Mais rien. Bon, tant pis.

– Vous n'acceptez pas, alors, a repris Bardini.

Merde. J'avais beau avoir envie d'évoquer mes propres soucis et malheurs, mes angoisses paralysantes, j'ai réussi à attendre. J'ai songé au mérinos. Si. J'ai songé qu'il fallait le laisser pisser.

– Je n'ai encore rien dit, Monsieur Bardini. Maître De Bei m'a pour le moment conseillé de lire, j'ai ajouté en fixant d'un regard épouvanté les chemises cartonnées, ce tas de monstrueuse justice. Et je vais le faire. Je vais le faire, j'ai insisté. Je vais le faire.

Angelica s'est mise à pleurer. J'ai appris son prénom plus tard, on peut dire qu'ils faisaient la paire, son Ange et elle. Elle a pleuré de manière profonde et mesurée, comme si un long entraînement la dispensait de tout sprint, de toute envolée. Angelica était une marathonienne de la larme, je l'ai découvert au fil des semaines.

– C'est ma femme, a rappelé Bardini. Vous savez, tous les avocats nous ont promis la même chose, au début. Qu'ils allaient lire et voir. Mais nous attendons, et rien ne bouge.

J'ai patienté un temps qui m'a semblé long. Bardini n'avait plus la force de consoler Angelica qui continuait de se vider d'un hectolitre de larmes. J'imaginais le bonheur de mon départ. Le plus tôt possible. Immédiatement aurait été parfait.

Il m'a fallu quelque chose comme trois quarts d'heure. Je ne souhaite pas en rajouter, mais la rue de Dunkerque est grise et sale quelle que soit la saison. Cette voie parisienne est une grande dépressive, et j'ai dégusté mon content. Lorsque je suis parti, Angelica s'est levée, son masque sur le front, comme les gosses font quand ils en ont marre de jouer à Zorro, et s'est approchée de moi. Bien que cela paraisse incroyable, elle était à cet instant une femme magnifique, taillée pour les épousailles et la marmaille, on lui aurait donné trente ans. Ses yeux surtout donnaient envie d'y croire. Je lui ai pris la main, elle m'a embrassé. Moi, le galeux qui n'avait plus envie de rien. Putain, comme cela fait chier d'y repenser.

3

Le lendemain tombait un dimanche. Un jour de chien depuis toujours, et comme souvent celui-là a passé en une lente beuverie. J'avais acheté du vin rouge en consternantes quantités. À midi, je devais en être à cent vingt centilitres dissous environ. À quatre heures, autour de deux cents. Au-delà, comment savoir ?

Sur la cote D230 du dossier concernant l'explosion de l'immeuble, une tache violette resterait indélébile, maladresse d'un ivrogne solitaire. Le rapport d'autopsie de Louise Bardini déchirait la tripaille et soufflait la tempête jusque dans mon verre. J'avais déjà déchiffré des choses sales dans la vie, mais il faut croire que je devenais fragile, car je ne suis pas parvenu à la fin de ces cinq feuillets-là. Le texte disait par exemple : « *L'examen de la surface tégumentaire établit l'existence d'une considérable brèche thoracique à bords nets.* » Le tout à l'avenant. Des lésions

« désépidermisées », *« déshydratées »*, *« noircies »*, des fractures massives, des arrachements de doigts et de chair, des *« zones de parcheminement »*, des plaies géantes couvertes de *« dépôt pulvérulent »*. Je pensais à Angelica, à son masque sur les yeux. Louise Bardini avait explosé comme une bombe humaine, les alvéoles du poumon éclatées une à une. Les blessures de son pauvre corps de jeune fille morte étaient si nombreuses que le légiste semblait épaté. Sa poitrine était mutilée, et une absence de taille méritait d'être relevée : son cœur avait disparu. Le muscle qui avait palpité d'émoi, d'amour et de joie, la pompe à sang qui avait animé à grandes giclées ses joues d'adolescente avait sombré dans la tourmente. Le cœur de Louise Bardini avait été extirpé puis tordu, écrabouillé et caché dans quelque recoin des six étages de pierres en miettes. Et n'avait jamais été retrouvé.

J'étais fin saoul bien avant d'avoir achevé le rapport et me serais volontiers noyé dans la vinasse – dans la Seine, même, si elle avait été faite d'autre chose que d'eau. Je me rappelle m'être réveillé le menton baveux, la tête rejetée vers l'arrière, effondré dans le fauteuil rembourré où je passais une bonne partie de mes jours et de mes nuits. Pochetron était mon seul nom sincère et véritable en ce temps-là.

Il faisait sombre quand j'ai émergé. J'avais la langue grosse comme le foie, et le foie comme l'estomac, aussi vide que le poumon. Putain ! Impossible d'attendre le lendemain pour manger un morceau. Et hors de question de me jeter habillé dans le lit, de me réveiller vers trois heures, de glander jusqu'à l'aube en tirant sur des Gauloises. Un cerceau de fil barbelé me griffait le front. Je suis allé dans la salle d'eau et j'en ai foutu partout à cause de ce tuyau totalement naze. Au passage, j'en ai chopé un peu sur les oreilles et le dessus du crâne, par vagues. J'ai même réussi l'exploit de me désaper d'une main tout en me lavant de l'autre. Pour finir, la douche était tiède et de la vapeur de vin m'est sortie par les orifices. Je crois que je pensais à Angelica Bardini.

J'ai remis mes fringues, juste assez mouillées pour me tenir alerte sans me glacer. Il était huit heures du soir et la rue Lesage de Belleville, sous ma fenêtre, jouait les décors de cinéma, pavé et murs d'antan. Je pouvais aller manger un morceau chez Madame Thieu, à côté, ou bien me perdre dans un des paquebots chinois de la rue de Belleville, planqué derrière un aquarium à requins. Je tenais une certaine envie de riz gluant et de bière rinçante, et j'allais me décider quand le téléphone s'est mis à gueuler. Antoine ! Ce chien rampant d'avocat avait rebranché la ligne sans prévenir ni demander.

J'ai décroché malgré tout. C'était Maureen.

– *Salut !* elle a fait.

– Tu vas ? j'ai répondu, et j'en suis resté là.

– *Tu sais pourquoi je t'appelle ?*

J'ai surtout pensé qu'elle avait tort. Je crois m'être dit que son prénom n'allait pas avec ses cheveux noirs et son teint d'Indienne – de la pure calomnie.

– Je suis content, j'ai prétendu. Je voulais appeler, j'ai menti.

Et puis j'ai entendu le cri d'un bébé, je n'étais plus assez bourré pour les hallucinations auditives. Un bébé pleurait non loin du téléphone. Sûr.

– Un bébé pleure.

Maureen a éclaté de rire, quelque chose de puissant et libérateur.

– *C'est ma fille, Fred. C'est Charwa.*

– Charroi ?

N'oublions pas que je n'étais pas à jeun.

– Charroi ? j'ai insisté.

– *Charwa*, elle a rectifié. *Elle a vingt-huit jours.*

J'ai timidement commencé à faire les connections nécessaires. Maureen avait été enceinte des mois entiers, ça ne pouvait pas durer éternellement. Je la revoyais avec son ventre à peine rebondi, sept mois plus tôt, quand en dix minutes elle avait eu le temps de me dire merde, ciao et qu'elle allait avoir un petit. Avec un homme qui avait planté sa queue en elle, qui n'était pas la mienne.

– *Elle est belle. Si tu la voyais ! Tu veux la voir, Fred ?*

– Si je veux la voir ? Mais oui, mais oui. Mais quand ?

J'allais annoncer mon départ le lendemain, m'en sortir d'une pirouette, parler d'Antoine, des Bardini, de la mort des enfants dans les explosions, j'allais me comporter comme un connard. Mais Maureen me connaissait.

– *Tout de suite*, elle a dit. *Viens tout de suite, je t'attends pour le biberon.*

Et elle a raccroché. Je n'ai hésité qu'un minuscule quart d'heure et, de nouveau, j'ai regardé la rue Lesage de Belleville. Une lueur par-dessus les toits indiquait la place des restaurants, le nœud routier d'où surgissait le métro, le déboîtement des Mercedes conduites par des Chinois bourrés de fric, parfois d'opium. Derrière mon œil droit, une palpitation, c'était l'excitation. Je suis retourné dans la salle d'eau me suis rasé aussi vrai que je m'étais saoulé. Je pensais à Charroi, faut croire, à Charwa, quoi.

Maureen habitait près de Nation, rue des Immeubles-industriels, un nom abominable, à bien réfléchir. J'y suis allé par le métro plein de Nègres, d'Arabes et de Tamouls. Sur les quais, des mioches cavalaient, rescapés des hécatombes de choléra, de rougeole, de varicelle, de fièvre jaune et d'aide humanitaire désintéressée.

Dehors il faisait bon, le printemps campait sur des positions solides, défendant sur les balcons promesses de rosiers et de chèvrefeuilles. J'ai acheté une cartouche de Gauloises au Canon de la Nation, remonté quelques mètres la rue du Faubourg-Saint-Antoine, chaque enjambée me rappelait un regard, un frisson. Le quartier ployait sous mon histoire personnelle.

La porte de l'appartement de Maureen était grande ouverte ; dans le couloir de l'entrée, éclairé par des lumières tendres, siégeait comme abandonné un berceau en bois. Je me suis approché et y ai trouvé un vrai bébé au crâne foncièrement noir de cheveux. La petite avait l'œil de même, et des joues et des lèvres bouillonnantes, pleines de sucs et de liquide, et elle bavait, quoique plus proprement que moi.

J'ai souri à la petite nana qui ne paraissait pas me voir. Et puis Maureen a surgi – elle devait être planquée derrière la porte d'entrée ou dans l'escalier, qui sait ? Elle a profité de ma position accroupie pour me serrer le cou de ses mains, assez fort pour que je me sente un peu étranglé et me souvienne de toute la hargne passée entre nous. Quand elle a desserré, je me suis retourné et j'ai vu qu'elle riait. N'empêche.

Elle avait grossi. Ce qui lui allait bien : je l'avais toujours trouvée fine, voire maigrelette. Elle avait l'œil sombre comme sa fille et le teint d'une Indienne de l'Inde, je l'ai déjà dit. Maureen m'a embrassé sur la joue, ni comme une vieille copine, ni comme une vieille amante, ni comme une vieille demoiselle chaste des anciens temps. Comme je ne sais quoi. J'ai aussitôt crâné :

– Elle ne ressemble pas à son père.

Maureen a explosé de joie, ses dents ont flotté dans l'espace, collier d'ivoire pendu à ses lèvres.

– Connard, tu ne le connais pas ! Elle a son nez et ses moustaches.

Je n'ai pas ri, je me sentais vaguement emprunté soudain, et pas rendu, en somme. Je voulais lui glisser qu'elle était belle, sa fille, je veux dire, elle aussi d'ailleurs, mais les mots manquaient à l'appel. Au lieu de quoi j'ai parlé de biberon, j'étais venu pour ça.

Il n'y avait pas de biberon, c'était une ruse de guerre, où donc avais-je la tête ? Maureen, ne pas donner le sein au cœur de ses entrailles, où avais-je donc le cerveau, ce soir de mai perdu à jamais ? Elle lui a donné le sein sans se gêner, je me sentais de trop. Un téteur de vin comme moi avait sans doute des comptes à solder avec le sein des femmes. Je crois qu'à ce moment l'alcool en moi avait disparu, ses arêtes coupantes bouffées par le bonheur total d'une mère allaitante.

Après l'avoir changée, Maureen a posé sa petite dans mes mains d'impotent. Après l'avoir embrassée, elle, la plume d'ange, après qu'elle se fut endormie dans ses rêves cristallins, je me suis retrouvé face à Maureen dans la pièce commune désormais changée en salon parfumé de talc.

– Tu fais quoi de ta vie ? elle a demandé, longtemps après avoir parlé de Charwa, de sa naissance, de cette vie pour toujours différente.

– Je continue à picoler.

– Je sens. Tu es con, Fred. Toute cette vie qui passe. Tu es con, ou quoi ?

– Je suis con, ouais. Antoine est passé, hier.

– Je sais. Il m'a appelée pour me dire qu'il avait rebranché ton téléphone. J'en avais marre de laisser sonner dans le vide. Tu serais jamais venu la voir ?

– Je crois que si.

La vérité, c'est qu'on n'en savait rien, ni elle ni moi. On me connaissait tous les deux, à force.

– Tu vas t'occuper de cette histoire ?

– Antoine t'a raconté ?

Elle a pris un air bouleversé. Évidemment, qu'Antoine lui avait raconté ! Un avocat est un baveux, un bavard, pour ceux qui ne sauraient pas. J'ai eu envie de leur dire merde à tous. J'ai eu envie de lui dire merde à elle, Maureen Muguette, femme de trente-deux ans à trente-deux dents.

– Vous me faites chier, j'ai affirmé, las comme tout, prêt à aller boire un coup rue de la Roquette et à m'envoyer une pute du cours de Vincennes tout proche.

– Tu es con, a tranché Maureen.

Mais sa joie d'enfanteuse demeurait dans ses yeux. Je pouvais m'accrocher pour lui détruire le moral.

Je me suis levé pour lui dire au revoir et je suis allé rue de la Roquette boire une vraie série de verres de vin blanc avec un mec vicelard en diable, à l'œil rose, au cou de taureau et à l'haleine de veau. Même à trois heures du matin, alors qu'on buvait ensemble depuis un long moment et que j'étais fait comme rarement, impossible de le trouver seulement supportable. Je buvais tout près d'un groin, j'avais envie de lui vomir dans l'encolure. Quant à courir après une pute, nada. C'est ma bite sous le bras que je suis rentré au matin rue Lesage de Belleville. Comment ? Je n'en sais rien.

4

Les Bardini sont repartis sans leur dossier. Je les avais revus avant qu'ils ne prennent leur train, pour leur dire oui. Oui, j'allais regarder de près. Oui, je descendrais une fois de plus sur cette Côte de requins, de putains et d'assassins. Oui, je voulais savoir pourquoi Louise Bardini était morte. De quoi, pourquoi, comment. Et bien davantage encore, mais je préférais le garder pour moi. Rue de Dunkerque, ce jour-là, une embellie a percé les brumes et les larmes. Angelica s'était arrangé une queue-de-cheval et j'avais tout faux, une fois de plus. Elle n'était pas un monstre marin, mais une belle femme. Une belle grosse femme, avec des seins durs et des hanches larges, des yeux clairs comme les cieux. Le coussinet de ses avant-bras rappelait celui des enfants. Une femme.

Ange avait les cheveux blancs, j'ai oublié de le dire – j'ai su plus tard qu'ils étaient venus sans prévenir, en quelques nuits d'hébétude. Cinquante piges, comme avait dit Antoine, et un raide penchant pour la dive tututte, je voyais cela à la tension de son œil. J'avais l'œil moi-même, on peut me croire sur parole. Je n'ai donc pas insisté sur ce qui m'avait décidé, et ils n'ont rien demandé. Ils s'en foutaient, ils voulaient.

Je les ai menés à la gare de Lyon en taxi, m'asseyant à côté d'un chauffeur pakistanais débutant. Pas torturé, il m'avait passé son plan de Paris, et je lui donnais des indications dans un français presque aussi vaseux que le sien. En même temps, dans la coulisse de mes exploits, je pensais à Charwa, au temps radieux qu'il faisait, au temps affreux qui passait. Tant bien que mal, j'essayais d'animer une conversation avec les deux âmes mortes de la banquette arrière. Sur le quai, Angelica m'a appelé Frédéric pour la première fois. Et a terminé par une apothéose dont je ne me suis jamais remis, malgré tout ce qui est arrivé depuis.

– Il y a une seule chose qui me rassure, Frédéric, elle a murmuré, profitant d'un moment d'inattention d'Ange, c'est que je vais mourir. Cette douleur ne va pas durer éternellement, par bonheur. J'aimerais partir vite.

Ce n'était pas du cinéma. Sa conviction était profonde, aussi insondable que les fosses marines du cœur du Pacifique. Je les ai regardés partir après les avoir installés au milieu d'une rame pleine de Japonais en vadrouille. J'aurais bien fait le voyage avec eux, rien que pour tenir la main d'Angelica et lui éteindre les larmes au coin des yeux.

Mais j'en rajoute après coup, j'ai bien peur d'enjoliver. Car, maintenant que je me concentre, je me souviens d'autre chose. Ce matin-là, je souffrais d'un mal frénétique à une molaire. Un enfer. Il n'empêche, la peine de cette femme pesait aussi son poids de fonte.

Le train a disparu de la gare de Lyon vers onze heures. Il avait plu au lever du jour et le soleil donnait depuis peu des coups de tête dans les nuages. Vers midi, je suis allé au bureau d'Antoine, rue de Rivoli, après avoir bouffé quatre aspirine, et on a cassé une graine dans un boui-boui aux portes du Marais. Il avait la forme, ce type a sans cesse la forme, il en joue, Coué est son Messie.

– C'est dégueu, j'ai murmuré, après avoir avalé d'un bloc une salade niçoise glaireuse. T'as un compte ici ?

Il s'est livré à un de ces tours diaboliques dont il a le secret, appelant le patron pour lui dire que son ami trouvait cette salade indigne de la maison. Et qu'il partageait cet avis, lui. Le type a apporté une large assiette de charcuterie corse et ce gandin d'Antoine paraissait tellement satisfait que j'ai recraché de rire quelques grains de riz.

– Tu t'entraînes même à table ? je lui ai fait.

– Il le faut bien ! N'oublie pas que je t'invite sur frais professionnels. Nous sommes en plein travail, mon bon, tu finiras cet infâme saucisson plus tard.

Je n'ai pas cédé, il n'aurait plus manqué que cela, mais enfin, on a commencé à parler.

– Une vraie merde, hein ? Ton résumé ?

– Ce n'est pas cohérent. L'immeuble explose, les six étages dégueulent sur la rue, pas d'incendie. Les pompiers arrivent, et, d'après plusieurs témoins, pas la moindre odeur de gaz. D'emblée, il y a problème. Et, d'emblée, on décide qu'il n'y en a pas. Quelques heures après le grand boum, le sous-préfet en personne explique que la cause de l'explosion est connue : le gaz. Ensuite, plus d'enquête. Le gaz, le gaz, le gaz à tous les étages. Et, dans la foulée, les flicards se concentrent sur une bonne femme du quatrième, Monique Lourens. Elle était naze, elle s'est foutu la tête dans le four. Basta. Ta viande est bonne ?

– Succulente. Quand tu montres tes muscles dès l'entrée, le plat principal est toujours mieux préparé. Enfin, avec moi, ça marche. Je te conseille pas d'essayer.

– Et pourquoi ?

– Un, tu n'as pas l'art oratoire. Deux, tu n'as pas l'organe pour cela. Trois, ça fait un bail que je viens claquer ici le fric de mes nombreux condamnés.

Moralité : je peux chier sur cette table sans encourir un seul reproche.

Là-dessus, il est parti d'un éclat de rire dément.

– C'est le commissaire Hartmann qui a suivi l'enquête, j'ai lancé, ce qui l'a arrêté net.

– Hartmann, notre Hartmann, tu veux dire ?

Il gagnait du temps, vu qu'un Hartmann suffisait dans ce bas monde à asseoir la réputation de la police française. Vu qu'il n'y en avait qu'un, évidemment.

– Florimond, mon bon Antoine, Florimond Hartmann en personne.

– Il était pas à l'IGPN ?

– On laisse pas moisir éternellement les bons éléments au placard. Il est resté deux ans chez les bœufs-carottes et, quand ces salauds ont pris la place des autres crétins, clac, promotion sur la Côte. Divisionnaire. Grandiose.

– Dis-moi, Fred, tu continues à faire tes petites fiches, mon andouille. Tu perds pas la main, sous tes allures protozoaires.

– Protozoaire ! C'est une insulte ?

– Un très beau compliment, au contraire. Sache qu'un protozoaire est un être vivant. Simplement, il est enfermé dans une cellule, une seule. Tu vois bien que c'est toi.

Et patati, et patata. À ce moment-là, nous étions encore dans la vie d'avant, on se croyait éternels et invulnérables ou presque, on passait des heures à ne rien faire d'autre que blablater devant des plats. Antoine continue, d'ailleurs, mais moins. Quant à moi, terminé. Qui était Hartmann ? Un type d'environ cinquante-cinq ans qui avait poursuivi avec une rage inouïe les auteurs d'un braquage, vingt ans plus tôt. L'affaire se passait avant l'orage du 10 mai 1981, lequel n'annonçait rien d'autre que la pluie sur le trottoir et le fric à tous les étages, comme on l'a su plus tard. Les gars étaient des bandits politiques, anarchistes sur les bords, mais pas des *pistoleros*. Ils ne tiraient pas. Leur butin, c'était la paie des mineurs d'un coin du Nord où on charriait encore l'argent en liquide, au total dans les 20 millions de francs, une énormité à l'époque. Et rien. Et puis Hartmann, le terrible, l'insupportable Hartmann, Javert incapable de lâcher sa proie, bull-terrier enfonçant ses crocs au cul de la canaille.

Deux ans d'une enquête de dingue, sans week-end ni vacances. L'obsession totale. Les flics de là-bas avaient fini par faire circuler une pétition. Ils ne voulaient plus d'Hartmann, ils voulaient rentrer chez eux le soir et ne plus courir après des pégreleux inconnus. Les choses auraient pu se tendre entre le jeune commissaire et sa base poulardine.

Là-dessus, Hartmann les a eus. Les braqueurs. Comment ? On n'a jamais su. Il avait ses propres réseaux, ses indics, son univers on ne peut plus personnel. Il les a eus, et c'est pour cela que je l'ai rencontré. Antoine avait été désigné comme avocat par les voleurs, et moi, journaliste, j'avais suivi l'affaire.

Hartmann avait même trouvé une cerise à poser sur la barbaque qu'il avait ramenée. Des liens réels, bien que distendus, avec un groupe armé basque du genre ETA. Et les cinq types d'être déférés aussi sec devant la Cour de sûreté de l'État. Et Hartmann d'être très content et d'avoir enfin l'âme au repos. Jusqu'à cet orage du 10 mai 1981 dont les effets, on ne le répétera jamais assez, furent chiants comme la pluie, quelques traces à peine sur la chaussée. De vomi.

Sauf qu'au passage la Cour de sûreté de l'État avait été dissoute. *Los bandoleros*, du coup, échappaient à la justice et pouvaient partir se les bronzer sur les routes de France, de Navarre et jusqu'au ciel étoilé. Ce qui serait arrivé sans le Florimond Hartmann dont la mâchoire restait bloquée sur les menottes des cinq anarchos. Je n'ai jamais su comment il s'y était pris, mais, dix jours avant la dissolution de la Cour, l'affaire du braquage est par miracle redevenue une affaire de droit commun, à juger devant une cour d'assises ordinaire.

Antoine a fait durer le tout une éternité, mais le procès a eu lieu, des années plus tard. C'est un de ces jours-là que j'ai vu Hartmann pour la première fois, et, putain de moine, ce type était un croisé. Ce garçon y croyait, bordel de moinillons, aucun doute. À quoi ? Ce n'est pas évident, seulement surnaturel. Hartmann était passionné, puisqu'il faut appeler les choses par leur nom.

Antoine m'avait signalé son cas cinq semaines avant le procès. Selon la rumeur, il était décidé comme jamais à envoyer les Ravachol en enfer. Rien de pire qu'un grand flic convaincu face à un train de jurés extasiés. Antoine avait suggéré une rencontre. Soi-disant pour me permettre de torcher un papier pour le journal sérieux auquel je collaborais – surtout pour trouver de quoi lui tailler un petit costard qui l'affaiblirait devant le tribunal.

Et bon, j'y suis allé. Hartmann, qui stationnait encore et toujours près de la frontière belge à guetter les trafiquants de bière et les gardiens de terrils, a accepté un rendez-vous sans se faire prier. Le commissaire était un grand type avec de petites lunettes carrées et une chemise blanche un peu démodée, serrée au cou par une cravate stricte. Pas désagréable. Ton posé, gestes tranquilles, un chouïa d'humour. Une énigme, je dois l'avouer. Quand j'ai insisté pour savoir ce qui le choquait tant, dans cette histoire oubliée, il m'a lancé :

– Monsieur Tran, ce sont des criminels, ne cherchez pas plus loin. Mon métier est de les attraper,

Monsieur Tran, pas de les laisser s'échapper. Vous seriez d'avis de les féliciter ?

J'ai passé deux heures avec lui sans rien en tirer de plus. Il niait être le responsable du micmac de la Cour de sûreté de l'État, et je ne savais plus quoi penser. Ce mec avait l'air sympa, pour dire le fond de ma pensée.

Et puis, le jour du procès, il a fait son numéro. Trompettiste, dompteur, funambule, illusionniste, inoubliable monsieur Loyal. Ce mec incarnait le cirque Bouglione à lui tout seul, crachant le venin en plein dans la tronche des accusés, à trente mètres de distance. Il avait dû passer des nuits sur ce putain de dossier, parce qu'il le connaissait sur le bout des doigts. Le plus terrible, ce furent les phrases assassines tirées des écoutes téléphoniques. Aucun aveu mais un style, une ambiance, des envolées contre le monde, l'ordre, la mine, l'épargne. Hartmann avait dû s'endormir le casque sur les oreilles, il connaissait leurs répliques par cœur.

Il regardait les jurés, puis les truands sur leur banc d'infamie, et lâchait son javelot, calme et professionnel. Grâce à quoi il a emporté la partie. À moitié, si on fait mieux les comptes, car Antoine a réussi à en faire acquitter deux, Hartmann à en faire condamner trois. Il est était resté là jusqu'au verdict. Hartmann, malgré les apparences, était un acharné remonté contre

contre les brigands comme personne ne peut l'être. Et pourquoi, bordel de merde ?

En ouvrant le dossier de l'explosion et en voyant son nom, j'ai compris que j'allais y retourner. Il fallait que je le revoie. Et je l'ai vu, pas de doute là-dessus.

5

La ville ? Une cochonnerie poisseuse au bord de l'eau salée. Restons vague, il n'y a jamais prescription. Dans l'avion, il y avait une chanteuse célèbre dont j'avais bredouillé les désastres quand j'étais gosse. Ruines et ravines, elle n'aurait jamais soixante-dix ans, elle en avait déjà cent. Deux sièges derrière elle, l'ancien président d'un juteux conseil régional qui devait rejoindre sa villa dans les mimosas. Le monsieur était un ripou prodigieux qui faisait acheter ses apéritifs et son papier cul sur fonds publics. J'avais écrit et décrit, pour rien.

Le temps de siffloter un whisky, l'avion était posé. Je suis allé louer une bagnole chez Avis et j'ai emporté en passager clandestin l'image du noble élu avec blazer et insigne de la Légion d'honneur occupé à papoter, dans le grand hall, avec l'affreuse chanteuse à la crinière blond surréel.

Dehors, vingt-cinq degrés à l'aise et un soleil en pleine démonstration publicitaire, palmiers inclus dans le forfait. On était entrés dans juin et l'été des marchands recouvrait tout l'espace. J'avais toujours détesté la Côte d'Azur, le Midi, Nice et son requin, Toulon et ses marsouins, Hyères et ses maquereaux, Saint-Trop et ses maquerelles. Toutes les vraies putains du monde avaient rendez-vous là, et ce n'était pas pour la beauté du site. D'ailleurs, il n'y avait plus de site, seulement des places. Parkings à bagnoles, à bateaux, à prolos. Le reste n'était que camouflage, pour tromper un ennemi qui n'existait plus. Le dieu du coin était le diable. Un diable avec des bagues aux doigts, des hommes de main, des tonnes de blé.

Le lendemain matin, je me suis réveillé chez Pierre-Henri. Ce grand con œuvrait devant moi avec un café fumant à la main et un rire pétaradant en sautoir. Ah l'étonnant psychiatre !

– Tiens, mon chéri, il a blagué, je sais que t'aimes les attentions, on ne peut rien cacher à un bon médecin des âmes.

Il a sorti un sac de croissants et m'a proposé de piquer une tête dans sa piscine, ce salaud ne se refusait rien. Mais j'ai préféré bouffer. Plus tard, après m'être allumé une Gauloise sèche, drue, droit tendue, cramant l'air alentour comme un petit lance-flammes, j'ai commencé à jacter, assis dans la cuisine. Pierre-

Henri n'était pas sondeur du crâne pour rien. Dans la vaste zone incluant Toulon et Hyères, il connaissait bien des choses. Expert auprès des tribunaux, copain des flics, habitué des journaux, accoucheur de secrets, il était à lui seul une mine d'informations. Il aurait pu s'installer, si la profession avait été reconnue.

– Tu vas pas me croire, il a assuré, après m'avoir laissé bavasser. Tu vas pas me croire !

– Non, j'ai prétendu, parce que je voyais bien qu'il était sérieux, sous ses airs farceurs.

– Eh ben, je soigne un gamin qu'on a retrouvé sous les gravats. Six mois après l'explosion, un gosse de vingt ans s'est pointé chez moi, à mon cabinet. Il avait du mal à dormir, à rester éveillé, à bouffer, à baiser, à pleurer et j'en passe. Remarque, à sa place…

– À sa place ?

– À sa place, cong, je serais mort ! Il a passé dix heures sous les ruines, écrabouillé comme pas permis. Il s'est même arrêté de respirer, à un moment, tellement il en avait marre. Tu imagines ? Non, hein ? Les pompiers ont fait une transfusion dès qu'ils ont pu lui choper un bras au milieu de la poussière et des débris. Mais il a fallu encore trois heures avant de pouvoir le sortir. Duraille, mon gars. *Molto !*

– Et pourquoi tu m'as rien dit au téléphone ?

– Et les surprises, ma biche, qu'est-ce que t'en fais ? J'ai même bossé pour toi, le temps que t'arrives. Tu veux savoir ?

– Y a quelque chose ? j'ai murmuré.

J'ai vraiment murmuré, parce que je voulais qu'il y ait quelque chose et que je craignais que tout se débine si je parlais trop fort. Peut-être que je suis cintré ?

– Y a quelque chose, et même plein de choses, dans ton histoire. Je commence par mon gars, si tu veux bien. Il s'appelle Kijo. C'est un prénom japonais mais ses parents sont de Toulon, vrais de vrais d'ici. Il m'en a lâché des trucs, depuis un an et demi, par bribes et petits morceaux, mais tu sais que je suis tenu par le secret professionnel.

– Je sais. Je sais bien. Mais tu es un ami !

– Ouais ! il a rugi, façon ouragan sur la plaine.

Sa lourde panse a même heurté la table.

Pleurait-il ? C'était bien le genre à pousser trop loin l'émotion. Pierre-Henri passe sa vie à rire, ou, plutôt, la passait. Pourquoi tant de blagues et de joie ? Mystère. On y croyait ou pas, mais, en apparence, Pierre-Henri Monnat n'était pas un garçon compliqué. Un grand mec barbu avec les douilles plutôt longs, un humour d'acier trempé et un bide de moine. Je l'avais rencontré cinq ans plus tôt sur une affaire. Le psy avait enfourné les naseaux dans les coulisses d'une secte huilée, spécialiste renommée du décervelage. Bien coté, Pierre-Henri se voyait confier des expertises par la justice, d'où ce pestilentiel dossier. Peut-être cherchait-il alors le mouvement et l'amitié, le vent dans ses voiles intérieures ?

– T’as le cul bordé de nouilles, a-t-il repris. Kijo est d’accord pour te voir.

Il attendait ma réaction, sûr de moi, et je n’ai pas voulu le décevoir.

– T’es un grand. T’as déjà tout fait. Tu penseras à tes honoraires, t’oublieras pas, hein ?

– On verra plus tard. J’ai des idées sur la question.

Il avait les yeux brillants. Je me suis demandé si je pourrais payer, s’il me restait assez de ressources pour affronter l’avenir. On verrait bien.

*

J’ai vu Kijo le soir même, vers six heures. Il avait fait une journée si chaude que je m’étais contenté d’eau, du moins avant midi. Pierre-Henri s’était débrouillé pour rentrer déjeuner et nous avions siroté dans son jardin, devant une mare pleine de poissons orange. Apéros et rosé, puis rosé et rosé, puis rouge enfin : je crois qu’il buvait presque autant que moi. Où donc étaient passés ses patients ?

Ainsi coulèrent deux heures, à déboucher, boire, manger. Les psychiatres sont des gens comme les autres. Presque.

Vers quatre heures, j’ai dormi, lui, je ne sais pas. Mais avant six il était là et m’a emmené au rendez-vous, un troquet tapageur donnant sur le port, en ville. En terrasse, il y avait des jeunes déjà bronzés, dont beaucoup parlaient à leur portable, et une demi-douzaine de marins à pompon. Dans un recoin, à l'intérieur, un jeune gars long et brun, concentré, qui a réussi à sourire à Pierre-Henri, lequel avait changé de visage. Le caméléon était de sortie.

– Je suis content, a dit Kijo d'emblée. Content de vous dire que ce n'était pas du gaz.

Cette histoire rend fou, j'ai pensé. Je ne connaissais pas ce jeune mec cinq secondes plus tôt, et il parlait déjà de gaz. Je n'ai pas répondu, préférant regarder Pierre-Henri. Mais mon pote ne faisait pas attention, se contentant de regarder le grand gamin avec un œil mouillé. Il a lancé :

– Kijo, mon ami Fred débarque de Paris et ne connaît pas bien l'histoire. Tu dois lui expliquer dans le détail, comme à quelqu'un qui viendrait d'un autre pays et n'aurait jamais entendu parler de l'explosion. Tu me comprends, Kijo ?

– Je comprends, docteur. Mais du gaz, je jure qu'il n'y en a jamais eu. L'immeuble sentait la poudre partout, seulement la poudre. La poudre, vous voyez ce que c'est ?

J'ai dit oui en me demandant ce qu'un gosse de dix-sept ans, enterré sous la pierre et mourant, pouvait bien avoir gardé comme souvenir de cette dinguerie. J'ai mis la lèvre dans une bière furieuse, une Bavaria sombre, et je lui ai proposé de reprendre depuis le début. Kijo a hésité, a regardé Pierre-Henri, puis a lâché un minuscule hoquet avant de se lancer.

– J'ai mangé au bureau, ce jour-là, et pourtant il faisait beau. On aurait pu sortir, avec Louise, mais on a préféré rester, je ne sais plus pourquoi. En mars, on n'a pas tous les jours ce bleu-là, hein, docteur ? C'était bleu dans le ciel, c'était tout bleu et Louise avait un pull rouge, avec un V en plein milieu. On s'entendait vraiment bien, elle et moi, depuis qu'on avait commencé à travailler pour Monsieur Richepot.

– Richepot, le marchand de vêtements du premier ? Le grossiste ? j'ai insisté, car j'avais lu le dossier, n'est-ce pas.

– On l'aimait pas trop, le patron, a repris Kijo, mais il nous foutait la paix royale. Sauf quand il piquait une crise. On supportait mal ses coups de gueule. En plus, il y avait son cousin, il passait l'après-midi. Heureusement, on le voyait pas beaucoup celui-là, il avait d'autres affaires. Nous, avec Louise, on s'occupait des colis, des envois, on répondait au téléphone. Je m'amusais beaucoup avec elle, monsieur. Beaucoup !

Il s'est mis à rire fort, comme s'il se souvenait d'une farce, comme s'il avait eu vingt ans pour de bon et de vrai, comme si ses vingt ans n'étaient pas partis en fumée ce jour-là, comme si la vie brillait encore. J'avais peur qu'il se mette à pleurer.

– Louise est sortie acheter un sandwich et elle est remontée vers deux heures. Moi, j'avais déjà mangé ce que ma mère m'avait préparé, mais j'avais encore une de ces faims ! Louise me montait toujours quelque chose quand elle sortait seule, ce jour-là, elle a rapporté une pomme et une banane. Elle s'est installée près de la fenêtre qui donne sur la mairie et le port, à sa place habituelle, et elle a sorti une commande du tiroir. Je vous le dis parce que je la regardais, je crois que j'avais envie de lui faire une blague. Et puis elle s'est soulevée d'un seul coup en criant : « Merde ! » Et moi, j'ai essayé de m'enfuir.

Je l'ai fixé, son œil était immobilisé quelque part entre l'espace et le temps. Il m'a fait flipper. Mais j'étais là pour enquêter, pas pour chialoter.

– T'enfuir ? Mais pourquoi ?

– Je sais pas. Elle a dit : « Merde ! », elle s'est soulevée, et je me suis tourné vers la porte avec mes mains sur les oreilles, et tout a pété. Tout a pété, monsieur, tout en même temps. Tout l'immeuble avec les gens dedans et Louise et moi et tout le monde. Après, j'étais en dessous, je respirais plus. Monsieur, je n'ai plus respiré, j'ai été mort.

On a laissé passer du temps, Pierre-Henri m'avait jeté un coup d'œil et, bon, j'avais entendu parler des traumatismes, quand même. J'ai fini ma bière, lui, son pastis, Kijo avait une grenadine devant lui.

– J'aime bien les ports, a murmuré Pierre-Henri. Je t'ai déjà raconté comment on a tenté d'entrer dans les bassins militaires, l'an dernier, avec une équipe de Greenpeace ?

J'ai dit non, mais il m'avait même envoyé des photos des zodiacs écolos tirant un faux sous-marin nucléaire fait de bidons et de tôle pour ridiculiser la grande Marine française. Oui, ce bâfreur, buveur et psychiatre était aussi écolo. Écolo. À la suite, j'ai évoqué la mer, qui n'existe presque plus. J'ai décrit le cap Sizun et Ouessant, les manières de l'océan quand il est chez lui, maître chez lui, lorsqu'il fait peur. J'ai parlé de Castelmeur, de ces jours où l'on met le nez au-dessus des écorchures de granit, face au grain. On commençait à se sentir bien, je croyais que Kijo se détendait, mais au contraire. Il s'est mis à chialer. Deux, quatre, dix minutes au moins. Je ne voyais pas quoi faire et ce salaud de Pierre-Henri qui ne bougeait pas, ce devait être thérapeutique. Entre deux hoquets, Kijo a ajouté :

– Et pourquoi ils auraient déshabillé Louise et Madame Lourens s'ils avaient rien à cacher, monsieur ? Pourquoi on les a retrouvées toutes nues, à la morgue ? Et mes vêtements à moi, ils sont où, vous croyez, monsieur ? Vous avez une idée ? Le docteur, il sait pas. Et vous, monsieur ?

J'étais comme le bon docteur, je n'en avais pas la moindre idée. Il pouvait bien y avoir quarante explications.

– Kijo, il me semble que c'est normal, j'ai pontifié. Vos vêtements ne devaient pas être jolis à voir. On peut pas laisser des gens avec des choses pareilles sur le dos. Mais je comprends…

– Mais non, vous comprenez pas ! Monsieur Brunat, à la morgue, l'a bien expliqué à Monsieur et Madame Bardini : quand Louise est arrivée à la morgue, elle n'avait plus de vêtements sur elle. C'est pas l'hôpital qui l'a déshabillée, c'est quelqu'un d'autre. Et pareil pour Madame Lourens, et pareil pour moi. Enfin, moi, je suis arrivé habillé, mais mes affaires, je sais pas où elles ont été mises, je sais pas. Personne ne sait.

J'ai tiqué. Les Bardini auraient dû m'en parler. Ce n'était pas un détail anodin. Pourquoi n'y avait-il rien là-dessus dans le dossier d'instruction ? D'un autre côté, dans l'affolement d'une nuit de cauchemar, tout pouvait survenir. Un autre service était peut-être intervenu. Plus simplement, une défaillance du circuit avait pu se produire.

Les paroles de Kijo étaient en tout cas de la dope, faut croire. Je me sentais soudain pressé. Je lui ai serré la main, j'ai laissé tomber Pierre-Henri qui devait rentrer et repris la bagnole de location. J'ai appelé les Bardini depuis une cabine devant la mairie, ils ont confirmé l'histoire des vêtements. Ils n'avaient rien dit parce qu'ils avaient oublié, parce qu'ils avaient trop à dire, selon Angelica. Admettons. Brunat, à la croire, était un brave type, humain, presque un ami. Ange est allé me chercher son téléphone, et je l'ai joint dans la foulée. Il était chez lui, il ne bougerait pas, il m'attendait. Il avait une voix spéciale, avec sifflement incorporé.

Une demi-heure plus tard, j'étais chez lui. Brunat habitait une merdouille poussiéreuse au nord de la ville, une douzaine de blocs murés dans une herbe grise avec palmier additionnel. Méditerranée garantie. Au pied d'un immeuble ocre rouge, j'ai trouvé une boîte à lettres intacte au milieu d'autres qui l'étaient moins, avec cette inscription bizarre : « Monsieur Jean-Paul Brunat et madame ». C'était au troisième, les vapeurs du soleil, dans l'escalier, semblaient chauffer les murs, je n'avais pas bu une goutte depuis plus d'une heure, je le sentais.

– Entrez, il a dit, plus sifflant encore qu'au téléphone.

Je me suis avancé dans le couloir et je suis entré dans son salon morne. Brunat était un monsieur au cheveu noir, lissé sur le crâne, avec une moustache du même crin. Et l'œil clair, bleuâtre, je crois bien. Cinquante-cinq ? Par là. Un peu plus. Il avait un truc vert qui sortait d'un coin de sa bouche et j'en ai conclu qu'il venait de le manger – je suis un enquêteur, ne pas se fier aux apparences. J'ai du coup regardé l'heure : il était huit heures passé. Madame l'attendait-elle dans la cuisine, en plein repas ? J'ai failli m'excuser, mais quand même pas. D'ailleurs, Brunat avait l'air de s'en taper. Il me regardait sans trop me voir.

– Vous travaillez pour l'avocat d'Ange ? il a commencé.

J'étais resté flou au téléphone.

– Un assistant, Monsieur Brunat. Je suis un assistant de Maître De Bei. Ce qui m'amène, vous l'avez entendu, c'est cette explosion d'il y a trois ans.

– Excusez-moi, il faut que je m'assoye. À cause de cette saleté, a-t-il ajouté en montrant sa gorge d'un geste.

Il s'est assis devant une table jaune au bois brillant.

Une opération, j'ai pensé.

– Un cancer du larynx, il a de suite précisé, sans que je l'ouvre. Je ne vais pas très fort, ça va, ça vient. Mais vous pouvez fumer, je ne crains plus grand-chose.

Mes clopes étaient pourtant cachées dans ma poche, avec mon briquet dans le paquet. Qui m'avait trahi ? Mes doigts jaunes ? Mon âme brune ?

– J'essaie d'arrêter, j'ai menti. Vous êtes au repos ?

Il a souri, regardant dehors, par la porte-fenêtre. Que pouvait-on voir ? Sûrement des taches d'huile, des capots, du parking. Je me suis assis alors qu'il ne souriait plus, du tout. Il me regardait fixement, une nouvelle fois.

– On n'avait jamais vu ça. Jamais on n'avait vu arriver des gens aussi massacrés à la morgue. Je vous jure que tout le monde en parle encore. Des bouts de viande, monsieur, ce n'était plus que des bouts de viande rouge. J'ai un collègue qui a dégobillé, excusez-moi, et il travaille à l'hôpital depuis plus de vingt ans. On ne savait pas quoi faire, les gens perdaient les pédales. Mais on était tellement nombreux, des spécialistes, des marins pompiers, des secouristes, que ça a fini par s'arranger. À l'arrivée, on n'a pas eu grand-chose à faire. De la paperasse, et puis installer les salles pour les médecins, bien sûr.

Sa voix avait repris de la fermeté. Il passerait peut-être l'été, qui pouvait savoir ?

– La question, c'est de savoir pourquoi ils étaient nus. Pourquoi est-ce qu'ils étaient nus, monsieur, selon vous ?

J'ai tiqué, parce qu'on n'arrêtait pas de me demander mon avis. Et que je n'en avais pas. Pas encore.

– Racontez-moi dans l'ordre, j'ai proposé. Vous étiez à l'hôpital toute la soirée ? Vous avez vu arriver toutes les victimes ?

– Pas les deux premières. J'étais au téléphone. Mais les autres, oui. La petite Louise est arrivée à deux heures et sept minutes du matin, j'étais là avec deux de mes collègues. Elle était nue, si on peut dire ça de cette pauvre jeune femme. Nue, la malheureuse.

Et Madame Lourens, pareil. Arrivée à trois heures douze, nue elle aussi.

– Et le jeune Kijo ?

– Habillé. Il était blanc et rouge, une horreur. Blanc de poussière et rouge de sang, mais habillé, je vous le jure. C'est après que ses vêtements ont disparu. Le soir même, le lendemain, j'en sais trop rien, mais ils ont disparu.

– Disparu, j'ai répété comme une andouille. Vous avez demandé pourquoi autour de vous ?

– Pas tout de suite. Et à qui, de toute façon ? Il y avait des dizaines de secouristes, vous voyez, c'était la fiesta… Excusez-moi, ce n'est pas le bon mot. C'était pas une fête du tout, croyez-moi. Mais il y avait des types dans tous les coins de la morgue. On n'arrivait même pas à comprendre qui donnait les ordres. C'était organisé, mais en même temps complètement fou. Je ne savais pas à qui obéir. En plus, le patron de la morgue était en congés en Angleterre. Vous imaginez le tableau ?

J'ai juste opiné, j'étais crevé, réellement ratatiné par cette journée pourtant à peine vraiment commencée.

– Non, on n'a pas posé de questions tout de suite, a repris Brunat. Mais à force de parler entre nous, je veux dire avec les collègues, surtout Maurice et Abdel, on a quand même voulu avoir l'explication. Parce que, normalement, les vêtements des morts, c'est nous qui les enlevons, c'est notre travail. Je veux bien comprendre que d'autres l'aient fait avant, mais pourquoi ?

– Monsieur Brunat, ça ne me semble pas si incroyable. C'était une situation d'urgence, des gens habitués aux tremblements de terre, aux catastrophes étaient sur place, ils réagissent au quart de tour. Vous avez fini par demander ?

– On a demandé, on a demandé chacun notre tour la semaine suivante à notre patron, le docteur Debard, qui était rentré en urgence. Mais il nous a carrément engueulés. Comme si on avait pas le droit de savoir quoi que ce soit. Vous le croirez pas, mais il a balancé à la fin de la petite réunion avec nous : « Vous commencez à m'emmerder pour de bon, tous les trois ! » Vous le connaissez pas, mais le docteur Debard, c'est un gars si doux, un peu, un peu…Pas du tout un homme qui…

Il s'empêtrait et ma molaire commençait à me relancer. J'en avais marre et, dans ces moments-là, je suis brusque.

– Vous voulez dire quoi ? Que c'est un pédé ?

– Pas du tout, a tortillé Brunat. Simplement, il n'a pas d'enfants. Je veux dire qu'il n'est pas marié. C'est un doux, quoi, jamais un mot plus haut que l'autre, jamais un mot de travers en douze ans de collaboration, et là, d'un coup : « Vous m'emmerdez ! » Et fort, en plus. Il avait les nerfs, moi, je vous le dis. Après, il a juste expliqué que les vêtements avaient été enlevés par une équipe spécialisée des pompiers pour faire le plus rapidement possible des analyses.

– Et vous n'y croyez pas ?

– Si, en plus. D'un côté, je dois bien y croire. Mais de l'autre, vous vous rendez compte ? On sort des morts écrabouillés des décombres et, entre le moment où on les met dans l'ambulance et le moment où ils arrivent ici, y a des pompiers qui les déshabillent. Ça vous paraît logique, à vous ?

Je me suis cassé juste après. Brunat m'avait proposé un pastaga, mais le cœur n'y était pas, sans vilain jeu de mot. Ni chez lui, dont l'œil se vitrifiait peu à peu, comme rattrapé par je ne sais quelle tristesse des grands fonds. Ni chez moi, qui n'avais plus qu'une envie : picoler un vrai grand coup, sans témoin, sans parole, sans aucun regard posé sur ma bidoche. Je suis allé m'arsouiller dans un bar à putes sans putes, dans une toute petite rue à sens unique, derrière la cathédrale, où les bagnoles avaient le plus grand mal à passer. Il y avait un match de foot à la télé et une demi-douzaine de spectateurs qui suivaient mollement. J'ai bu du rosé, du rosé du Var, frais, dégueulasse et saoulant. Assez saoulant pour que je ne pense plus à grand-chose. Je me demandais tout de même si j'allais retrouver ma caisse, abandonnée sur un parking. Sur la place où avait explosé cette foutue maison. Je me demandais aussi ce qui se passerait si un flic me faisait souffler dans le ballon. Je me demandais où j'allais dormir, où habitait Pierre-Henri, et je n'étais sans doute pas loin de me demander qui était cet inconnu dans la glace, en face de moi. J'ai arrêté de boire au moment où mon cou s'est mis à chauffer comme une flamme. Il n'y avait plus de foot depuis beau temps, les putes étaient sorties de leurs repaires avec des gusses à leur cul, il fallait que je rentre. On a fait, je ne sais pas comment.

6

Le lendemain, un mercredi, je suis resté chez Pierre-Henri. C'était la veille de la première agression, mais je l'ignorais encore, on ne m'avait pas prévenu. L'infect rosé m'avait ruiné les sangs pour le compte, je combattais un mal de tête renforcé par une rage de molaires lancinante. Le médecin des neurones et des plis intérieurs est passé sur le coup de midi alors que j'émergeais et m'a refilé une boîte avec six comprimés à prendre toutes les deux heures. L'après-midi a été d'une beauté stupéfiante, sans plus la moindre souffrance, avec des bleus et des rouges plein la pupille, et même un réel plongeon dans la piscine. La chimie, fieffée salope, est parfois la meilleure amie de l'homme.

J'ai travaillé, il ne faut pas croire que je dépensais l'argent des Bardini et d'Antoine sans état d'âme. J'ai relu des pièces du dossier, la presse de l'époque, passé des coups de fil à des gens que je connaissais encore un peu : un journaliste de *La Provence*, un flicaillon syndicaliste, et j'ai même tenté de joindre Hartmann, qui n'était pas là. À sept heures, alors que le soleil avait tout saturé depuis son réveil, une brume s'est mise à clopiner à l'horizon. La maison de Pierre-Henri n'était pas dans la ville, mais au bord d'une autre, bien plus petite. La mer se montrait à trois cents mètres d'icelle, et je m'étais décidé à l'aller voir de près. Eh bien, mauvaise pioche. À part l'eau plate, et la côte carbonisée par le béton et la fiente qui ne forment là-bas qu'une seule et même matière, quoi ? Cette brume, justement, qui ne clopinait plus, mais cavalait maintenant. J'ai eu comme un frisson et je suis rentré en pensant qu'il était l'heure du vin, de la grappa, de la bière, du Martini, du blanc sec, du rouge violent, succulent, surabondant. Quand je suis arrivé, Pierre-Henri était rentré et avait disposé trois verres sur la table du jardin.

– C'est pour qui ? j'ai demandé. Tu bois dans deux coupes, maintenant ?

– Nan, j'ai proposé à la fille de Madame Lourens de passer. Je t'en ai pas encore parlé, mais c'est une drôle de nana, très remontée, vachement maligne. Elle a bossé sur l'affaire, elle a la tête plein de trucs et elle refuse de lâcher le morceau. Crois-moi, on peut compter sur elle.

– Elle bosse ?

– Comme botaniste. Ou bossait, je ne sais pas trop, tu lui demanderas. Elle va pas tarder.

Et en effet, elle n'a pas tardé. Sauf que la fille était avec un type. Pierre-Henri est rentré dans la maison par la porte du jardin, il est revenu avec un quatrième verre à pied et une deuxième bouteille dont la franche rosée de condensation faisait plaisir à l'œil et aux papilles. La nana avait eu le temps d'annoncer qu'elle s'appelait Marina et le mec, Philippe. Et j'avais eu le temps de serrer la louche en leur disant que moi, c'était Fred. Fred.

On était à peine assis, tout juste servis, je crois que je n'avais pas encore avalé une goutte quand elle a balancé sans prévenir :

– C'est bien toi qui as sorti l'affaire Corcia, non ?

C'était moi, aucun doute. Corcia, ce fils de pute qui m'avait valu mon dernier procès en date. Corcia et le Liban, Corcia et ses copains mafieux, Corcia et ses copains ministres, Corcia et le casino, Corcia et son rire de hyène tachetée. Là, j'en rajoute, parce que je n'ai rien contre la hyène, cette malheureuse fille des savanes. Il était toujours maire et conseiller général. Et moi, bientôt bon pour faire la manche dans les rues piétonnes de sa grande pouffiasse de ville balnéaire minuscule, capitale des conférences et des festivals.

– Ouais, j'ai fini par répondre en grinçant des dents sans bien m'en rendre compte.

Marina Lourens m'énervait déjà ; son connard de jules aussi, entre parenthèses. Trente-cinq ans, je parle d'elle, peut-être un peu moins, avec des cheveux noir corbeau presque brillants, trop frisés, tout resserrés, recroquevillés, on aurait dit. Et des yeux qui louchaient, mais si peu qu'on se demandait si on ne se trompait pas. Sans compter cette affreuse cicatrice dingue en plein milieu de la joue gauche, dont le début – ou la fin ? – faisait comme un trou, l'entrée d'un cratère prêt à percer la peau. Le mec, à côté d'elle, semblait limpide. Disons trente ans, cheveux mi-longs très blonds, pas très bien rasé, plutôt beau gosse, il faut bien dire. Elle aussi, d'ailleurs, malgré la cicatrice, pas si mal.

– Quand il veut, il peut, a lâché Pierre-Henri. Mais faut faire attention avec Fred Tran. Cet homme n'aime pas les compliments, il aime plus grand-chose, d'ailleurs. C'est un cas. Je parle en savant.

– Très drôle, j'ai commenté. *Molto piacevole*, j'ai ajouté en rital, je ne sais pas ce que je voulais prouver avec ça. *Mi dai un po' di vino*, plutôt que de déconner ?

Il m'a resservi du rosé que je me suis envoyé dans le cou sans une seconde de doute. Le verre au complet, façon grand ivrogne. Je sentais le regard des deux tourtereaux sur moi, je n'étais quand même pas trop fier.

– *Hai ancora qualcosa lì dentro ?* elle m'a dit, et ça m'a bel et bien déstabilisé.

– *Tu parli italiano ?* j'ai fait semblant de demander.

C'était misérable, question réplique.

– Je veux simplement savoir si t'as encore assez de jus pour nous aider. J'ai pas vraiment de temps à perdre et, si Monnat avait pas insisté, je sais pas si je serais venue, figure-toi.

Je n'avais pas trop l'habitude qu'on appelle Pierre-Henri par son nom de famille. Sauf quand il passait à la télé pour parler des sectes, ce qui était devenu, au fil des années, sa spécialité. Cette greluche – c'est triste à avouer, mais j'ai bien pensé greluche, un mot qui sentait la naphtaline –, cette greluche m'emmerdait. Je n'étais pas descendu dans ce bobinard du Sud pour me faire bousculer par une greluche pareille. Greluche, un mot de petit vieux.

– Attendez, j'ai contré, et ce n'était pas à eux deux que je parlais, c'était à elle, je la vouvoyais bel et bien. Dites donc, vous êtes qui, au fait ?

Je ne sais pas ce qui me prenait de parler comme un crétin des Alpes, je n'étais même pas saoul, juste fiévreux, peut-être les dents et cette came du grand con qui m'avait si bien défoncé. Elle m'a répondu sans se gêner, d'une voix haut placée, sûre de son fait, sûre de ses droits, et autant de ses devoirs. Marina Lourens, fille unique d'une Madame Monique Lourens née à

Tizi Ouzou en 1944 et morte cinquante-cinq ans plus tard dans les ruines d'un immeuble éventré. Marina Lourens, qui ne trouvait pas le moyen d'enterrer sa mère pour de bon, couvant sous la peau une rage comme je n'en avais pas vu depuis deux siècles au moins, décidée à tout faire, à ne rien laisser derrière ni sur les côtés. Il s'agit là d'une traduction libre, mais je suis certain de ne pas la trahir. Elle sortait des phrases aussi rapides et sifflantes que des balles de fusil d'assaut, elle tirait des rafales. Au point de me faire entendre sa vérité : avec ou sans moi, elle ne lâcherait pas, et saurait. Elle savait d'ailleurs déjà plein de choses, précisa-t-elle. Mais elle n'avait pas le temps, ce soir-là, parce qu'on l'attendait autre part. Mais si je n'avais rien à faire le lendemain, comme elle allait faire un saut à Porquerolles et sans doute à Port-Cros je pouvais l'accompagner. Je n'avais qu'à la retrouver à l'embarcadère de la Tour Fondue, à Giens, vers huit heures. Et si je n'étais pas là, elle comprendrait très bien. Très bien, répéta-t-elle, en crachotant un zeste amer par-dessus bord, un parfait petit venin. Les temps devenaient durs pour les journalistes de combat.

– Philippe, mon doux, tu me ramènes ?

Le Philippe nous a regardés, Pierre-Henri et moi, son verre encore à moitié plein, avec un sourire qui simulait l'aisance et la bonne humeur. J'y ai vu autre chose mais je n'ai rien ajouté, cette soirée était naze et foutue, malgré un retour inattendu du roi Soleil en personne, en robe de chambre, au bord de se coucher. Ils sont partis et je me souviens qu'on a mangé une pizza dehors, trop cuite, trop chaude. Pierre-Henri avait illuminé une partie de son jardin et essayait de me parler de Maureen, cet affreux salopard. À la suite de quoi, à la fin des bouteilles, trois au total, j'ai demandé le gros réveil chinois qui criaillait à la façon des mouettes et Pierre-Henri n'a pas commenté.

Il devait bien se douter que je prendrais ce bateau, car il connaissait les points forts du Fred et les pointes molles de son soi disant cerveau. Le lendemain au matin, sur la route de Giens, ce fut donc la première agression.

7

Je me suis levé à six heures, le record de l'année. Pierre-Henri dormait, son chat – une femelle tricolore, grassouillette, indolente – aussi, sa cuisine idem, et moi, à peine moins. J'ai fumé deux clopes, dont une dehors, à la barbe et au nez des citronniers, devant la mare, comme un vieux sage taoïste. Je me moque. Mais les poissons du bassin étaient des petites fusées de couleur, des messagers, l'air du levant sentait la paix éternelle. J'ai bu un bon litre de café qui s'est mis à danser au-dedans avec la fumée bleue des Gauloises. Je voyais des échanges chimiques, des rencontres cosmiques, c'était de toute beauté.

Un peu avant sept heures, j'ai pris la bagnole de location, une Opel, il me semble. En tout cas, il y avait un lecteur de CD dans lequel j'ai mis un disque de Tom Waits piqué au psychiatre, *Alice*. Après la mise en jambes de l'A 50, encore toute calme, j'ai traversé la ville, cette putain de ville, et chopé l'A570 jusqu'à Hyères. De là, direction Giens et la Tour Fondue. Au passage de l'étang des Pesquiers, sur le tombolo de la presqu'île, j'écoutais pour la troisième fois *Poor Edward*, l'histoire d'un mec qui n'a pas de chance avec une femme, mais pas de chance du tout. J'étais heureux, les vasières à droite de la route étaient pleines d'avocettes, de hérons cendrés et d'aigrettes, j'ai même cru voir au loin un groupe de flamants roses, mais c'était peut-être la lumière naissante qui flambait. Alors que j'atteignais le milieu du cordon de sable et de galets, une espèce de Méhari, un truc déglingué en plastique, a coupé comme par magie le chemin. Elle devait être cachée derrière un fourré de tamaris, mais c'est loin d'être le plus important. J'ai stoppé net, je ne pouvais pas faire autrement.

Deux mecs sont sortis. Pour ce que j'ai pu voir, l'un était un solide gaillard, très musclé – son tee-shirt noir laissait voir de joyeux biceps exubérants –, moustache noire, cheveu court et gris ; l'autre était plus jeune, dans les quarante, peut-être arabe, avec des lunettes de soleil. Le plus vieux tenait une batte de base-ball dans la main droite et a cassé mon pare-brise tout net. L'autre a passé le poing par la fenêtre ouverte, puis donné un coup très dur dans mon cou en disant d'une voix douce :

– Tu veux vraiment crever, pauvre con ? Continue comme tu fais, continue et on reviendra te cramer le cul.

Je ne les ai pas vus partir, trop occupé à pleurer, mais ils ont fait du bruit, des bruits d'extraction, ils devaient être ensablés. Il pouvait être sept heures et demie et j'avais mal, un mal de chien enragé. Je ne respirais plus que par à-coups et, chaque fois, de longues aiguilles impeccables, en acier trempé, traversaient ma bidoche, juste au-dessous de mon menton.

Je suis resté là un quart d'heure environ, dépassé par deux ou trois bagnoles klaxonnantes. La dernière du lot était celle de Marina Lourens. Elle est arrivée sur moi, je ne pleurais plus, on entendait les dernières paroles de *I'm still here*.

– T'es amoché ? elle a dit. On t'a tamponné ? elle a ajouté en regardant le pare-brise.

– Personne, j'ai coassé. Enfin si, je te raconterai plus tard.

J'avais décidé de la tutoyer, il ne faut quand même pas pousser. J'ai suivi sa Clio jusqu'au port de la Tour Fondue en regardant les étoiles qui giclaient du verre esquinté. On a eu juste le temps d'embarquer pour Porquerolles sur une vedette aux trois quarts vide, du même coup supportable. La mer était violette, parcourue par des oiseaux en plein labeur. C'était la saison de la reproduction, qui n'est pas celle du batifolage et des feignants. On ne s'amuse pas tout le temps, dans l'avifaune. Des cormorans huppés au poitrail vieux cuivre rasaient l'eau, quelques corneilles noires paumées tentaient de rallier l'île droit devant, des sternes plongeaient en essayant de ne pas pêcher une vérole balancée par nous autres. Marina a rompu la trêve :

– Bon, tu me racontes ? Je suis pas plus conne que toi, hein. On t'a tabassé ?

– On m'a tabassé, j'ai répondu.

Et, comme l'aveu m'avait soulagé, j'ai pu commencer à me masser le cou sans plus me gêner. Putain, je souffrais.

– T'es tout rouge, Tommy, on t'a pas raté. C'est lié, tu crois ?

Je n'ai pas su quoi répondre, mais j'ai raconté exactement ce qui m'était arrivé et j'ai conclu par :

– C'est Fred, au fait. Pas Tommy.

Elle s'est marrée et le rouge de mon cou est monté jusqu'aux joues quand elle a précisé :

– Mais je sais bien, Fred, qu'est-ce que tu crois ? Je t'appelais Tommy à cause de *I'm still here.* À cause de Waits. T'es quand même pas vexé, si ?

J'ai dit non, c'était oui, et je me suis massé trois fois plus fort. La vedette approchait le débarcadère de Porquerolles et n'a pas tardé à aborder, ce qui m'a bien arrangé. Marina devait régler un problème au conservatoire botanique, mais quoi, mystère. Et où, mystère aussi. Elle s'est mise à monter une côte après avoir précisé qu'elle allait au hameau, qu'elle en avait pour une heure, et me conseillait de profiter d'un belombra.

– C'est quoi, un belombra ? j'ai demandé.

– Ces arbres-là, juste derrière. Ils viennent d'Amérique du Sud.

Drôles de bestioles. Il y en avait un paquet, en effet, avec de grandes feuilles ovales, et dont le bas du tronc formait comme des banquettes à l'ombre. J'aurais pu m'y poser, mais dès que la fille se fut évanouie vers le haut du village, j'ai préféré m'installer à la terrasse d'un troquet. Je n'étais pas très fier, mais j'ai pensé que j'avais le temps avant qu'elle revienne de me boire un blanc frais, ou deux. Ce n'était pas l'heure d'un apéro mais j'en avais marre, sacrément marre, et j'avais eu peur, pour de bon. Pas énormément, car j'en avais vu d'autres, mais assez. Ces deux mecs ne m'inspiraient pas confiance. Surtout celui au poil gris avec ses bras de Popeye. Surtout lui. J'avais dans l'idée qu'il aurait pu sans trembloter me mettre la batte dans la gueule, ou une balle dans le front. Ces choses-là se sentent, avec un certain entraînement. Et c'était d'autant plus chiant que je ne comprenais rien à rien. Évidemment, leur sketch était lié à l'immeuble, les Bardini, Madame Lourens, Kijo et tous les autres. Évidemment. J'avais vu trop de mauvais films pour imaginer une méprise. Macache. Mais qui commandait, pourquoi, comment ? Comment avaient-ils su que je prendrais le bateau alors que je le savais à peine ? Qui les avait rancardés ? Je n'aurais pas été malheureux que le Philippe à Marina joue un rôle sordide dans le scénario. Mais, dans ce cas, pourquoi pas Marina elle-même ?

Je repassais le film dans ma tête et me retrouvais chaque fois dans la même impasse. Ces salopards ne m'avaient pas suivi, ils m'attendaient. Or, trois personnes savaient que, peut-être, je passerai là. Pierre-Henri ? J'avais plus confiance en lui qu'en moi-même. Philippe ? Il fallait que je sache depuis quand il pieutait avec Marina, et d'où il venait. Quant à Marina, je me souvenais tout à coup qu'elle n'avait pas si envie de me voir chez Pierre-Henri. Peut-être, au fond, ne voulait-elle pas d'un autre regard sur l'affaire ? Je commençais à me poser des questions dégueulasses. Et si c'était une histoire d'assurance, de dommages et intérêts ? Elle pourrait vouloir toucher le magot et redouter que je foute tout en l'air avec mes gros sabots ? Qu'est-ce qu'elle avait dit, au fait ? « C'est bien toi qui as sorti l'affaire Corcia ? » J'avais pris son propos pour un compliment, mais ce pouvait être tout autre chose. Elle savait que j'aimais remuer la merde, que je ne m'arrêtais pas aussi facilement que d'autres au bord du chemin. Ouais. Mouais. En plus, elle ne paraissait guère émue par l'agression. Ou cette fille était une dure, ou c'était une petite saleté. À moins qu'elle ne fût les deux. J'avais pris dès la première gorgée de blanc un comprimé de la divine série de Pierre-Henri, et c'est sans doute pour cette raison que les chevaux galopaient si vite dans ma tête. Il y en avait des troupeaux, accompagnés d'oiseaux voletants, multicolores, et de Marina, marchant au-dessus de la scène, au plafond, ricanante. J'avais dépassé la dose, je crois. Et je m'en foutais grave.

J'ai eu le temps de boire mes deux blancs mais pas de les planquer. Quand Marina est revenue, elle n'a pas fait le moindre commentaire, sauf un infime sourire. Elle avait l'air satisfaite de son petit séjour là-haut.

– C'est bon, elle a estimé en s'asseyant de manière à ne pas supporter l'ombre du parasol Orangina. Me voilà tranquille pour un moment.

– T'es botaniste ? j'ai embrayé. Tu travailles pour le conservatoire botanique de Porquerolles ?

– Si on veut. Tu en reprends un troisième ? elle a ajouté en lorgnant sur mon verre. Moi, je veux un rosé de l'île, ne te gêne pas.

– Je me gêne pas, j'ai menti. Je vais reprendre un blanc. T'es botaniste ou quoi, merde ? C'est un secret d'État ?

– Je suis botaniste. Mais je ne travaille plus pour eux. Incompatibilité d'humeur, je crois qu'on peut appeler comme ça le crétin qui était mon supérieur, et qui se croyait supérieur. J'ai pas supporté ses mains, surtout ses mains, tu vois ? Alors je ne bosse plus directement pour eux, mais je viens de leur refiler un rapport sur la conservation ex-situ dans le bassin méditerranéen qu'ils trouvent réussi. Tu me suis ?

J'ai marqué un point, je n'ai pas peur de le dire. Deux ans auparavant, j'avais écrit un truc documenté sur le réseau national des conservatoires botaniques pour un journal de jardinage et je m'en souvenais à peu près. Ne déconnons pas : je m'en souvenais fort bien.

– Où en sont-ils avec *Nerium oleander* ?

Marina a bel et bien sursauté, puis bredouillé une phrase que je n'ai pas entendue clairement car j'étais trop content de moi. Au point que j'ai rajouté :

– Pernès est un sacré généticien, je dois reconnaître. Au fait, le Conservatoire s'occupe toujours du renforcement du buglosse crépu ?

Du chinois, hein ? Mais les tentatives de sauvetage de plantes menacées m'avaient passionné, deux ans plus tôt. *Nerium oleander*, le laurier rose, comptait des populations sauvages si dispersées, dans le sud de la France, qu'elles ne pouvaient même plus échanger leurs gènes. Le conservatoire de Porquerolles avait rassemblé des graines sur l'île, une sorte de réservoir de diversité. Quant au buglosse crépu, c'était une plante rarissime qu'on ne trouvait qu'en Corse et en Sardaigne, et pour laquelle les botanistes avaient lancé un programme spécial. Bref.

– T'as révisé ? elle a contre-attaqué.

Marina Lourens n'était pas du genre à se laisser impressionner longtemps.

– Oh, hé ! On peut connaître des choses sans être un pro comme toi. Je suis pas venu ici pour m'engueuler, figure-toi. Parlons plutôt de nos oignons, si tu veux bien, j'ai d'autres chats à fouetter, moi.

J'étais encoléré, ridicule à ne pas croire. Marina Lourens, reine des chieuses.

– Donc, l'explosion, j'ai énoncé. Tu penses que c'est pas le gaz, mais moi, je te demande : pourquoi ce serait pas le gaz ?

– Mais parce que ! elle a hurlé.

Elle était d'un coup furax, elle aussi, et j'ai eu l'envie une seconde ou deux de me trisser, car non seulement j'avais mal à la gorge et à la tête – c'était revenu –, mais je me voyais lancé en pleine pédagogie. Sauf que Porquerolles est une île, j'étais coincé jusqu'à l'heure du bateau.

– Ouais, j'ai contré. Voilà qui nous avance. Pierre-Henri m'a dit que tu étais sûre que ta mère…

– Ces enfoirés de flics ont tout essayé pour faire croire que ma mère était suicidaire. Elle aurait ouvert le gaz volontairement, elle aurait tout fait sauter avec ses conneries. Tu imagines ?

– Non.

– Mais tu imagines ?

– Non.

– Ma mère était pas suicidaire. Elle était déprimée, d'accord, elle en avait plein le dos de certaines choses, elle était seule, c'est vrai. Mais putain, elle faisait du sport deux fois par semaine, elle nageait, elle avait deux copines en or, elle m'adorait !

– Des fois, on se trompe, j'ai essayé.

Elle a levé sa main droite à une vitesse fulgurante, j'ai cru que la discussion tournait mal.

– Je suis sûr qu'elle t'aimait et tout, j'ai ajouté aussi sec, mais ce qui se passe dans la tête, pour de bon, tu le sais, toi ?

– Je sais qu'elle n'était pas suicidaire, merde ! Je l'avais vue la veille au soir, on a papoté, on devait partir voir ma grand-mère en Espagne trois semaines plus tard. Écoute, il faut que tu me croies, parce que tout part de là. Elle s'est pas suicidée, et c'était pas du gaz, parce que personne n'a jamais senti de gaz dans cette histoire, à part certains pompiers ! Kijo t'a parlé de cette odeur de poudre, non ? Il y en a plein d'autres, des témoins, tu peux les voir quand tu veux. Quand tu veux. Demain. Et comment t'expliques que ceux du premier, au sud de l'immeuble, comme Louise et Kijo, aient été écartelés comme des vaches alors que ma mère, qui se trouvait au quatrième nord, est restée intacte ? Hein ?

Tout se bousculait, je n'avais pas lu cela dans les notes des Bardini, il fallait que j'aie accès à toutes les pièces, sûr de sûr.

– Ta mère, elle était comment, après ? Tu…

J'ai hésité un chouïa, faut se mettre à ma place.

– Tu l'as vue, après l'explosion ?

– Tout de suite, presque tout de suite, à l'hôpital. Elle était à peine rougie, on ne voyait rien, rien ! Je l'ai regardée, figure-toi, je pouvais pas y croire. Je l'ai retournée, mon vieux, je l'ai retournée ! Elle n'avait rien ! Juste comme un coup de soleil, léger sur le visage, un peu plus fort sur les mains. Oh merde !

Elle s'est mise à pleurer, je ne savais guère où me mettre. Si j'avais pu, j'aurais bu, mais il n'y avait plus rien, sauf quatre gouttes de rosé dans son verre à elle. J'ai attendu en la regardant. Elle avait des yeux, malgré les larmes, on ne peut pas dire le contraire. Elle avait des yeux. Dans un genre clair sur fond mat, et grands.

Au bout de cinq minutes, on a pu reprendre.

– Non, tu vois, le pire, c'est les flics, ces flics à la con. Je te montrerai la presse. Tous les journaleux racontaient la même chose, de source policière, comme ils disent. « *Le corps de Madame Lourens était carbonisé, complètement carbonisé.* » Mais c'est dégueulasse ! Le jour où j'ai vu le commissaire Hartmann – tu sais, c'est le mec qui suit l'affaire –, il m'a dit un truc balourd du style : « La presse, madame, hélas… » Mais un journaliste que je connais très bien m'a juré que l'info venait des flics. Ma mère carbonisée ! Elle n'avait rien !

– Que tu connaissais très bien, j'ai repris.

Une étrange question dont j'ai mieux compris le sens un peu plus tard.

– Oui. Christian Napas. Il est sur Nice maintenant. C'est un ex.

Un ex. J'ai confusément pensé, très confusément, qu'il y avait des ex partout, toujours. N'empêche que ces infos étaient intéressantes, je ne pouvais pas le nier.

– Tu ne reprendrais pas un verre ? j'ai proposé, et ce n'était pas aussi délirant que cela, on avait dépassé les onze heures, ce n'était pas délirant. Même d'autres que moi commençaient à avoir le droit.

– Trop tôt, mais je t'en prie.

Elle semblait sincère, j'ai profité de l'embellie. Seulement, il fallait commencer à faire gaffe au soleil et la journée n'était pas finie. J'ai pris un seul gorgeon, me jurant que le suivant attendrait le repas. Et j'ai vite regretté, parce que les verres étaient petits, enfin pas si grands.

– Je continue, j'ai continué. Admettons que ce soit la poudre. Donc une bombe. Tu imagines la puissance pour souffler un immeuble entier ?

– Je dis juste que c'était pas le gaz, je ne suis pas une experte comme toi.

Marina Lourens grondait, pas d'autre mot. Elle montrait le bout de ses dents, je n'aurais pas aimé qu'elle morde, cette fille était une féroce.

– Qu'est-ce que tu as contre l'hypothèse d'une bombe, Tran ? L'immeuble était un vieux machin du XVIIIe, bourré de plâtre et de bois, il a peut-être été ébranlé, avant de tomber. Au passage, je comprendrais mieux pourquoi ma mère n'avait pas de blessure. Aucune blessure externe : elle a été écrasée. Au fait, tu sais que le cousin de Richepot était dans la bande à Torlotta ?

– Torlotta, notre petit mafioso national ? Celui qui s'est fait buter en Italie l'an dernier ? Pour de vrai ?

– Pour de vrai. Le nom ne te rappelle pas quelque chose ? Ou plutôt quelqu'un ?

Si, il me rappelait Corcia. Oui. Misère de Dieu, ce lien maudit ne m'arrangeait pas. Torlotta était un caïd de taille honorable pour la région. Avec des liens du côté de la Brise de mer, la bande corse propriétaire de l'île ; avec des liens en Italie, et sur Marseille aussi. Un commandant de l'OCRB, la répression du grand banditisme, m'avait résumé l'affaire quand j'enquêtais sur Corcia. Torlotta et sa clique tenaient, en gros, la came, les putes et les machines à sous entre Bandol et Bormes-les-Mimosas. Et Corcia, ce fils de chien, cette merde à rat, fricotait avec. Et ne détestait pas s'afficher avec des petites frappes du clan Torlotta au moment des campagnes électorales, quand il s'agissait de montrer sa force au crétin de votant. Personne ne savait jusqu'où allait le contact, l'interpénétration, la complicité. Il y avait juste cette chose délicate : pendant des années, Corcia avait traité Torlotta, truand sans âme ni cœur, comme un allié, un agent économique et politique. Comme un excellent citoyen, mais oui.

– Et le cousin de Richepot, tu dis ?

– Un des lieutenants de Torlotta, comme on lit dans les journaux. Pas une petite main, un vrai manitou, d'après ce qui se raconte. Richepot lui-même n'est pas un type si clair, crois-moi. Christian, le journaliste, mon ex, m'a juré qu'il avait coulé au moins dix boîtes à la tête desquelles il avait mis des hommes de paille. Il n'a plus le droit d'être gérant depuis au moins dix ans, j'ai vérifié. D'ailleurs, la boîte de fringues était au nom de son beau-père. En plus, le cousin…

– Il a un nom, ce mec ? j'ai coupé, car je crois bien que j'étais troublé, je voulais ralentir le rythme, je m'essoufflais sur place.

– Robert Metchiche, mais, pour tout le monde, Bert.

– Tu le connais de vue ? Il a quelle tronche ? j'ai demandé, car je pensais à mon tordu de tout à l'heure, au mec à la batte, à Popeye.

À mon idée, elle a cherché la réponse un poil trop longtemps. D'ailleurs, elle tordait le nez, métaphoriquement parlant.

– Quoi, sa tronche ? Tu t'intéresses à sa petite gueule, Tran ? Bert vient d'Algérie, ses parents, en tout cas. Des juifs de Constantine. On dit aussi que c'est le grand maquereau de la ville, mais on dit n'importe quoi, je ne t'apprends rien. La rumeur raconte en plus que c'est un gros dragueur. Je sais pas comment font les filles.

Merde, je ne rêvais pas : elle se marrait. Elle se moquait ? De moi ?

– Le type qui m'a filé un coup dans la gorge avait l'air d'un Arabe, j'ai finement souligné. Mais il pourrait aussi bien être un séfarade, après tout. Ouais, c'est pas impossible. Un Juif de Constantine, tu dis ?

– Si tu veux juste voir sa tête, c'est pas compliqué. Il passe sa vie au Souvenir, un PMU de la place Morandin, à deux rues de l'immeuble de ma mère. Mais je peux déjà t'assurer qu'il ne ressemble pas à un Arabe. Du tout. Tran, je ne veux pas te pousser, mais j'ai envie de manger quelque chose. Et je voudrais aller au moins jusqu'au phare et au rocher de la Croix. Tu aimes marcher ?

J'ai dit que oui, ce qui était vrai, dans une vie précédente, et me suis demandé au passage pourquoi elle m'appelait Tran. Mais je n'allais pas lancer la discussion là-dessus, on se doute, et la suite s'est organisée comme elle l'avait souhaité. Elle était connue, assurément, car au restaurant on a reçu en cadeau un rouget incroyablement goûteux, avec un riz moelleux et du fromage vrai, ce qui m'a paru proche de la grâce. Je ne parle pas du vin, mais le rosé de Porquerolles ne se recrache pas.

Au début de l'après-midi, à ma grande surprise, nous sommes bel et bien partis en balade. Je n'avais guère marché depuis près de dix ans. La forcenée m'a pourtant traîné dans la descente vers le rocher de la Croix, puis vers la pointe du Grand Langoustier, alors que je suais déjà, vivement, malgré l'abri généreux des pins et des chênes verts. Rouge brique avant l'arrivée au mont Tiélo, à seulement cent huit mètres au-dessus des eaux, je commençais à la maudire intérieurement. Mais là-haut, je dois avouer que j'ai été soufflé, pas seulement par le mistral. Le vent glacé avait effacé toutes les rides du ciel. On voyait Porquerolles, sa plaine et ses vergers, ses vignes et ses friches, le port et la tour Sainte-Agathe. Marina Lourens, soudain détendue, racontait des trucs savants sur les figuiers et sur la collection d'oliviers du conservatoire. J'ai osé de mon côté deux ou trois commentaires sur les oiseaux, que j'avais tant aimés vingt ans plus tôt. Je lui ai même montré un serin cini rasant l'herbe d'une clairière, du côté de la plage d'Argent. Parce qu'on était allés jusque-là, il ne faut pas croire que l'alcoolique s'était dégonflé. Eh oui, Frédéric Tran a parcouru ce jour-là la moitié de l'île. J'étais plus en forme à l'arrivée qu'au départ. Je jure.

Au moment de reprendre le bateau, après un petit crochet par le bistrot, la journée mollissait gentiment. Le mistral commençait à se dissoudre dans l'air, il était dans les six heures du soir. Marina Lourens parlait sans cesse ni gêne apparente. Impossible de seulement la ralentir. Sauf lorsqu'elle riait, ce qu'elle réussissait avec une force jaillissante, tête renversée et gorge déployée. Nul n'est tenu de le croire, mais je sais parfois être drôle. Sur le bateau, sur le parking de la Tour Fondue, jusqu'au moment de se dire au revoir, j'ai provoqué chez elle plus d'un éclat. Et arraché in extremis un rendez-vous téléphonique, officiellement pour faire le point. Ce texte est aussi une confession, et je dois ajouter que je voulais déjà coucher avec elle, furieusement. Vraiment avec furie. Je me vois mal nier certaine préméditation. En tout état de cause, le lendemain, nous ne nous sommes pas contentés d'un point complet sur les mystères de l'immeuble éparpillé. Le lendemain, nous avons consommé l'amour, elle et moi. Avec furie, impossible de dire mieux.

8

Ce soir-là, je n'avais plus mal aux dents. Incroyable. J'ai commencé par boire modérément, avec Pierre-Henri et un de ses copains, Reginald. Le psychiatre était homo, j'ai oublié de le préciser. Pas depuis toujours, comme en témoignait sa grande fille, mais j'avais l'impression que son choix était désormais arrêté. Les hommes, rien que les hommes, dans son lit du moins. Reginald n'était pas mon genre de beauté, Pierre-Henri non plus, d'ailleurs. Sur un autre plan, son pote n'était pas plaisant pour deux sous. Il pestait contre le monde et ses habitants, je connaissais la chanson, et d'une manière hargneuse. Il parlait de ce gouvernement de voleurs, de cette saison de merde et de cette télévision à chier, comme tant d'autres, mais la musique d'accompagnement faisait grincer les dents. On venait de lui découvrir un grain de beauté qui tournait vilain, alors il racontait le climat de l'hôpital et l'inévitable déficit de la Sécurité sociale qui nous enterrerait tous. Rirait bien qui rirait le dernier, les gens en prenaient trop à leur aise.

Par chance, Pierre-Henri annoncé avant le dessert qu'il avait mis la main sur un article un brin lyrique paru dans *L'Autre journal*, consacré à l'explosion. Sans doute voulait-il être tranquille avec l'affreux bavard.Je suis rentré dans ma chambre alors que les deux garçons commençaient à se regarder d'un doux œil sous la lune naissante.

J'ai ouvert le journal en aspirant à pleins poumons crasseux une Gauloise lumineuse. Le papier n'était pas si mal foutu.

> Ce jour-là, la mort en prit dix, ils ne reviendront jamais nous dire ce qui leur arriva. Ce 24 mars, l'hiver n'était plus qu'un songe : ciel bleu et promesse de printemps éternel. Des survivants disent que c'était assurément un bel après-midi. À 13h55, place aux Olives, à un jet de pierre de la mairie et de la mer, se dresse un immeuble de cinq étages. Au-dessus du linteau de ses fenêtres, des masques en bois sculpté, peut-être la fantaisie de ses premiers propriétaires, il y a près de trois siècles.
>
> À 13h56, place aux Olives, tout a été soufflé. Une longue colonne de poussière monte aux cieux à travers des centaines de tonnes de gravats et de pierre. Au sommet du terril, des poutres déchiquetées forment une espèce d'atroce jeu de mikado. Passé le fracas de

l'explosion, alors qu'une pellicule blanche, un vrai linceul, recouvre le quartier, un silence complet s'installe pour quelques secondes : c'est la mort. Les premiers témoins directs voient des choses rares entre toutes : de ce qui était le deuxième étage, une jeune femme est tombée sur la place, s'est relevée, puis a gagné un bar voisin où elle s'est évanouie. Plus haut, un minuscule morceau d'appartement est resté accroché à la façade nord, et l'on aperçoit dans son fauteuil un vieil homme immobile, vivant mais tétanisé. Au quatrième, un retraité qui vient de voir s'envoler son salon, ses deux chambres et sa salle de bains, est miraculeusement posté sur une corniche, les yeux tournés vers son ancienne demeure.

L'immeuble s'est comme répandu sur la place. Grâce à un mur de refend, quelques fragments de pièces restent provisoirement en place. Très vite, les secours s'organisent : il y aura bientôt plus de cinq cents sauveteurs sur les lieux, des dizaines d'ambulances, des chiens, des spécialistes qui ont «fait» l'Arménie ou Mexico. On déblaie à la pelle, à la main, avec de grandes poubelles. Le moindre éboulis peut être fatal aux survivants perdus sous la pierre.

La bataille, car c'en est une, va durer plus de vingt-quatre heures. Certains blessés sont rapidement sortis des débris et portés, toutes sirènes hurlantes, à l'hôpital Massinet. À 16h31 on extrait une petite fille, morte.

Un quart d'heure plus tard, une autre, morte aussi. La nounou suivra de peu, morte encore. L'atmosphère est lourde du drame et des disparus qu'on désespère de retrouver vivants. Mais voilà qu'on entend, par-dessous la poussière et l'amas, des bredouillis, des murmures, des appels. Les hommes installent leurs appareils de détection, les animaux approchent leurs mufles, et vient l'heure de la nuit et des projecteurs. Les pompiers cette nuit-là feront des miracles, et notamment celui-ci : à minuit exactement, dix heures après l'explosion, ils atteignent, des mètres sous la surface des gravats, le jeune Kijo Dallibert, 17 ans. Projeté, choqué, fracturé, il a gardé le plus souvent conscience. Et voulu mourir en retenant sa respiration, tant l'horreur le submergeait. Il se croyait allongé alors qu'il avait la tête coincée entre les cuisses. Dès qu'il a été repéré, vers 18 h, un pompier a commencé à lui parler, l'encourageant sans arrêt. À 20h30, dans des conditions presque impossibles, un infirmier est parvenu à le perfuser sans qu'il ait été dégagé, atteignant seulement le bout de son bras. Quand il part enfin à l'hôpital, Kijo a moins de 6 de tension artérielle.

J'ai laissé passer le temps sur ma peine, pensant à Angelica Bardini et à sa gosse. Vingt minutes plus tard, j'appelais. Angelica a décroché et lancé aussitôt :

– *Frédéric, comme je suis heureuse. Je m'inquiétais pour vous, vous ne pouvez pas savoir. Je m'inquiétais.*

Elle avait cette fois une voix plus singulière encore, déroutante. Une voix de séraphin, il me semble. Angelica, petite voix, immense séraphin.

– Il n'y a pas de quoi, j'ai osé. Je travaille, Angelica, je vous assure que je travaille dur.

Mais j'ai pensé à Porquerolles, à Marina Lourens, au rouget en terrasse, au rosé en carafe, et je me suis senti mal. J'ai ajouté :

– Enfin, ce n'est pas le bagne, mais j'avance.

– *Ce n'est pas la peine de me le dire, Frédéric. J'ai une confiance absolue en vous. Absolue, je dis bien. Croyez-moi, je vous connais.*

Elle m'a flanqué de courts frissons. Cette femme me prenait pour quelqu'un, sans rire. Une aventure qui ne m'arrivait pas tous les jours. Pour quelqu'un, merde alors. Moi.

– Vous avez tort, je ne suis pas un magicien, Angelica. Écoutez, je pourrais peut-être passer vous voir demain, dans la matinée. J'ai besoin de reparler de points importants, et si vous êtes…

– *Mais on sera là, Frédéric ! Bien entendu. On vous attend. Je vous attendrai. Quand vous voulez.*

J'ai raccroché. Et décroché de nouveau, et appelé un numéro à Paris, rue des Immeubles-industriels – ô, sauts de l'âme –, perdu dans le passé lointain. Maureen Muguette a sitôt répondu, mais j'ai laissé deux secondes de silence après son allô guilleret. Puis :

– Salut, Madame Muguette. C'est Monsieur Tran.

– *Fred !*

Elle était contente, je ne peux pas prétendre le contraire. Je l'entendais rayonner, la chaleur arrivait jusque dans le Midi.

– *Fred ! Alors tu es sur la Côte, d'après ce que m'a dit Antoine. Quel mouvement !*

– Ce qui veut dire ?

Je serrais déjà le poing.

– *Ce qui veut dire que tu as bougé, bougre d'âne. Je suis si heureuse que tu te sois remis en route, Fred, ne me dis pas que ça t'embête. Tu ne risques rien, je te jure. Je ne vais pas te sauter à la gorge, je ne vais pas te mordre, je suis juste contente. Est-ce que l'enquête marche comme tu veux ?*

– Difficile à dire. C'est une histoire glauque, mais glauque, hein ? Terrible, même. Les émotions sortent de partout, j'ai un peu les foies pour être sincère.

– *Mais tu vas rester, n'est-ce pas, Fred ? Je crois que la dame compte vraiment sur…*

– La dame ? j'ai crié. Mais quelle dame ?

– *Oh, Fred, arrête ton char. Je te parle de Madame Bardini. Antoine et moi, contrairement à toi et moi, on se parle. Il me raconte, je l'écoute. Je le sais bien, que Madame Bardini compte sur toi, et c'est très bien. Tu mérites qu'on compte sur toi, tu sais ? Pas tous les jours, j'ai payé pour voir, mais des fois, parfois, oui, tu le mérites. Tu veux parler à Charwa ?*

Je me suis marré, la détente nerveuse et physique s'emparait de mes genoux et du reste. Ma tête elle-même commençait à dodeliner, je l'aurais bien posée sur une épaule amoureuse.

– Je veux parler à Charwa. Passe-moi ta fille, quoi !

Je n'ai plus rien entendu pendant trois secondes, puis une sorte de son neuf. Je n'ai pas tardé, n'oublions pas mon art de la déduction, à identifier un début de gazouillement.

– Ah ma petite fille, j'ai déclamé, ah si tu savais la maman que tu as, eh bien tu serais vachement heureuse. C'est important de savoir l'essentiel, quand on se lance dans la vie. Tu m'entends, Charwa, tu m'écoutes, ma petite nana ?

Maureen a explosé de rire, mais elle s'est reprise.

– *Pardonne-moi*, elle a plaidé. *J'avais mis le haut-parleur, c'est pas bien, je sais, c'est privé. Mais elle t'a bien écouté, je t'assure que oui. Et, si je peux me permettre, j'ai l'impression, oui, Monsieur Tran, j'ai l'impression qu'elle était d'accord avec toi...*

– Maureen...

– *Oui, m'sieur ?*

– Je sais pas.

– *Moi non plus.*

– On se connaît depuis combien de temps ? Huit ans ?

– *Presque neuf, mon vieil homme. M'embête pas trop quand même, Fred. J'ai besoin de toute ma force pour elle, je ne peux pas arranger les très grands malheurs, tu sais bien. Écoute, Fred, concentre-toi sur cette affaire. Tu as besoin de travailler, tu as besoin d'être utile. Et là, tu as trouvé ce qu'il te fallait au moment où il fallait. Je voudrais juste te demander une chose, et ne va pas le prendre mal, je te connais. Est-ce que tu as senti que tu tombais pour de bon ? Fred, mon chéri, j'ai eu peur pour toi, tu sais ?*

J'ai répondu à côté, sans m'énerver, j'avais le cœur qui enflait de partout, et je sais exactement ce que j'aurais fait si j'avais été à Paris. J'aurais foncé, je me serais prosterné et je l'aurais baisée comme jamais. Je me connais un peu. Mais elle avait raison, je n'avais plus le droit de détruire et de saccager, j'étais seul. Je l'ai juste embrassée comme il faut, avec une mention pour le petit bout d'ange qu'elle avait pondu, et je me suis retrouvé dans la chambre d'amis de Pierre-Henri Monnat avec une irrésistible envie de beuverie. N'ayons pas peur des mots : de muflée géante.

Je suis sorti, j'ai entendu les deux excellents camarades rire de bon cœur dans le jardin, parfois roucouler, je ne savais plus trop, mais le son paraissait tendre. Et je suis allé dans la cuisine récupérer ce qui pouvait l'être. Une bouteille de vodka glacée, aux trois quarts pleine, que j'ai sortie du vaste frigo avec un des verres que Pierre-Henri laissait perpétuellement au froid, gloire à lui.

Je n'ai pas picolé immédiatement, car l'attente est un fier plaisir. J'avais une cigarette entamée sous l'œil et j'ai décidé de finir l'article. L'auteur, un certain Enzo Silva, passait en revue, une à une, chacune des victimes. Il y avait l'avocat du troisième, dont la femme avait confié à Silva un petit mot qui disait : « *Il était rayonnant. C'est un empire d'amour, de tendresse, d'affection qui s'est écroulé en quelques secondes. Les années passent, mais nous restons meurtris, amputés à tout jamais d'une partie de nous-mêmes.* »

Il y avait Errico, le vieux tailleur napolitain dont l'épouse était morte et qui aurait tant voulu une autre fin. « *Elle était extraordinaire*, pleurait-il devant le journaliste. *D'après moi, tout le monde pouvait mourir, mais pas elle.* » Il y avait cette jeune Michelle, dont la sœur disait : « *Le temps n'a aucune prise sur la douleur, le manque. La douleur ressentie reste la même au travers des jours ; toutes les sensations restent là, présentes, tapies au plus profond de notre corps. Tout notre être est différent, quelque chose en nous fait son possible pour garder cette fraction de seconde où le temps a basculé, où ce qui était n'est plus. Comme on aime les gens que l'on perd !* » Il y avait Marie-Claude, vingt-quatre ans, qui travaillait pour la fleuriste d'en bas, qui aimait tellement danser le samedi soir et qui se traînerait jusqu'à la fin de sa vie dans un fauteuil roulant. « *Sortir ?* demandait-elle, *mais pour quoi faire ? Vous avez vu la cité, ce qu'il y a autour ? Une fois j'ai essayé, mais les trottoirs sont immenses, au moins trente centimètres de haut. Monter, descendre, avec toutes ces voitures qui ne font pas attention, c'est trop dur.* » Il y avait Jean-Pierre, mort à vingt ans tout juste, dont le père expliquait qu'il avait failli tout casser à la morgue, tant son fils était détruit, disloqué, démembré. Il y avait Salomon Diouf, un Noir du Sénégal. « *Il avait trente ans quand l'explosion fracassa son échafaudage et sa tête et son cœur. Salomon Diouf était maçon et travaillait sur le pignon est de l'immeuble quand la poussière blanche recouvrit son corps noir. Sa femme accoucherait trois semaines plus tard d'un garçon qu'elle appellerait Salomon. Bien plus tard, deux ans après, oubliée de tous dans une cité perdue de La Seyne, elle se lèverait à quatre heures du matin pour faire le ménage dans un supermarché. Sa fille de quatre ans garderait alors le petit Salomon, et elle négocierait une lourde dette auprès du marbrier, car c'est un caveau, pas moins, que celui-ci aurait bâti pour le défunt. Bien entendu, elle aurait mal compris, croyant que les autorités paieraient les frais des obsèques de Salomon.* »

On sera d'accord, pas très gai. J'aurais de toute manière attaqué la vodka, mais il y avait maintenant le désir de tout balayer, et de sombrer. J'ai aspiré le liquide transparent, humant par-dessus quatre ou cinq clopes de mieux. Pierre-Henri avait dû partir avec sieur Reginald, car il n'y avait plus ni bruit d'âme ni de corps. Cette journée lourde s'acheva dans un excès d'alcool considérable, une fois de plus. Oh merdouille, quelle vie, quand on ne meurt pas pour de vrai.

9

Le matin suivant, j'ai ramené la bagnole chez Avis. Ils se démerderaient avec le pare-brise cassé. Le fait est qu'ils m'ont donné une autre voiture, la même, je crois bien. Au-dehors, la chaleur épatait les sens, j'avais l'esprit dégagé de sa boue et même des restes d'alcool. Pas de Pierre-Henri au réveil, vers huit heures, et j'en avais profité pour appeler Hartmann au commissariat central, mais le flic n'était pas là, à croire qu'il se la coulait douce. Je nargue, un Hartmann a le respect du travail chevillé au corps, il devait avoir une belle excuse.

Tant pis. J'ai donc récupéré une autre et même caisse, et j'ai filé chez les Bardini, ils habitent au bord de la mer, à Carqueiranne. La tension était montée d'un cran en moi, j'avais autant envie que peur de remettre le col dans le grand malheur. Revoir Angelica et son Ange ne promettait pas le bonheur sur la terre des hommes.

Elle est venue me cueillir à l'entrée de leur petit jardin de fleurs encerclé d'une grille jaune d'or du plus bel effet. Et m'a fait entrer dans une maison basse et coquette, sombre, pleine de tapis. J'ai tout de suite remarqué un piano ouvert dans le salon. Ange, qui se tenait debout devant une aquarelle mauve, a aussitôt précisé, avant même de dire bonjour :

– Je joue. J'ai beaucoup joué. Et ma fille aussi.

Ambiance. On a fini par s'asseoir, lui dans un fauteuil géant dans lequel on aurait pu mettre deux fantômes comme lui, moi sur un canapé vert passé. Angelica farfouillait, on entendait des bruits de cuisine et de vaisselle, elle n'a pas tardé à rappliquer avec un plateau, du café, des biscuits.

– Comment allez-vous ? j'ai demandé.

– Bien, a répondu Ange, en serrant les doigts de sa main gauche sur le bras du fauteuil.

Il devait croire que je ne le voyais pas.

– Oui, a ajouté Angelica, dont la bouche se tordait sous l'effort. Frédéric, vous voulez du sucre ?

J'ai dit oui, j'ai bu un café délicieux, cet endroit sentait le salé, la mer, à moins que les larmes n'aient tout recouvert. J'ai grignoté des petits chefs-d'œuvre, tendres et veloutés. On soignait ma vieille couenne, je me sentais à la maison.

– Je vais vous embêter, j'ai fini par dire. Je suis désolé, mais j'aimerais revenir sur la journée de l'explosion. Vous avez été prévenus comment, et par qui ?

– Par une cousine, a répondu Angelica. Elle passait dans le quartier et a vu arriver les pompiers. Je ne travaillais pas, ce jour-là, et j'ai prévenu Ange aussitôt. À quatre heures moins le quart, on était près de Louise. Enfin, je veux dire, près de l'immeuble. Et on a attendu, attendu, attendu, ce n'était pas croyable, vous savez ? Elle était là, mais elle n'y était plus. On croyait, et puis on ne croyait plus. Mais Ange va parler, parce que moi je ne sais pas raconter cette histoire. Vous savez, on est même allés fouiller la décharge pendant une semaine.

– La décharge ?

– La décharge, a confirmé Ange. On y est allés une semaine d'affilée pour tenter de retrouver quelque chose qui appartenait à Louise. Car, vous savez, ils se sont comportés comme des barbares, ils ont tout balancé au vide-ordures. Tout. Les gravats, les déchets, les restes de l'immeuble déblayés à la va vite, dès les premières heures. Il paraît qu'ils ne voulaient pas traumatiser la ville, je vous jure qu'un conseiller du maire a osé me lâcher cette connerie. Ils ont tout balancé avec leurs saloperies de camions bennes, tout mélangé, enterré. Et nous, Angelica et moi, on n'a pas supporté. Il fallait faire quelque chose, vous comprenez ? Retrouver ce qui avait été perdu par Louise.

Son sac, ses affaires, sa veste, je ne sais pas si vous me comprenez, Monsieur Tran.

– Si, j'ai affirmé, et c'était vrai.

– Alors on est allés sur la décharge municipale, un soir, puis deux jours après, avec des lampes torches, je vous jure. Et on est revenus le lendemain, en plein jour, personne n'osait rien nous dire, nous étions fous. Il y avait de la pierre blanche partout, de la poussière, et ensuite de la boue, parce qu'il a commencé à pleuvoir sur la ville. Un jour, on a même failli s'enliser avec la voiture au milieu des ordures, je vous promets que c'est l'exacte vérité. On a passé une semaine là-bas, une semaine pleine et entière, et on a creusé jusqu'à quatre mètres de profondeur, Angelica et moi, tout seuls, et on a retrouvé le sac de notre fille. Rendez-vous compte.

Angelica pleurait depuis un moment, on se doute. Mais en silence, dans l'absence, perdue dans la brume, le lointain, le chagrin. J'avais envie de la chaleur du café en bouche, mais celui de la cafetière devait être froid, et je me suis contenté de regarder deux morts très malheureux de vivre.

– Après, a repris Ange, on a tout essayé pour comprendre ce qui s'était passé. On a vu les policiers, je suis allé trois fois à Gaz de France, nous avons été reçus trois fois par le juge d'instruction…

– Quatre, a rectifié Angelica, qui était revenue près de nous. Tu oublies le jour où il ne nous a pas fait asseoir.

– Quatre, a admis Ange. Et les pompiers, et tant de journalistes, et le maire, et son adjoint à la sécurité, et le sous-préfet, celui qui avait annoncé que c'était le gaz…

– C'est un point important, j'ai assuré. Pourquoi cette déclaration avant même que l'enquête ne démarre ? Vous le lui avez demandé ?

Il a eu un rictus avant de jeter un œil presque complice en direction de sa femme :

– Mais on a tout demandé depuis le début à tout le monde, Monsieur Tran, et plusieurs fois à chacun. Le sous-préfet nous a dit que c'était le gaz parce que les pompiers lui auraient dit que c'était le gaz. Et la police, et le juge, et les journalistes, pareil. Sauf que personne ne sait quels pompiers, et pourquoi Kijo et bien d'autres ont parlé de cette odeur de poudre. Quand on a reçu le rapport de la police scientifique, on a compris que c'était fini, que l'enquête était terminée. Il n'y avait plus d'enquête, Monsieur Tran.

– Mais pourquoi ? j'ai demandé sans une conviction majeure, parce que, bon, je connais l'air et la chanson.

Ange s'est levé à une vitesse surprenante, je ne l'aurais pas cru capable de s'extraire du fauteuil aussi aisément, et il est allé prendre sur une étagère une chemise cartonnée traînant parmi dix autres.

– Voilà ! il a crié. Voilà la cochonnerie qu'ils ont décidé de nous donner pour nous faire taire. Voilà, a-t-il poursuivi en me donnant la chose. Prenez, lisez, vous nous direz votre point de vue.

Le rapport était signé par le directeur du laboratoire en personne, c'était écrit sur la première page. Monsieur Jean-Pierre Grabert, directeur du laboratoire de police scientifique. J'allais lire, pardi, et je sentais aussi que j'irais voir le monsieur, car on était ici très près du centre. De l'affaire comme de l'explosion.

Ensuite, le temps a traîné, il s'est dissipé dans des chemins perdus, emplis de soupirs et d'infinis regrets. Je n'étais pas si mal, inutile de me plaindre. Les Bardini, malgré tout, étaient une belle compagnie, et parfois, pendant des minutes entières, on changeait même de sujet. Angelica me demandait des nouvelles de ma vie que je ne donnais pas, pour cause ; Ange se rappelait qu'il avait été jeune, qu'il avait aimé danser et rire, ô rire. Le rendez-vous a rendu l'âme juste à l'heure de l'apéro. J'avais soif et j'ai bu de nouveau un rosé éclatant de lumière, dans le jardin, avant de manger avec eux. Du poisson, encore, précédé d'un oursin violet, divin. Je suis reparti tôt, sans doute avant deux heures, le rapport sous le bras, et je suis rentré chez Pierre-Henri.

Personne là-bas, ce qui ne me dérangeait guère. J'avais à songer, à lire. Et à téléphoner, d'abord. J'ai appelé Hartmann pour la troisième fois et, ce coup-ci, miracle, on me l'a passé aussitôt. J'étais un rien surexcité, trop pour être attentif, mais il semblait amical, détendu, nullement surpris. Il m'a proposé de passer le voir dans l'après-midi, à l'heure de ma convenance, ajoutant : « Monsieur Tran, je sais bien que les horaires d'un journaliste ne sont pas ceux d'un fonctionnaire. J'insiste, quand vous voudrez, quand vous pourrez. Où voulez-vous que je sois, ailleurs qu'à mon bureau ? » Je verrais donc Florimond Hartmann en son antre, le jour même. Je dois avouer qu'après avoir raccroché j'ai soupiré, plusieurs fois d'affilée. On pouvait y voir un peu de soulagement, mais de l'inquiétude aussi.

Plus tard, clope au bec, j'ai confectionné du café, un café noir ébène, et porté mon cul et ce damné rapport dehors, au jardin, au soleil chauffant, au contact des feuilles de nénuphar et des poissons fusées. Ce que j'ai lu m'a brûlé les yeux. Mieux vaut encore recopier le mot que j'ai posté à Antoine, Antoine mon employeur et mon frère, le lendemain, après les nombreux événements qui m'attendaient sur la route. C'est le mieux, j'ai dans l'idée que ce sera plus clair.

Cher vieil Antoni,

Ne me demande pas si je vais. Le Pierre-Henri est adorable, le vin coule à flots, c'est juste que la Méditerranée me débecte, mais j'arrête là mon sketch. L'histoire prend des allures pesantes, qui seraient angoissantes si je n'étais pas au-delà depuis longtemps déjà. Non, ce qui domine, c'est autre chose. Cette affaire est passionnante, elle m'a totalement envahi. Je dois te dire que je n'y comprends rien, que tout me semble aller de travers, que tout le monde raconte des choses tordues, avec bien des mensonges, plus encore de manipulation. Vale ! *Je vois Florimond notre bon tout à l'heure, mais si je t'envoie ce mot, c'est que je viens de lire le rapport officiel de la police scientifique. Eh ben, mon Antoni, c'est quelque chose. Je te résume à grands traits, et puis je te fais mon commentaire.*

Le tout tient en quatre points biscornus. Un, des prélèvements de peau et de cheveux de Madame Lourens montrent des traces de brûlure. Important, ce point, car cela pourrait vouloir dire qu'il y a eu incendie, lié au gaz. Elle habitait au quatrième étage de l'immeuble, côté sud. Deux, l'examen des débris et fragments de toutes sortes retrouvés sur le corps de Louise Bardini montre qu'ils proviennent des matériaux détruits par l'explosion. Trois, la recherche d'explosifs sur le corps de Monique Lourens et Louise Bardini n'a rien donné.

Quatre, on n'a pas retrouvé d'oxyde de carbone dans le sang prélevé sur les victimes. A priori, cela semble écarter l'hypothèse du gaz, mais le rapport affirme que c'est sans signification, car ce gaz-là, tout comme le butane ou le propane, s'échappe aisément au moment d'une autopsie.

Bon, à partir de là, le rapport part franchement en vrille, comme si la seule chose importante était de confirmer une thèse préétablie, celle du gaz. Je te rappelle que l'explosion a lieu le 24 mars, que le sous-préfet a parlé du gaz le soir même, et que le rapport est daté du 2 avril. Et ce qui est vachement curieux, c'est que ce n'est pas l'expert, Jean-Pierre Grabert, qui réalise les différents prélèvements de pierres et de débris. « Mandé dans l'après-midi du 24 mars, *écrit-il*, nous transportons aussitôt sur le lieu du sinistre, que nous ne pouvons approcher à la demande expresse du service de sécurité. Nous faisons apporter, par l'entremise de fonctionnaires de police présents, plusieurs échantillons ramassés en deux ou trois points distincts de la place aux Olives, et déposés dans des sacs en plastique. Immédiatement rentré au laboratoire, avons procédé dans la nuit même à des analyses systématiques qui nous permettent d'éliminer la piste d'un attentat par explosif. En effet, avons obtenu sur certains échantillons une réaction si positive aux peroxydants qu'elle va bien au-delà de ce qu'elle aurait été sur des explosifs eux-mêmes. L'infiniment probable est qu'il s'est produit une formation de peroxydes à partir de l'azote contenu dans l'air sous l'effet d'une flamme associée à la combustion du gaz. »

Mon gars, je n'entends pas jouer au petit chimiste, ce n'est pas mon genre, mais je trouve hallucinant de tout régler avec cette histoire de test aux peroxydants si positif qu'il ne peut être que négatif. Car si je ne rêve pas, il explique qu'il signe tant la présence d'explosifs que cela en devient impossible. Je vais aller le voir, ce Monsieur Grabert, je te jure bien, au plus vite. Par ailleurs, mon canard, comment comprendre qu'il parle de gaz et de combustion quand les témoins n'évoquent pas cette odeur, quand les pompiers eux-mêmes signalent l'absence d'incendie ? Rappelle-toi que le directeur des services d'incendie et de secours affirme dans une note du dossier qu'aucun signe de combustion n'a été constaté pendant les opérations de secours. Il y a eu explosion, c'est certain, et formation d'un nuage de poussière géant, mais pas de flamme apparente. Alors merde, qu'est-ce que ça veut dire ?

Autre chose, qui n'est pas un détail : Grabert dit que Monique Lourens porte des traces de brûlures. Moi, je veux bien, mais sa fille Marina affirme l'avoir vue presque intacte à la morgue. Figure-toi, mon vieux, qu'elle m'a parlé d'une espèce de coup de soleil sur le visage. Un coup de soleil ! Tu crois qu'une explosion au gaz qui détruit un immeuble en une seconde ne donne qu'un simple coup de soleil au passage, toi ?

Voilà, je lui ai balancé ce résumé et, comme il était dans les quatre heures ou un peu plus, je me suis décidé à aller voir Hartmann. Je n'en pouvais plus d'attendre ce face-à-face. Le commissariat était proche du palais de justice et je m'étais promis de déranger le juge d'instruction dans la foulée, si je ne sortais pas trop tard du rancard avec Florimond. Mais niet. Juste avant de partir, j'ai appelé le magistrat en son palais et, après avoir beaucoup patienté, suis tombé sur sa greffière qui m'a envoyé aux pelotes. Elle appartenait au genre : « Monsieur, le juge refuse toute communication à propos d'une affaire en cours, et tout rendez-vous. »

Bon, Hartmann. J'étais tendu, mais aussi, d'une manière que je ne comprendrai jamais, heureux. Heureux, éveillé, réveillé, comme satisfait à l'avance. Ce bonhomme, malgré la distance abyssale entre lui et moi, malgré cette détestation de la flicaille qui jamais ne me quittera, ce bonhomme m'intéressait.

J'ai mis une grosse demi-heure à rejoindre le commissariat et je me suis garé n'importe comment, à deux pas. Antoine paierait-il les PV ? Je suis entré et suis resté moins de cinq minutes sur une chaise plastique dévastée par les ans et les clopes, face à une rombière si désagréable qu'elle avait tenté de m'empêcher de fumer. Hartmann est entré dans le hall d'accueil avec un vrai sourire, je le jure, en travers du regard. Il était bronzé, ce qui ne lui allait guère, soit dit entre nous, un polo Lacoste gris sur le poitrail. Le commissaire rajeunissait, au contraire de moi, et il était toujours aussi grand. 1,90 mètre ? Dans ces environs. Avec mon 1,81 mètre, je me sentais moyen. Moyen très léger.

Je l'ai suivi jusqu'à son bureau après lui avoir tendu une main que j'aurais aimée plus ferme. Son office était clair et clean, malgré la reproduction de ce foutu tableau de Munch, *Le Cri*, sur un mur blanc. La toile cassait la sérénité du lieu, difficile à nier. L'homme du tableau, ensorcelé, bouche ouverte et mains sur les oreilles, fait mal à voir en toutes circonstances. Son âme paraît s'envoler dans les torsions du ciel et de la mer. J'ai eu à peine le temps de m'asseoir. Hartmann parlait déjà.

– Croyez-le ou pas, Monsieur Tran, mais je suis content de vous voir. Il m'est arrivé plus d'une fois de lire vos articles. Enfin, moins ces derniers temps, mais à une époque je ne dédaignais pas jeter un œil dessus. Même dans ces feuilles gauchistes auxquelles vous avez si souvent collaboré. Vous prenez les choses au sérieux, Monsieur Tran.

Je ne savais pas. Il pouvait s'agir d'une douce et grossière manœuvre d'approche. Finalement, je me suis marré, car il était lui aussi dans la décontraction et la distance. Les rides de ses joues saillaient, signe imparable. J'ai ri, il a ri, j'ai enchaîné :

– En tout cas, ce n'est pas déplaisant à entendre. Vous êtes là depuis combien de temps, commissaire ? Je vous croyais en pleine Laponie, du côté de la Belgique.

– Mais je suis dans le Sud depuis toujours, Monsieur Tran ! Ma mère vit à Nice, comme mes grands-parents avant elle. C'est dans le Nord que je n'étais pas chez moi, d'une certaine manière. Mais, pour vous répondre, j'ai obtenu ce beau poste voici deux ans. Cela a été un peu long, et je ne suis plus si loin de la retraite, mais enfin, c'est un grand plaisir. Je suis très heureux, je vous l'assure.

J'ai dû arquer quelque chose, sans doute mes sourcils, ou le bout énervé de mes doigts, car il a ajouté :

– J'imagine que la région ne vous convient guère. Et nous partageons peut-être davantage de points communs que vous ne l'imaginez. Ce n'est pas tous les jours réjouissant, il est vrai. Mais mon pays est mon pays, je n'y peux pas grand-chose. *Right or wrong*. Même cette ville, même cette ville si singulière, Monsieur Tran.

Je ne riais plus, car je pensais justement à cette ville impossible, sournoise et crapuleuse, écrasée de poussière et de mort. Nous n'étions pas d'accord sur tout, fort loin de là. Heureusement.

– Tant mieux pour vous, commissaire. Ravi. Comme je vous ai expliqué au téléphone, je travaille sur cette fameuse explosion et…

– Pardonnez, mais pour qui travaillez-vous, au juste ? Vous n'aviez pas un peu abandonné la presse ?

Il se tenait au courant, la preuve. J'aurais pu, j'aurais dû inventer une histoire, car je savais qu'il n'aimait pas Antoine. Violemment pas. Mais j'ai préféré la vérité.

– Je donne un coup de main à Maître De Bei, sans doute vous souvenez-vous de lui ?

Il a fait la gueule. Il a même reculé son visage d'une bonne dizaine de centimètres et l'atmosphère en a changé de consistance. Une belle étrangeté que ce mélange de physique des gaz et de psychologie appliquée. J'ai failli voler au secours d'Antoine, car franchement le flic m'énervait. Mais je me suis refréné, j'ai laissé venir Hartmann, il est venu.

– Je m'en souviens, oui. Maître De Bei a des manières qu'on n'oublie pas aussi vite qu'on le souhaiterait. J'ai continué à suivre ses activités de loin, je le confesse. Je n'aime pas. Il n'est pas aussi désintéressé que vous le pensez. Il se montre.

J'ai mimé l'ahuri, parce que je l'étais. Ahuri. Je ne m'attendais pas à une attaque aussi nette, aussi coupante.

– Non, Monsieur Tran, je n'aime pas la posture, les grands gestes aussi désordonnés qu'étudiés, je n'aime pas ces voix qui surgissent pour tenter de faire croire l'impossible, qui se moquent de la justice et des innombrables victimes. Je n'aime pas votre ami, monsieur Tran. Vous travaillez donc pour lui, comme une sorte de détective ? Comme à la télé ?

Hartmann m'a de nouveau soufflé. J'ai manqué me lever en lui gueulant merde au cul, vive l'anarchie, mais le calme fatal du temps qui passe avait fait son œuvre en moi. Je n'étais plus si vif ni si chaud, j'avais envie de revoir Angelica Bardini et Marina Lourens sans me sentir coupable, Hartmann était au milieu du chemin, inévitable. J'ai donc rengainé mon flingue mental, celui qui tuait tant jadis.

– Exactement, commissaire. Mais vous n'ignorez pas que derrière Maître De Bei se trouvent d'authentiques victimes, des gens plongés dans un grand malheur. Un homme aussi sensible que vous ne peut ignorer cette dimension-là. Cette dimension morale, je veux dire.

J'en faisais des tonnes, mais, s'il a saisi la pique – bien entendu, car Hartmann saisissait tout –, il ne l'a pas montré.

– Je suis en effet sensible au drame des familles, soyez-en convaincu. Mais cela ne justifie pas nécessairement tout ce que vous croyez. D'ailleurs, si vous le permettez, que croyez-vous, Monsieur Tran ?

– Rien. Seulement, je me pose beaucoup de questions. Probablement les mêmes que les vôtres. J'espère, du moins.

– Je l'ignore. À ce propos, nous sommes bien d'accord, il s'agit d'un entretien informel qui ne saurait donner lieu à la moindre publication, n'est-ce pas ? C'est du *off*, évidemment. Quelles questions vous posez-vous, Monsieur Tran ?

Il commençait à m'emmerder et à me gêner avec ses Monsieur Tran, mais bon, on n'allait pas s'arrêter à si peu de chose.

– Le problème le plus évident, c'est celui du gaz. Pourquoi parler si vite de gaz ? Vous n'ignorez pas que des témoins évoquent une odeur de poudre, et d'une manière convaincante. La distance entre l'explosif et le gaz est immense. Selon qu'on utilise l'un ou l'autre, les traces ne sont pas les mêmes, sans vouloir jouer au spécialiste.

– Il n'empêche, Monsieur Tran. Vous supputez, vous imaginez. Je n'étais pas encore ici au moment des faits, et comme vous le savez sans doute, c'est mon collègue Croce qui a suivi…

– Non, vous me l'apprenez. Croce, Jean-Louis Croce ? j'ai craché, mais je connaissais déjà la réponse.

Cette monumentale crapule de Croce était donc de la partie. Fou.

– Vous avez quelque chose contre lui ? a demandé Hartmann avec une espèce de suavité dans la voix. Vous avez des critiques à émettre contre mon défunt collègue ?

J'ai hésité. Pas à cause des critiques – Croce avait été copieusement traîné dans la merde, même chez les argousins –, mais parce que j'étais déstabilisé. Croce était une fripouille estampillée, et Hartmann le savait mieux que moi. Un corrompu presque officiel qui avait défrayé la chronique pendant une douzaine d'années au moins dans le grand Sud, passant d'un poste à l'autre sans entrave aucune, malgré les rumeurs et quelques scandales en sus. Il avait été longtemps franc-maçon, tendance grande loge et arnaques géantes, échappant perpétuellement au glaive. Toujours cité, jamais inquiété. Il ne manquait plus que lui dans cette saloperie d'histoire. Surtout un Croce macchabée qui ne parlerait plus. J'ai soupiré comme se vide une bouée juste avant qu'on se noie. Hartmann restait concentré et me défiait de l'œil.

– Vous pensez bien que non, j'ai blagué, tentant de me rétablir comme je pouvais. Le commissaire Croce a toujours servi bravement la République, vous en êtes aussi convaincu que moi. Rien à dire, rien à redire. Il est mort ? Je ne savais pas.

– Vous ne lisez pas beaucoup les journaux, pour un journaliste. Le commissaire Croce a fait valoir ses droits à la retraite, une retraite anticipée autant que méritée, il y a près de trois ans. Et il est mort quatre mois plus tard, de maladie. Le cœur.

Anticipée et méritée : j'étais sûr que Hartmann se foutait de la gueule de Croce. À cause du choix des adjectifs et de cette inflexion doucereuse autour du mot « retraite ». Hartmann se moquait.

– Le cœur, j'ai repris. Bon. Il n'empêche que des témoins fiables parlent de poudre.

– Fiables pour qui, dites-moi ? Vous parlez peut-être de ce jeune Kijo Dallibert ?

– Pas seulement, mais oui, commissaire, je parle aussi de Dallibert. C'est un gars solide. Au passage, vous semblez suivre cette affaire de près.

– Je ne devrais pas, Monsieur Tran ? Oui, je m'intéresse à ce drame. Ce jeune Kijo est en effet sérieux et crédible. Mais vous vous imaginez passer des heures sous la pierre, les poumons, le nez et la bouche emplis d'une poussière qui colle aux parois ? Moi non, mais je suis certain qu'une telle agonie modifie les perceptions. Je ne vais pas vous raconter des sornettes, Monsieur Tran. Plusieurs personnes ont parlé d'une odeur de poudre, et nous n'avons pas abandonné l'idée de comprendre pourquoi. Il n'est pas impossible qu'une explosion secondaire se soit produite après la première et qu'un produit quelconque, à base d'explosifs, qui sait, ou contenant de la poudre, en tout cas, ait déflagré. Nous n'avons rien trouvé, mais si demain quelqu'un m'apporte des informations claires et convaincantes, vous serez les premiers informés. Je parle de vous et de vos amis de la presse. Nous n'avons rien à cacher, je n'ai rien à cacher, ce d'autant moins que je n'étais pas en poste à l'époque. À moins d'une vaste conspiration, n'est-ce pas ?

J'ai préféré ne pas relever le gant.

– On prétend que le sous-préfet a annoncé une explosion au gaz parce que les pompiers lui en auraient parlé. Vous confirmez ?

– Je confirme que nous sommes tous convaincus par la piste du gaz. Les pompiers comme la police. Vous trouverez peut-être des gens de Gaz de France pour contester cette explication, mais constater qu'ils n'aiment pas ce genre de publicité n'est pas leur faire injure. Ils préféreront toujours le doute, qui profite, à l'évidence qui fait peur. Le gaz est un produit extrêmement dangereux, Monsieur Tran.

– Merci. Mais il y a d'autres mystères. Par exemple, la propre fille de Madame Lourens, je veux dire la personne qui…

– Mais je vois, Monsieur Tran. Cette femme qui s'est suicidée au gaz, pas la peine de détailler. Je vous ai dit que je suivais de près le dossier. Je situe, vous pouvez continuer.

– Donc, la fille de Madame Lourens conteste formellement que sa mère ait été suicidaire comme les services de Croce, les vôtres en somme, l'ont juré. Pas suicidaire pour un rond, si vous me permettez.

Hartmann a souri, mais comme attristé.

– Monsieur Tran, cela vous étonne ? Si je ne connaissais pas la subtilité de certains de vos articles, je m'interrogerais, pardonnez-moi. Pensez-vous qu'il soit facile, pour une fille unique, d'imaginer sa mère seule et déprimée au point d'en finir brutalement ? Sans même laisser un mot d'explication ? On voit pourtant pire chaque jour et partout, les journaux sont pleins de ces histoires. Monsieur Tran, vous ne croyez pas que vous perdez votre temps ?

– Possible, j'ai dit.

Le pire était qu'il avait raison. J'allais devoir reparler avec Marina et regarder du côté de sa mère.

– Possible, j'ai repris. Possible. Aussi certain que Bert Metchiche est le cousin de ce bon Monsieur Richepot, grossiste de son état.

– De sa femme, a précisé Hartmann, changeant en une fraction de seconde tout l'ordonnancement de son visage.

Muraille instantanée, étrécissement des paupières et clôture des narines, ouverture des babines sur des dents de combat. Hartmann n'était pas un tendre agneau né de la veille au soir, pour le cas où j'aurais songé à l'oublier.

– Qu'est-ce que Metchiche vient faire là-dedans, Tran ? a-t-il poursuivi. Qui vous autorise à parler de Metchiche à propos de cette explosion ?

Il était hors de lui. Je ne l'avais encore jamais vu perdre ainsi son précieux contrôle. Je n'en étais pas mécontent, faut pas croire, car j'aime les coups qui portent. J'ai insisté au même endroit, en bon voyou.

– On est toujours en *off* ? Eh bien, je vois une bonne dizaine de raisons, si ça ne vous dérange pas. Richepot est un as de la carambouille et de la faillite juteuse. Vous ne devez pas ignorer le nombre de boîtes qu'il a coulées, puisque je le sais, moi. Voulez-vous un cours sur le racket des commerçants dans votre bonne ville du Sud ? Ou bien sur la spéculation immobilière ? Combien vaudra l'emplacement de l'immeuble quand tout sera tassé ? Et si les gentilles raclures comme Metchiche s'amusaient à ranger leurs bombinettes chez un cousin ? Pour préparer un coup, pour stocker, pour je ne sais pas trop quoi ? Les truands aussi ont besoin d'entrepôts. Vous avez suivi cette piste, ou non ?

J'avais tout balancé en vrac, sans réfléchir. Mais putain, ce flic avait fini par m'énerver. Hartmann s'imaginait peut-être m'impressionner, eh bien c'était raté. Moi aussi je savais être furieux. Pourtant je me suis retenu au dernier moment de parler des vêtements, de ces vêtements disparus quelque part dans un trou de l'espace-temps. Probablement la réaction de Hartmann. Sans doute. Il s'était levé avant que je ne finisse ma catilinaire de troisième zone, puis rassis, avant d'articuler comme s'il parlait à un bœuf :

– Monsieur Tran, je vous recommande de ne pas approcher Bert Metchiche. Je ne peux pas tout à fait vous l'interdire, mais je vous le conseille le plus sérieusement du monde. Vous iriez au-devant de soucis graves, sachez-le. Inutile de demander si vous me comprenez.

C'était inutile, certes. Hartmann me menaçait de lourdes représailles, directement et sans manières. Mais il ne pouvait savoir à quel point je m'en cognais. Ses conneries ne faisaient que me surexciter la peau et le râble. J'avais l'impression d'avoir franchi le Rubicon pour de bon, la vaste conquête des cœurs et de la gloire m'attendait droit devant. Je croyais approcher, brûler, pour tout dire, et cette ineffable sensation m'a toujours conduit à l'assaut, sans reculer, sans trembler.

On a encore échangé quelques phrases creuses, dont certaines étaient assez tordues, à double ou triple sens. Nous étions remontés comme des soldats avant la bataille. Au moment de se saluer, je m'en souviens fort bien, nous avons souri. Comme pour mieux se bouffer.

10

On se doute, il a fallu que je boive un verre, puis deux, bientôt trois. Du rosé, je devais prendre goût à cette daube. Au bistrot où j'avais vu Kijo, quatre ou cinq siècles plus tôt. L'ambiance y était plus répugnante que la première fois, l'endroit était bourré d'un nombre inquiétant de marins. De la terrasse on apercevait un coin de mer grise et pacifiée, emprisonnée par l'homme, vaincue à jamais.

Je tâchais de réfléchir à ce vaste merdier, désormais protéiforme. « Metchiche, Metchiche, Metchiche » résonnait sous mon crâne aussi fort qu'une corne de brume, ce qui tombait idéalement bien vu la brouillasse qui recouvrait mes neurones. Et Croce, nom de Dieu ! Sa présence dans l'affaire rendait tous les scénarios possibles. Je ne l'avais jamais rencontré, mais ceux qui suivaient, même de loin, l'irrépressible et gracile mouvement du Sud vers l'abjection et l'ordure savaient à quoi s'en tenir. Ce mec n'avait jamais fait une enquête judiciaire de sa vie, ou alors sur commande, et ces maîtres n'avaient pas la tête de la justice et de la vérité.

En attendant, l'adrénaline qui m'avait soutenu face à Florimond s'était jetée dans le port. Je ne me sentais pas à la hauteur des enjeux, euphémiquement parlant. Sur quelle putain de corde tirer ? Sur quel fin cheveu ? Ou sur quel connard, après tout ? Hartmann ne me faisait pas peur, ni Metchiche, ni Croce depuis son cimetière, ni personne, je crois bien. Si ce n'est le terrible spectre de Louise Bardini, et encore. À dire vrai, j'étais un poil déprimé, les pistes s'emplissaient de sable à mesure que je mettais le pied dessus. Déprimé et vivant, juste en dessous, je ne sais pas si je me fais entendre. N'oublions pas que je sortais de mois d'absence et que l'air du large fortifie autant qu'il tourneboule.

Vu qu'il était l'heure des choix et que je devais bien faire quelque chose de cette soirée naissante, j'ai décidé, avant d'être ivre, de retourner chez Pierre-Henri. Mon intention était de casser une graine franche du collier avec ce grand fou, cette grande folle, cette belle âme.

Sauf qu'il n'était pas là. Ni à huit heures et demie, ni à neuf heures et quart. Or, il m'avait laissé un mot signalant qu'au-delà de neuf heures et demie j'avais quartier libre. Eh bien, j'en ai profité, sortant un beefsteak de concours de son frigo, vite attaqué au chalumeau car j'avais une faim croissante, pour ne pas dire grande. Je n'étais pas saoul, les rosés s'étaient évaporés, à peine si mes yeux dansaient. J'étais de nouveau très bien dans ma peau de crétin.

Après avoir mangé la viande dehors avec un reste de baguette et une sauce à l'ail et au piment, après avoir bu un peu, pas mal, car on ne se refait pas, j'ai glandouillé. J'ai fumé deux ou trois de ces tueuses de rêve à longues cannes qu'on appelle des clopes, je me voyais facilement choper le Metchiche. Je me voyais rencontrer Richepot, déterrer le cadavre faisandé de Croce. Mes idées défilaient en bon ordre, rangées, étiquetées, efficaces. Je ne pensais même pas à Marina Lourens, juré. Depuis le matin, ses yeux avaient surgi devant les miens plus d'une fois, c'est vrai, mais c'était terminé. La nuit était agrippée aux branches et berçait les poissons du bassin.

C'est alors que Marina s'est pointée. Elle avait l'air d'avoir pleuré – à force de voir Angelica, et avec mes propres sanglots toujours ravalés, étais-je un témoin acceptable ? Je voyais de la larme à peu près partout. Marina n'avait pas mangé, mais prétendait ne pas avoir faim. Je lui ai quand même préparé une omelette avec des herbes du jardin et, du coup, je me suis remis à table avec un bandol rouge que m'avait conseillé le grand, il en faisait provision. On ne parlait de rien qui fâche ou plombe, le repos était splendide, on rigolait à propos d'un énième fait divers. Ce jour-là, un politicard véreux, de gauche, s'était goinfré à son tour après tant de ses petits copains. L'arnaque était vaste, confortable et ramifiée, l'argent avait coulé à flots pour l'ancien ministre. Car il avait été ministre. Il aurait du mal à le redevenir, la République est sans pitié pour les bandits, pardi. Je pronostiquais au moins deux mois de pénitence avant le grand retour triomphal, au moins. Et il lui faudrait sourire deux fois plus qu'avant aux caméras, pas si simple.

Marina Lourens, triste vérité, défendait la gauche. L'idée de la gauche, insistait-elle en poussant la voix. Marina Lourens s'indignait, je la regardais s'indigner, hésitant à lâcher ce que je pensais vraiment. Les pesants paradoxes et les lourdes provocations qui m'avaient valu tant d'engueulades et débuts de cogne n'étaient pas de saison. Je n'ai rien dit, j'ai même acquiescé une fois ou deux alors que je rêvais, au fin fond de moi, d'une descente de Nestor Makhno dans la plaine, sabre au clair, avec son armée de va-nu-pieds. Elle ne se doutait pas à quel point.

On fumait, le temps s'assoupissait, le bandol se perdait dans nos circuits intérieurs, j'en étais à la vodka glacée, cette douceur du fond des âges. À ce stade, Marina ne parlait plus beaucoup, elle fermait de temps à autre les yeux, on se serait cru en vacances. L'une des lumières du jardin était figée sur l'incroyable cicatrice de sa joue, je commençais à me sentir romantique. Concon, gentillet, c'est plus net. Cet idiot de Pierre-Henri jouait les filles de l'air, il n'aurait pas dû me laisser seul avec une femme, un corps de femme aux approches de l'été. Mon attirance demeurait recroquevillée, planquée derrière l'œil, invisible par bonheur. Rien n'arriverait, je pouvais avoir pleine confiance dans mon agonie.

À un moment fatal, pourtant, Marina m'a regardé avec une sorte de dégoût et m'a balancé une phrase aussi dure qu'un gnon.

– C'est ma cicatrice que tu regardes ?

J'ai bredouillé. Pour sûr, cette vieille entaille était une sorte d'aimant. Pas ma faute.

– Eh ben, je vais te raconter. Si tu veux. Est-ce que tu veux ?

– Pourquoi pas ?

Mon pauvre stock de mots était moisi, au bord du dépôt de bilan. Quand viendrait le vent, et le large ?

– Voilà. J'étais petite, je devais avoir neuf ans. À l'époque, j'habitais avec ma mère dans un village de la Drôme. Lardet. Tout petit, très beau, plein d'odeurs dès le printemps. Ma mère, elle avait peur, mais peur, tu vois. J'ai longtemps pensé que c'était à cause de la guerre en Algérie. Elle n'en parlait pas de bon cœur, mais je savais qu'elle avait vu des choses, des atrocités comme il s'en passe quand on se tue. Je me rends compte aujourd'hui que je ne sais rien de tout ça. Elle se taisait tellement. Elle devait avoir sacrément peur. En tout cas, merde, tu ne peux pas imaginer comme elle m'a surveillée, cette folle. Moi, j'étais seule, unique comme elle me disait tout le temps, mais je ne voulais pas être unique, moi, j'adorais l'école et les mômes du village. Seulement, impossible de sortir sans elle, ou alors après des contorsions que je préfère taire, tu me prendrais pour une timbrée. Les gens la trouvaient bizarre, ma mère, je ne l'ai compris que tard. Elle était chiante, ne cherche pas plus loin la vérité, elle était si chiante que je la détestais, cette conne. On vivait ensemble, tout le temps ensemble, mais moi j'adorais cavaler, nager. Et faire l'imbécile, d'accord, je suis d'accord.

Elle a cessé de parler, j'ai eu l'impression fugace et forte qu'elle venait de donner raison à sa mère. Elle venait de lui parler en direct.

– Tu vois, elle avait la hantise des arbres. Ma mère avait la hantise des arbres et je suis devenue botaniste. Ah, ah, ah !

Elle a ri d'une manière qu'on ne saurait qualifier de joyeuse.

– Ma mère, ma mère m'interdisait avec violence de grimper aux arbres. Ce n'était pas interdit, c'était *verboten*, impossible ! Son cœur n'aurait pas résisté.

J'ai longtemps cru qu'elle en mourrait, ma mère, si je lui faisais un coup comme celui-là. Mais comme tu t'en doutes, Fred, un jour, je l'ai fait quand même. Bien sûr.

Elle m'avait appelé Fred, ce qui ne m'a pas laissé de glace. Je n'avais plus aucun doute : Marina Lourens avait trouvé une combine pour converser avec sa mère en direct malgré la mort, par-delà ce menu désagrément. J'ai commencé à sentir des fourmillements, je ne sais pas trop lesquels. Sans doute ceux qui grimpent et s'entortillent aux arbres gris.

Marina a terminé l'histoire :

– J'avais neuf ans, je te l'ai dit ? Ma mère était partie chercher du travail à Nyons, elle cousait, à l'époque, ce n'était pas la gloire. Deux garçons de l'école sont venus frapper chez nous. Je ne devais pas ouvrir, je ne devais pas ouvrir, je ne devais ouvrir à personne quand ma mère n'était pas là, Fred. J'ai ouvert et ils ont parlé de balade, de secret, et on est partis comme les petits freluquets qu'on était. Il faisait un temps fou de soleil, un peu comme ces jours-ci. Le printemps de Lardet couvrait les chemins de fleurs, j'étais fière, heureuse, je me sentais une fiancée. Nous sommes allés jouer dans un grand terrain vague, une friche qui se trouvait derrière le presbytère. Camille, l'un des gosses, était mon petit mec et je crois bien qu'il m'a bécotée au coin des lèvres. L'autre, je ne le vois plus dans mes souvenirs. Peut-être était-il rentré chez lui ? Je ne vois plus que Camille et moi, moi sa jolie fiancée, en plein paradis. Le petit couillon a voulu me montrer combien il était fort. Il avait coincé trois planches et deux clous entre les branches d'un arbre, sa cabane, quoi. Alors il est monté, bien sûr. Je te jure sur la vie que j'ai résisté. Je refusais obstinément de le suivre. Et puis, à la fin, j'en ai eu envie. Parce que la vie décide de tout, et de nous. Parce que les mères sont des connasses, qu'elles broient leur bonheur le plus cher. Fred, ce Camille a réussi à me faire grimper là-haut, il avait un plan j'imagine. Ce mioche avait facile onze ans, et il était mignon, mais mignon ! J'ai eu bien du mal, car c'était la première fois, mais j'ai pu grimper jusqu'au château du prince charmant, il me tirait vers le sommet. Pour descendre en revanche, je suis allée plus vite. Je suis tombée comme on lâche prise. J'ai perdu pied et glissé en luge au fond d'un abîme. Je me suis bien abîmée, crois-moi, Fred. La joue la première, sur un de ces putains de clous que Camille avait plantés dans le tronc de l'arbre. Il n'y en avait qu'un qui dépassait, il était pour moi. Pour moi et pour ma mère. Tu te rends compte ?

Je n'ai rien dit. Il y avait un net trop plein d'émotions primaires. Marina Lourens a pleuré, presque aussi fort qu'Angelica Bardini. Presque autant. Je n'en menais pas large, indécis. Fallait-il rester ? Partir ? J'ai fini par la prendre dans mes bras flageolants et la serrer contre mon épaule. Il s'est bien écoulé une demiheure, pendant laquelle Marina a pleuré tout le temps. Je ne pensais à rien, j'ai parfois l'empathie débordante et définitive, je ressentais juste une envie renversante de la consoler. Ce soir de la fin du printemps passé et trépassé, j'ai affleuré de la main gauche ses cheveux noirs et tournicotés pour essuyer quelques-unes des milliers de larmes qu'elle avait dispersées. Nos corps avaient entamé la lente ascension vers la rencontre, j'avais le cœur battant, la preuve que mon vieux cœur battu cognait encore.

C'est elle qui a commencé. Marina m'a embrassé. Un étrange baiser, puissant et léger, profond, déracinant. Parlons de pause, une pause interminable derrière les murs du jardin de Pierre-Henri Monnat. Le temps a fini par nous étreindre. Nous sommes rentrés, serrés comme deux pièces soudées à l'argon. Mon âme était une bombe à fragmentation, je désirais cette femme plus qu'aucune autre depuis de lointaines existences englouties.

Que dire de la suite… L'habituel des figures physiques. On peut certes raconter qu'on bande, mais comment dire ce désir-là ? Qui peut faire sentir cette disparition, si loin de soi ? J'ai plongé ma tête dans le ventre de cette femme, j'ai senti les odeurs de sa chatte. Et j'ai cru qu'on pourrait créer un monde nouveau et l'habiter. J'ai serré sa main, léché sa peau comme si c'était la lune, le soleil et les astres. Je l'ai pénétrée, ma queue flamboyait, il me poussait des ailes. Marina s'était changée en un animal des grands fonds. J'ai connu le grand bonheur, cœur à cœur, sein à sein, lèvre à lèvre.

Je peux aussi résumer autrement, car nous avons, elle et moi, baisé d'abondance. Baisé comme de grands délinquants sexuels, comme des ours échappés d'un cirque, des loups évadés de l'asile, des mangoustes, des serpents. Comme des dauphins nageant dans leurs fluides. Et les secousses ont duré des heures. Car la fête a duré la nuit. Elle, moi. On était morts de joie intime, et recouverts de foutre.

11

Le lendemain, même jour. Moi, tout autre. Plutôt, j'aurais voulu être un autre, mais. On avait fini par s'endormir quand ce grand nigaudon de Pierre-Henri a surgi avec des croissants. À midi passé. J'aurais sans doute préféré garder mes yeux au-dedans, dans mon rêve, trop tard. Il riait, pas comme un dégueulasse qui se rince les yeux, non, comme un ami. J'ai cherché un semblant de geste pour lui commander de se taire, Marina dormait. Et je me suis levé comme une plume, effleurant son bras droit étendu devant son visage, encore électrisé par son cul.

Bon, je suis allé boire un café anthracite dehors avec mon psychiatre, après avoir récupéré un froc. Je ne pipais mot. Pierre-Henri non plus. Plus tard, il m'a raconté de belles histoires de fous qui aiment la vie. J'espère qu'il ne parlait pas de moi. Ou de Marina. Je plaisante, je ne suis pas assez barge pour lui. Mais elle ?

Il est parti travailler, je suis allé barboter dans sa piscine à la con, un vrai délice. Je me suis réchauffé un café, mes yeux tombaient. Je suis retourné me coucher, me coucher sur elle, et tout a recommencé comme la veille. Un peu moins, un peu moins longtemps, parce qu'on aurait mouru, autrement, mais le désir y était. Et le reste, oui.

Ensuite, on a traînassouillé et chuchoté une ou deux heures, à rire de conneries en veux-tu, en voilà. Elle semblait heureuse, je ne crois pas me célébrer. Moi, j'avais changé de tunique, ce salopard de Nessus ne réussirait pas son coup, le poison du Centaure n'avait pas tout détruit dans la carcasse. Les braises étaient là qui rougeoyaient au bout des membres. La vie retroussait ses manches trouées.

On a émergé des abysses vers quatre heures, et mangé comme des gouffres. Pierre-Henri sentirait la différence car son frigo, après la razzia, faisait pauvre mendiant. Je riais dans mon début de barbe, je n'en croyais pas mes dents. Marina palabrait en rigolant, elle aussi. Je dois ajouter qu'elle offrait au regard un sourire affolant et que nous étions parfaitement nus, chacun d'un côté de la table de jardin, les pieds dans l'herbe bientôt jaune, bientôt seulement. Nous buvions du bandol, déchiquetions du jambon fumé, tendions les doigts vers l'autre entre deux bouchées. Plus tard, Marina a extrait un joint de son sac et on l'a fumé après avoir sorti un baffle du salon de derrière pour écouter un disque infernal de malouf. Un concert de Cheikh Raymond, 1954. Bon, je ne connaissais pas, mais Marina insistait – le disque était à elle, pas très difficile à comprendre. Sa mère, l'Algérie, le malouf, cette sidérante musique populaire inspirée de la vieille Andalousie arabe. Musique, bon kif marocain et années d'abstinence, ça a produit de jolis coups de gong dans ma tête.

Marina a eu l'infernale idée de finir cette journée dans sa campagne de cœur, elle y avait une toute petite maison. Je l'aurais suivie chez Hadès sans flancher, alors j'ai laissé derrière nous une courte lettre pour Pierre-Henri lui promettant de remplir au plus tôt le frigo dévasté.

La minuscule bâtisse en pierre jaune était cachée dans la forêt, au-dessus de La Londe-les-Maures, tout près d'une rivière, le Tamary. Aucun voisin, sinon le sanglier. Seuls témoins, le loriot et la sittelle. Avant que le jour ne se trisse pour de bon, Marina m'a emmené au bord de l'eau, une petite merveille translucide où j'ai fait des ricochets splendides, les premiers depuis quelque chose comme trente-cinq années. Elle avait en permanence le visage tourné vers moi et je passais mon temps, entre deux jets de pierres, à la regarder. La puissance de nos messages chimiques et physiques traversait au passage les derniers rayons du soleil.

Au bout d'une heure peut-être, alors que le crépuscule descendait sur la rivière, elle a parlé des arbres alentour. Des aulnes glutineux hauts de quinze mètres qui dominaient tout, des lauriers nobles, du houx et des tilleuls cordés que je n'aurais pas remarqués sans elle. Elle m'a montré de grandes et belles fougères, je me rappelle l'osmonde royale, et, plus loin, quelques pieds de lis martagon. Elle connaissait tout son monde dans un rayon de cinq kilomètres, j'aurais bien pris des notes, les noms à eux seuls étaient des étoiles. Au retour, par un coup de baguette magique, alors que le ciel noircissait bel et bien, elle a découvert un muscardin sur une branche de châtaignier. Je l'ai vu une poignée de secondes avant qu'il se jette dans la voûte des feuilles, mais quelle violente beauté ! Un œil noir, une fourrure rousse et brillante, et une queue prodigieuse, profuse, comme un boa ébouriffé.

Nous sommes arrivés à la maison main dans la main, tenus de partout, je dois dire que j'étais enthousiaste. Du vin, un feu de cheminée, son corps amoureux m'attendaient dedans, je ne pensais à rien d'autre qu'elle, Marina Lourens. À peine entrés, embrassés, avec cette force dingue des jeunes amants. Il me semble que nous avons eu le temps de boire un peu de rouge, j'avais insisté pour prendre trois bouteilles, je me connais. Mais les prodiges qui s'annonçaient sont morts d'un coup, quand deux mecs sont entrés en force, par la porte mal fermée. Cela n'aurait rien changé, nul n'arrête les Huns en goguette. Je me suis tourné en entendant le fracas des gonds malmenés, et j'ai pris un pain sec et dur sur la tempe gauche, ça m'a sonné.

Avant que je comprenne, ils étaient là devant moi, à ricaner. Pas du genre à se gêner. L'un avait un flingue monumental – un pistolet automatique, sans doute un 11.43, je connais un peu –, l'autre seulement ses mains, qu'il ouvrait et fermait sans cesse. Le premier était le Popeye qui avait cassé mon pare-brise à la batte de base-ball ; le second, celui qui m'avait frappé. Sur la route de Porquerolles et ici même, deux minutes plus tôt. Il était content, il montrait ses dents jaunes, démonstration d'extrême satisfaction. De près, mon hypothèse se voyait confirmée : cet homme était arabe.

Marina Lourens, en plus d'être botaniste et jolie à perdre pied, avait du cran, qu'on pourrait aussi nommer inconscience. Elle a de suite hurlé, mais pas comme qui a peur. Plutôt comme une femme en colère qui ne va pas en rester là.

– Hé, les frères Cohen, vous vous croyez où ? elle a attaqué.

Mauvaise idée. Parler des deux barjots qui avaient tourné *Fargo* et *O'Brother* ne pouvait guère arranger les choses. Je me suis demandé s'ils pensaient nous abattre, et me suis répondu oui aussi sec, ils allaient nous tuer et basta. Ces messieurs semblaient d'authentiques tueurs, je dois dire, un sérieux duo de professionnels. Ils ont fait exactement comme s'ils n'avaient rien entendu. Popeye a refilé l'automatique à l'Arabe et, à une vitesse impressionnante, il a chopé Marina et lui a attaché les mains par-derrière avec des menottes surgies de je ne sais où. D'un seul geste en apparence, il l'a collée sur une chaise en bois paillée à côté de la vaste cheminée où nous avions cru faire griller de la viande. Popeye lui a foutu un torchon entre les dents, a serré un nœud derrière sa nuque, et la messe était dite. Pour elle.

Pas la peine de mentir, j'avais peur. Une peur primaire, une trouille certaine et complète avait pris le pouvoir à mon bord. J'ai sorti une authentique niaiserie :

– Mais qu'est-ce que vous voulez, à la fin ? On est prêts à parler avec vous, pas la peine de nous attacher, vous savez ? Vous croyez qu'on veut des histoires ? Mais non, pas du tout, les gars ! Vous pourriez pas la laisser partir ? Au moins elle ? Écoutez, on veut pas la guerre.

Popeye a gloussé, ce qui n'était pas bon signe. Il m'a dit de m'asseoir et j'ai obéi, les jambes flottantes.

– Tu es un petit con, a estimé Popeye avec une forte conviction dans la voix. Tu es un sale petit con, un sale petit pédé qui nous fait chier, mais chier, tu peux pas savoir. Dis-moi, tête de nœud, tu pouvais pas te contenter de la tirer ? il a ajouté en désignant Marina de l'œil et du doigt. Tu pouvais pas te laisser sucer la bite et puis rentrer chez toi ? Merdeux.

Marina avait du mal à respirer. Elle rosissait.

– Mais je n'ai pas bougé, merde !

Je disais réellement n'importe quoi.

– On fera tout ce que vous voulez, demandez-moi ! Je vais retourner chez moi, je vous jure. Foutez-lui la paix, elle étouffe !

– Tant pis pour sa gueule de pouffe, il a répondu. Tant pis pour ta gueule de pédé. On t'avait pourtant prévenu, on t'a fait comprendre que t'étais pas le bienvenu. T'aurais mieux fait de te casser et d'oublier la place aux Olives. On n'a pas été assez gentils avec toi, le pédé de Paris.

– Si ! j'ai osé. Si, c'est vrai, vous auriez pu être durs. Il m'a fallu deux fois, mais maintenant, j'ai compris le message. Il faut qu'on arrête, il faut que j'arrête de poser des questions sur l'explosion. C'est ça ? Je vous jure, j'arrête tout.

L'Arabe a hululé, entre cri de joie et chant de la hulotte, c'était inquiétant, baroque et ne ressemblait à rien de connu.

– Trop tard, tantouze, a repris Popeye. Tu nous prends pour des petits zonards, ou quoi ?

– Non. Je sais que la bande à Torlotta est très sérieuse, au contraire…

J'ai pris une gifle sifflante, catapultante. Je suis tombé, me suis relevé. Je n'aurais jamais dû parler de Torlotta, jamais, mais qu'est-ce qui m'avait pris ? Je saignais du nez, j'ai reniflé, et j'ai dû tenir ma manche de chemise dessus, le sang giclait.

– Torlotta, a repris Popeye avec une nuance que je n'ai pas réussi à identifier, Torlotta… Une petite merde à journal ose nous parler de Torlotta. T'aurais dû comprendre dès le premier coup, parce que c'est marre. Mon camarade va donc te montrer que tu as tort et ta putain aussi.

En effet. L'Arabe s'est approché de moi, son avant-bras gauche relevé, poing fermé, et il a craché à terre avec délectation, sans autre accent que local :

– Je vais lui mettre tout ça dans le cul, juste pour voir.

J'ai eu une énorme envie de dégueuler, je voulais sortir de cette saloperie de cauchemar, c'était tout simplement trop dur à vivre. Le mec a continué, de plus en plus énervé. Surexcité, même.

– C'est pas toi qui lui mettras ta bite dans le cul, petit pédé, c'est moi. Fais pas ton jaloux, y en aura pour tout le monde.

Je n'ai pas vu les détails, car ce pourri a traîné Marina dans la chambre, mais j'ai entendu ses beuglements et les cris de Marina, il lui avait enlevé le bâillon. Popeye, qui ne voulait pas courir de risques, m'avait chopé les cheveux de la main gauche, tirés en arrière jusqu'à me faire à moitié chialer, son flingue tendu tout près de ma carotide. Il allait tirer d'une minute à l'autre, je ne nous donnais pas une chance sur deux milliards, j'étais dans une sorte d'écœurement total, au-delà des mots, vraiment loin de l'autre côté du miroir. Le viol n'a pas duré des heures, je dirais, mais comment savoir quand le monde a changé de base ?

J'ai fini par entendre des bruits ignobles, je crois qu'il remettait son pantalon, et l'on devinait en surimpression sonore les faibles gémissements de Marina. J'avais envie de fermer les yeux, je n'étais plus qu'impuissance. J'aurais préféré que Popeye montre sa force et fasse tout exploser de ma tête. Je le jure. Mais il s'est contenté de changer de position et de s'éloigner avec son arme sans me quitter du regard. L'autre salaud est apparu, guilleret ou tout comme. Il a proposé :

– Tu veux vraiment pas t'y mettre ? Elle est baisable, cette pute.

Popeye a fait non de la tête, il restait concentré, imperturbable.

– La prochaine fois, a-t-il énoncé en articulant, la prochaine fois, y aura pas de prochaine fois. Ni pour toi, ni pour elle. Est-ce que monsieur le pédé a compris ce que je viens de dire ? Est-ce que monsieur le pédé va rentrer à Paris et laisser les gens travailler en paix ?

Je n'ai rien répondu. Quelque chose me rampait sous la peau. Je n'en savais encore rien, mais les os me démangeaient. Frankenstein pointait sous l'écorce, ces fumiers enfantaient une créature. Popeye est revenu vers moi, il m'a jeté une baffe monstre, et ils sont sortis en claquant la porte. Je suis resté paralysé une poignée de secondes, mais déjà j'allais bondir. Mon corps était pris dans une tourmente, avec cette folle envie de mordre la terre.

Quand je me suis levé, j'ai poussé une espèce de râle, sourd et puissant. Je suis allé dans la chambre où Marina pleurait, ses belles cuisses encore offertes, son jeans baissé sur les pieds, toujours entravée. Je lui ai glissé un truc, je ne me rappelle plus quoi. Je lui ai retiré son pantalon, mais n'ai pu lui arracher les menottes, et lui ai posé une couverture sur le cul. En la quittant, je lui ai fait une promesse, sur un ton définitif, et j'ai couru, couru.

On voit mieux, on voit clair lorsqu'on est possédé. Sur le coffre de l'entrée, j'ai chopé un large marteau piqueté de rouille ancienne, et je me suis jeté dans la bagnole. Ce que je voulais ? Les tuer, ces chiens. Les tuer tous les deux à coups de marteau au travers de la gueule. Le sang coulait par saccades de mon nez, j'en envoyais des giclées à chaque mouvement de la tête. Sous le siège, j'ai dégotté un morceau de papier journal que je me suis enfourné dans les naseaux. Encre et sang mélangés.

Difficile de retrouver cette terrifiante impression. J'étais fou, voilà. Enragé et violent, divagant, dangereux. J'ai démarré je ne sais plus comment, il faut croire que j'avais trouvé les clés de la voiture de Marina. En tout cas, je suis sorti du chemin de terre à cinq cents kilométres à l'heure environ, pas moins. Il y avait deux possibilités. Prendre la route à gauche qui repartait vers la plaine, ou à droite, en direction des collines. J'ai pris à droite au hasard, je ne respirais plus, j'avais le corps enroulé autour du volant. La bagnole de ma belle n'était pas si merdique, je me suis retrouvé à cent dix ou cent vingt sur une route pourtant dégueulasse. J'étais prêt à me jeter dans le vide, je ne pouvais pas rentrer bredouille. À aucun prix. J'ai fini par rattraper une caisse mastoc, je n'y connais rien, au bout de dix minutes, peut-être moins.

L'affaire n'a pas traîné. Pas de poursuite infernale comme dans les films, pas de crissements ni de choc de carrosserie. Je l'ai doublée sur une ligne droite, facile, il faut dire que je roulais deux fois plus vite. J'ai aussitôt freiné à fond, produisant des couinements démentiels. Et, pour clore l'opération Terreur dans les Maures, j'ai stoppé sec, comme je pouvais, inch' Allah !

La grosse tire a failli heurter mon pare-choc au moment où je sautais dehors. Je me suis jeté dessus en hurlant, le cœur plus gros qu'un arbre. Un hurlement de *desperado*, le marteau dans la main. J'ai ouvert la portière et aussitôt vu l'Arabe. Je n'ai pas pris le temps de réfléchir, tout était d'une clarté cristalline. Je lui ai attrapé je ne sais plus quoi, un bout de veste sans doute. Il devait être surpris, j'imagine, et pas se douter encore qu'il allait au massacre. Je n'en jurerais pas, mais je pense qu'il disposait de réserves de grave moquerie. A-t-il souri ? Je revois ses dents jaunes, je les verrai jusqu'au bout de mon chemin de croix personnel. Je lui ai balancé un coup monstrueux, pleine face, le sang a sauté sur mon bras, sur la route. J'aurais peut-être dû m'arrêter. Mais j'ai continué sans hésitation, au moins trois coups de mieux. Pas la peine de mentir, je donnais toute ma force, sans rien retenir. La vérité, c'est que le violeur de Marina avait l'air si mort qu'il ne pouvait plus être vivant. J'étais trempé de sang. J'étais dans une merde géante.

Le meurtre, même quand il ressemble à un assassinat, ne condamne pas forcément son auteur. On le sait, on l'a vu. Ce soir d'effroi général, j'ai eu de la chance, une chance rare. Aucune bagnole n'a montré son groin. Pas l'ombre d'une. J'étais à la fois tétanisé et conscient, ultralucide même. J'ai entraperçu dans le vide-poches de la portière gauche un joli flingot, un P38, comme j'ai su plus tard, et, sans la moindre pensée articulée, je l'ai balancé dans la caisse de Marina. J'ai eu la présence d'esprit digne d'éloges de prendre un de ses gilets pour essuyer le marteau, grossièrement, ainsi que le sang sur mon bras, j'ai fourré le tout dans un sac plastique, fait demi-tour en tueur professionnel, devoir accompli. Je ne me croyais pas capable d'une tâche pareille. Non, tout de même pas.

À mon retour à la petite maison des bois, Marina vomissait dans les chiottes. Je n'ai rien voulu détailler sur l'instant, j'ai juste annoncé qu'il fallait se barrer au plus vite. Mais ma tête marchait par à-coups, je lui ai demandé si elle avait une scie quelque part et j'ai pris le temps, rare connerie, de la débarrasser de ses menottes. Ces fillettes d'acier n'étaient pas de la camelote, j'ai failli renoncer, puis la chaîne a fini par casser.

Avant de partir, je suis allé me nettoyer dans la petite salle d'eau – le sang en éclaboussures donne mauvaise réputation. Je voulais tout cramer, ma chemise, le marteau, cette putain d'histoire aussi, et mon passé, mais je me suis contenu, je me suis contenu, miracle. J'avais les dents qui crissaient, je devais avoir l'œil blanc. Ou rouge. Mais moche.

Dans la voiture, vers la plaine, je lui ai raconté d'un bloc que j'avais tué cet enculé de mes mains, que je lui avais cassé sa sale gueule en mille morceaux et que je ne regrettais pas. Je ne regrettais pas et ne regrette rien. Ce n'est pas beau, ce n'est pas humaniste, mais c'est comme çà. J'ai conduit jusque chez Pierre-Henri ; ses antennes devaient l'avoir prévenu de quelque chose, car le psy était chez lui, pour une fois. Et, pour une fois, il ne batifolait pas avec sieur Reginald, une bonne nouvelle au milieu de la ruine.

12

Pierre-Henri a été grand. Cet homme est un grand. Je lui avais soufflé l'essentiel, il a tout rassemblé dans ses larges mains. Sans se perdre dans le commentaire, sans ajouter ses mots au désastre ambiant. Sans une hésitation, il a mis dans la balance sa vie, son travail, son avenir. Mieux, il a aussitôt trouvé de quoi calmer Marina – un médoc de cheval –, et appelé une amie, une psychologue, une spécialiste de ce genre de merde, qui a rappliqué à onze heures du soir, peut-être minuit, pour parler à une Marina déjà envapée. Il est ensuite allé nettoyer la petite maison jaune. Oui, lui, l'expert auprès des tribunaux.

Il est vrai que, d'un certain côté, il connaissait la chansonnette. Ne pas laisser de traces de sang, pas la moindre, répétait-il dans la cuisine où nous étions tous les deux repliés. Pierre-Henri a lavé la merde et le sang, en pleine nuit, pour aider un ami perdu. Lorsqu'il est rentré vers trois heures, j'étais bourré comme un coing, l'âme retournée à la vodka et l'estomac dur et vide. J'étais allé voir Marina deux ou trois fois ; la Madeleine – la psy – était à ses côtés et me jetait des regards effarés, je crois bien. Pardi.

J'ai le vague souvenir de Pierre-Henri déboulant enfin, l'œil éteint et la peau grise. Ce mec a été d'une douceur inconcevable. Il m'a pris par l'épaule, m'a mené dehors, au jardin, une fois de plus tout près des poissons multicolores. J'aurais tant aimé me changer en eux, en un, en ombre. Bref.

Nous sommes restés un quart d'heure ou vingt minutes sans parler, le silence suffisait, n'est-ce pas. Pour ma part, j'aurais été en peine de l'ouvrir, je finissais ma cinquantième Gauloise du jour, je n'en pouvais plus. Pierre-Henri a fini par lâcher :

– Bon, c'est propre, là-bas. Y a plus rien. Plus rien. Mais quelque chose ne va pas, vraiment pas. Tu me suis, Fred ? Pas trop beurré ?

Je me suis contenté d'un signe de la tête, négatif. J'étais beurré et plus, quoique pas trop. Surtout une nuit comme celle-là.

– Tu m'as bien dit que tu étais sorti à droite de la maison, vers la forêt, vers les collines ? T'es sûr ?

Comme je suis un résistant au pif, j'ai fini par comprendre les grandes lignes et l'interrogation.

– Ouais. Sûr. À gauche quand…

– Fred, fais pas le con, s'il te plaît. À droite ou à gauche ?

– À gauche quand tu arrives. À droite quand tu pars. Tu suis ? Quand je suis parti de chez elle, à droite.

– C'est bien ça, a convenu Pierre-Henri, on est d'accord. À droite, donc. Eh ben, figure-toi que j'ai fait la route sur quinze bons kilomètres et que je n'ai rien vu du tout. Pas de bagnole, pas de trace, pas de barrage, pas de flic. Rien du tout. Le mec a dû s'en tirer.

Le mec a dû s'en tirer, une très belle réplique. Mais, malgré ma biture avancée, je ne l'ai pas crue vraie une seconde. Pas une. J'avais conservé la vision d'une gueule cassée, et une neuve ne se trouve pas chez le marchand. Une gueule cassée, fracassée, ça ne se recolle pas avec deux points de colle. Entre deux cumulus de vodka, il me restait assez de clarté pour en être certain. Le mec était mort. Appliquée sur la peau d'un homme, une telle force barbare tue. Pas de doute, nulle rémission : s'il n'était plus sur la route, mon mort avait été enlevé. J'ai pensé aux flics, vaguement entrevu des manchettes de journaux et leurs conséquences. Je me suis propulsé une seconde au fin fond d'un cul de basse-fosse crapoteux et puant, mais rien à battre. Je voulais oublier, qu'on me lâche et me laisse, je voulais sombrer.

Pierre-Henri n'étant pas le plus sot de la place, il m'a convoyé à pas de petit vieux vers une chambre de l'étage. Il ne m'a pas proposé de somnifère, jugeant sans doute que j'étais déjà proche du coma. Il avait raison, je n'avais nul besoin d'une aide supplémentaire à l'anéantissement. Je me suis effondré comme un sac de sable sur une couche de plumes. Rideau. Noir.

13

Les jours qui ont suivi se mélangent. Marina et moi ne sortions pas, ne bougions pas. Pierre-Henri partait travailler, je restais avec elle, le cœur plein de flammes rouges encore. J'avais déjà tiré sur un homme, mais dans une autre vie, sans rien connaître du résultat. De loin. D'une colline à un ruisseau. D'un coin de rue à un autre. Et jamais tout seul. Je pensais au mort des Maures avec un goût dans le sang qui m'étonnait. Je me disais que j'aurais volontiers frappé Popeye de la même manière. Marina, Marina sous l'outrage revenait par saccades, me hantait. Quand il me restait du temps, je me demandais où j'allais, sachant que j'y allais à grande vitesse.

Le surlendemain, je crois, j'ai appelé Antoine. Juste après avoir téléphoné à Madame Muguette, et sans bien savoir pourquoi. Sans rien dire, bien entendu. Le son de leur voix venait d'un univers proche, à cinq milliards d'années-lumière. J'ai joint les Bardini, histoire de gagner du temps, et je m'occupais de Marina Lourens, qui paraissait se rétablir. Je dormais à l'étage, elle préférait rester en bas, près du jardin. Madeleine – à l'usage, elle s'était révélée emmerdante – passait chaque jour, parlait une bonne heure en tête-à-tête avec elle, chaque fois, et repartait avec des recommandations du genre : « Ne la fatiguez pas, soyez patient, Monsieur Tran, elle a subi un grave choc. » Comme si j'étais con à ce point. Tout de même.

Dès le départ, on a su que les flics n'avaient rien découvert. Pierre-Henri avait passé les coups de fil appropriés. Du reste, il les aurait vus sur la route. Rien, aucun blessé, aucun mourant, aucun trépassé. Ce qui aurait dû me rassurer me donnait la tremblante. Où était passé l'Arabe ? Par quel tour de magie noire avait-il disparu ? J'étais de plus en plus convaincu que les deux crevures étaient des hommes de Torlotta, mais comment le prouver ? Comment avaient-ils su où nous trouver ? Nouveau mystère. Je ne pouvais affirmer qu'ils ne nous avaient pas suivis, je n'avais pas regardé une seconde derrière, mais quelque chose clochait. Par quel douteux miracle avaient-ils appris que j'étais chez Pierre-Henri ? En planquant devant sa maison ? Rien ne tenait debout. Être un malfrat ne signifie pas être au courant du moindre souffle dans l'Univers, il faut nécessairement une taupe. Cette idée me faisait flipper. La taupe, qui était la taupe ?

Les Bardini, Kijo, Marina ? Je délirais. Marina ? Je l'avais soupçonnée pour la première agression, le viol réglait la question. À moins que je me sois fait avoir. Je n'en suis pas fier mais, une courte seconde longue comme une minute, j'ai repassé le film. Je n'avais pas assisté au viol. Pas assisté. J'ai également pensé, je sais être une merde, que crier à la mort est à portée du commun. Qu'ils pouvaient être de mèche. Elle, eux. Mais le ciel s'est ouvert enfin, bien tard, et je me suis insulté avec les pires mots. Zob ! j'étais malade de trouille, oui, pour en arriver à échafauder des scénarios pareils. Zob, le mot approprié.

J'en étais à me raconter qu'Hartmann... quand l'image d'un freluquet a fait son apparition. Ce Philippe de mes deux qui avait accompagné Marina l'autre soir. Fatalement, je me suis demandé s'il ne marchait pas avec Torlotta, s'il n'avait pas dragué Marina sur ordre. Ou s'il n'était pas furieusement jaloux, comme je l'aurais été à sa place, prêt à m'écrabouiller les glaouis dans un étau. Sauf que c'est Marina, pas moi, qui avait tout pris dans la tronche. Pendant de longs moments tristes, mon pauvre esprit a battu la campagne, sourd et aveugle, taré.

N'empêche qu'un beau jour, au début d'un soir, je suis allé rendre visite à Philippe après avoir obtenu son nom grâce à une belle série de contorsions. Pour son adresse, il avait suffi de demander à Pierre-Henri. Il savait tout.

Philippe habitait La Seyne, dans une rue calme derrière le port de plaisance, au-dessus d'une pizzeria clinquante. Il était environ sept heures, je ne pensais guère le trouver chez lui. Et pourtant si. Aussitôt sa porte ouverte, le bellâtre de la Côte m'a souri, un rien moqueur. Il m'a même tendu la main, je n'allais pas serrer le poing en retour. On a échangé.

– Surprise, il a lancé. Grande et grosse surprise. Fred Tran, c'est bien votre nom ? Le grand journaliste ?

Il se moquait, donc. Mais ce mec avait de la mémoire, à moins qu'on l'aidât à en avoir. La parano continuait de galoper. Il ne m'a pas laissé le temps de répondre :

– J'allais sortir. Vous avez le temps de prendre un apéro en terrasse ? Je vous invite.

J'ai dit d'accord, c'était méritoire, ce blondinet m'énervait vivement, je commençais à être chaud au-dedans, il n'avait pas intérêt à me pousser. Je l'ai suivi en direction du port, à trois brasses, et j'ai commandé un pastis, comme lui, en terrasse comme promis. Je n'aime pas cette flotte sale mais j'avais l'imaginaire en cale sèche et pas soif. Vrai, il faut me croire.

Nous avons enfilé des perles pendant cinq ou dix minutes, approchant du ridicule, je me sentais couillon. Je ne parvenais pas à trouver mes mots, je ne sortais que de pures conneries, des sornettes. Je ne suis pas sûr, mais je crois avoir parlé de pêche. Soyons franc, il m'a sauvé la mise, il m'a tendu la perche, je me suis jeté dessus.

– Vous vous demandez si cette situation m'emmerde ? il a émis.

J'ai soupiré. J'étais coincé et ferré, soulagé aussi.

– Vous parlez de Marina ?

– Non, de la femme d'Hector. Dites, vous n'êtes pas obligé de parler, mais je vous rappelle que c'est vous qui êtes venu me voir.

Il avait raison, il avait raison. Ce bougre de con avait raison.

– Vous savez ce qui lui est arrivé ? Vous êtes au courant ?

Il a accusé. Net. Tout son visage s'est tendu d'un coup. S'il savait, le Philippe était un comédien de race.

– Arrivé quoi ? Arrivé quoi, bordel, Tran ?

Pas à dire, ce type n'était pas qu'un dragueur des rues. Sa voix avait de la fermeté, de la force, du profond. Je lui ai raconté prudemment, et pas tout. J'ai omis le passage sur un Arabe mort avec gueule déjantée, je n'ai pas dit que Marina avait été violée, j'ai élagué, me contentant de l'irruption et des beignes, de lourdes menaces sexuelles, guettant le moindre impair, souhaitant m'apercevoir qu'il mentait comme un arracheur de dents, qu'il savait tout depuis le début, qu'il était en cheville. Mais rien. Il devenait blanc, avait l'air de souffrir, j'aurais donné ma main, disons mon petit doigt, à couper qu'il découvrait l'histoire.

– Marina va mieux, j'ai conclu. Elle va nettement mieux.

Je m'avançais sans honte.

– Vous croyez, Tran ? Vous ne la connaissez pas, elle ne vous montre que ce qu'elle veut, rien de plus. Un autre pastis, au fait ? Moi, oui.

Il n'a pas attendu la réponse, qui était non. Philippe a hélé le loufiat, un jeune gars aux cheveux décolorés qui tentait de convaincre une vieille rapiécée de ne pas faire la manche auprès des clients, et commandé deux autres verres. Je rêvais de rouge, la forme me revenait.

– J'ai tout de suite compris qu'elle vous emmènerait au lit, il a avoué. Ce n'est pas que je m'en fous, mais j'ai l'habitude. Vous savez depuis combien de temps je la connais ? Quatorze ans. J'en ai trente-trois, elle trente-quatre, on était des gosses. Je l'aime grave, comme disent les mioches, mais plus de la même manière. Comme un frère, je vous assure. Tout à fait au début, on a eu notre histoire, elle et moi, mais il y a tellement longtemps qu'on a oublié. Marina est ma sœur, Tran, je l'adore comme vous ne pouvez pas imaginer. Et vous n'êtes pas du genre qui lui convient. Vous ne savez rien d'elle, Tran. Marina est une femme spéciale, très spéciale. Vous voulez des détails ?

J'aurais dû dire non, après une aussi longue tirade. Peut-être. Mais j'ai dit oui, je voulais savoir.

– Eh bien, elle a l'esprit fragile, si vous me permettez. Très. Elle est soignée, quoi. On ne le voit pas au premier coup d'œil, mais elle a la tête encombrée.

– Je m'étais rendu compte, j'ai avancé, en vrai saligaud.

– Non, vous ne vous êtes pas rendu compte, je peux vous jurer que non. Il peut se passer des mois sans crise, elle est « stabilisée » comme ils disent. Mais elle reste capable de grands écarts. Je n'ai pas envie, je n'ai pas le droit de toute façon de vous raconter mes souvenirs. Les gens comme elle sont dits maniaco-dépressifs. Leur vie est faite de hauts et de bas, de surexcitation et de chutes brutales, avec des délires au milieu. Ce n'est pas pour vous faire fuir, Tran, vous verrez bien. Être le confident, le soutien et la famille de Marina Lourens n'est pas une joie de chaque instant. Vous n'êtes pas obligé de me croire.

J'ai regardé le Philippe en me demandant ce qu'il jouait. S'il me jouait. Mais je n'avais la force de rien, j'étais encore sous le choc. Au fond, j'avais besoin d'aide et d'affection, d'une cellule de soutènement psychologique pour moi seul. J'avais plus envie que tout de baisser pavillon, de lâcher les marteaux virtuels qui pesaient sur ma tête. Sans compter les autres, si réels, si assassins. Je voulais croire à demain.

– J'entre pas dans les détails non plus, j'ai lâché. Il s'est passé d'autres choses, plutôt sérieuses, outre l'agression…

– Je m'en doutais, figurez-vous. Des choses comme celle-là n'arrivent pas seules, elles se font accompagner.

– Évidemment. Cette histoire devient très dure pour tout le monde. Enfin, pour Marina, c'est l'évidence. Mais aussi pour moi. On est confrontés à un bastringue sidérant, probablement lié à l'explosion de l'immeuble, mais auquel on ne comprend rien. Vous en pensez quoi, de cette histoire ?

– Rien, je n'en pense rien, a répondu le Philippe. Je veux que Marina s'en sorte sans dommage, sans malheur ajouté. Sa mère est morte et je ne vois pas ce qu'elle pourrait gagner à remuer son drame familial pendant des années. Elle perdrait encore, elle perdrait pied surtout, aucun doute là-dessus. Si c'est une histoire de voyous qui a mal tourné, on n'y pourra pas grand-chose, au bout du compte. Voilà ce que je pense, Tran.

Je ne savais quoi répliquer. La petite musique qui m'habitait depuis les origines avait déserté. Je ne rêvais plus de justice radicale, de redressement universel des torts, je voulais fuir au soleil. Pas celui de la Côte recuite et cinglée, non. Je me voyais partir avec Marina sous le bras, espérant une fois de plus que tout soit possible. Je n'ai pas fini mon deuxième pastis et préféré un côtes-du-rhône potable, je ne croyais pas à ma chance. Le Philippe, malgré ses cheveux blonds et sa tête à claques, commençait à être supportable :

– Peut-être qu'on ferait bien de laisser filer, j'ai dit. Je prétends pas que vous avez raison, mais ces deux types auraient pu nous tuer, et j'en rajoute pas. À croire qu'ils avaient l'ordre de ne pas aller plus loin, au moins cette fois. Mais ils auraient pu. Je ne sais pas comment dire : ils faisaient leur boulot, point. Avec plaisir, mais leur boulot. Vous voyez ?

Je n'étais pas d'une folle prudence, et le garçon, tout proche, a eu un sursaut qui n'a pas échappé à Philippe.

– Non, Tran, je ne vois pas a-t-il lancé à voix basse. Vos théories me dépassent. Je suis professeur de physique dans un lycée privé, moi. Dites-moi plutôt où est Marina. J'ai essayé de l'appeler tous ces derniers jours, mais je me suis dit qu'elle était avec vous et je n'ai pas insisté. J'imagine qu'elle n'est pas chez elle.

– Elle est chez Pierre-Henri. Au fait, les délires de Marina, c'est quel genre ? Il lui arrive d'inventer ?

Oui, j'avais une idée cachée, je ne peux nier.

– On peut dire, il a hoché, avec un air d'une tristesse à faire mal. Elle invente ou se contredit, ou pense plusieurs choses en même temps qui s'annulent. Elle oublie, et alors elle nie, elle est violente, injuste, angoissante comme aucune autre personne de ma connaissance. Cette fois, vous allez croire que j'essaie de vous dégoûter, hein ? Eh bien, Tran, c'est vrai, j'essaie de vous dégoûter d'elle. Vous avez vu ce film avec la fille de Tony Curtis, *Un poisson nommé Wanda ?*

Je me suis marré malgré moi, parce que je revoyais un des acteurs en train de bouffer un à un, vivants, les poissons rouges d'un détraqué sévère de sa bande de malfrats.

– Ouais.

– À un moment, le grand mec à moustaches, je me souviens plus de son nom, merde, veut faire croire que l'autre est pédé et le poursuit dans la rue en hurlant *: « N'y touchez pas ! Il est à moi ! »* Vous vous souvenez ?

Je riais nerveusement, je touchais la scène du coin de l'œil.

– Ouais, c'était vraiment drôle.

– Pas tant que ça, a conclu le Philippe. N'y touchez pas, Tran. Ne touchez pas à Marina, elle est à moi.

Nous nous sommes quittés cinq minutes après, le temps que je finisse mon verre et qu'il reprenne contenance. Il était dans l'extrême émotion, moi, dans l'abattement total. Tout paraissait possible, rien ne me serait épargné, j'avais l'âme au rebut et les os fatigués.

Chez Pierre-Henri, j'ai croisé Madeleine sur le départ dans le salon. Elle a murmuré que Marina était dans sa chambre, au téléphone. J'ai commencé à me demander si la psy n'était pas elle-même un peu torturée. Ses murmures étaient si pleins de sous-entendus que j'ai compris que Marina parlait à Philippe. Madeleine avait probablement décroché le téléphone la première et saisi qu'un autre homme entrait dans la partie. Je sais, je radote, mais je déduis, je suis un broyeur d'indices – un grand destructeur, du même coup. Je n'avais pas envie de faire joujou, ni semblant, alors, cinq minutes plus tard, sans m'annoncer, j'ai ouvert la porte. Marina a baragouiné dans le combiné en me voyant et raccroché vite fait, bien fait. Façon de parler.

– C'était qui ? j'ai demandé.

– Le boulot, elle a prétendu. Rien d'important. Comment tu vas ?

Elle m'a bel et bien désarçonné. Oui, j'ai eu l'impression de tomber de deux mètres. Pas de mal à l'arrivée, mais de la belle surprise, car elle souriait. Son premier sourire depuis le cataclysme. J'ai répondu en niais militant :

– Pas si mal. Et toi ?

– Mieux. Bien mieux, je t'assure. Je ne vais pas te raconter que cette saloperie est derrière moi, mais je commence à respirer. Viens là, Fred la terreur.

J'ai venu, je me suis rendu. Nous avons tous grand besoin de ces mouvements-là, de ce relâchement des torsions, de cet abandon au bonheur de l'instant. Marina m'a tendu les bras, j'ai plongé, elle m'a embrassé, j'ai changé de dimension. J'y serais encore si elle ne m'avait ouvert la bouche avec deux doigts, avant d'y coller la sienne. Si elle n'avait pas retiré de son poing droit le tee-shirt rouge qu'elle portait ce jour-là. J'y serais si elle n'avait pas tout ôté, pièce après pièce. Sans flancher, elle a enfoncé en elle ce que je dois bien appeler ma bite, il n'y a guère d'autre mot. Nous étions par terre, pour ce qui concerne le corps. Le reste, si léger, si proche de l'éther, se baladait dans les cieux, du côté des martinets noirs, les plus beaux oiseaux du monde. On a de nouveau baisé, je n'y croyais pas. On a baisé, après tant de malheur. On a baisé, j'ai cru que j'allais disparaître avec elle. Et qu'on ne nous retrouverait jamais.

14

Nous avons passé la nuit ensemble. J'étais de nouveau lucide, après l'extase, je ne pensais plus au foutre, je n'arrivais pas à dormir. Elle si, avec le ventre agité, comme perpétuellement mordu. Deux fois elle s'est éveillée, deux fois elle m'a embrassé, et j'ai fini par sombrer, il devait être quatre heures.

Au matin, on s'est regardés au moins une demiheure avant de se lever, à chercher des mots perdus dans la vaste collection. Elle m'a dit qu'elle m'aimait. Un mot de soie rouge que je ne lui ai pas renvoyé, je ne suis pas l'expert qu'il faut. Je l'aimais, pourtant, je l'aimais au point de vouloir réduire le monde hostile en sable blanc. Je suis parti m'occuper du café, j'ai clopé auprès des poiscailles, puis tout disposé, et j'ai été cueillir ma reine. La vie, comme elle savait être quelquefois.

Vers la fin de ce conte de fées, alors que je vidais ma tasse, Marina m'a balancé :

– Fred, ce n'était pas le boulot, hier. Tu te souviens ?

Je l'ai regardée, l'œil occupé, préoccupé.

– Pas le boulot. C'était Christian, Christian Napas.

Je situais le type, ce journaleux de mes deux, un ex, lui aussi. Mais j'aurais préféré un clou dans la lèvre plutôt que de l'avouer.

– Je vois pas. Tu m'en as parlé ?

– Enfin, Fred, je t'ai dit qu'il avait suivi l'affaire ici et qu'il était à Nice depuis un moment. Eh bien, figure-toi qu'il est à Hyères pour quelques jours et qu'il a vachement envie de te voir.

– De me voir, moi ? C'est dingue. Tu lui as raconté quoi, au juste ?

– Mais rien, Fred. Juste que tu reprenais l'affaire de l'explosion à zéro, avec un regard nouveau, quoi. Il te connaît de réputation, j'ai pas eu besoin d'en faire des tonnes. On t'a à l'œil, par ici, mon Fred la terreur à moi.

Je n'ai pas eu l'envie de rigoler cette fois. J'étais de nouveau planqué dans mes jungles, silencieux, immobile, invisible. Je passais l'info au trébuchet, hésitant. Ouais, pourquoi ne pas rencontrer ce type ? D'un autre côté, je m'apprêtais à proposer à Marina de faire ses valises et de partir avec moi vers l'Ouest breton, au moins une partie de l'été. Mais discuter avec ce Napas avant, pourquoi pas ? Il m'apporterait peut-être des détails sur Hartmann et Grabert. Je voulais aussi, avant de tracer la route, apercevoir Bert Metchiche. Au moins. Pour m'assurer que ce n'était pas lui, le mort. Pour être sûr qu'il n'avait pas le crâne défoncé et ne pourrissait pas dans un sous-bois des Maures, enterré sous des feuilles de l'automne précédent.

– Pourquoi pas ? j'ai conclu. Mais d'abord, il faut que je te fasse une proposition malhonnête.

– Chouette !

Elle avait les yeux gais.

– J'ai une furieuse envie de prendre l'air, Marina, et j'aimerais me casser quelques jours, disons deux ou trois semaines, avec toi. Ailleurs qu'ici, pour respirer, pour échapper à ce merdier, le temps de redresser le cou. J'ai une maison en Bretagne.

– Tu me proposes des vacances en amoureux, Fred Tran ? C'est bien vrai, tu me proposes de partir sur les routes dessus, bras dessous ? Youpi ! Hourra ! Vive la France !

Elle riait, c'était si miraculeux que j'ai ri avec elle. Dans la foulée, je lui ai roulé une pelle. J'étais heureux, même si je suis crétin. Pendant trois ou quatre clopes, j'ai parlé du cap Sizun, des assauts de l'océan contre le granit et les oiseaux de mer, j'étais intarissable. La Bretagne me fait l'effet d'un nouveau monde.

Une heure plus tard, j'ai appelé Napas chez ses parents, à Hyères. Je lui ai proposé qu'on mange ensemble le midi, mais il était déjà midi, et il s'est mis à rire un poil trop fort. On est convenus de se retrouver au Pradon, près de Carqueiranne, sur le coup de deux heures. Napas y avait un appartement et des bricoles à régler sur place. J'ai dit d'accord. À deux heures, pour le café.

J'ai eu le temps de prendre un peu de bandol pour la route et d'ouvrir une boîte de pâté qui a donné un haut-le-cœur à Marina, restée aux tartines beurrées. Madeleine a sonné à la grille et j'ai été gentillet avec elle, je devais être sur un nuage. Après avoir embrassé derechef ma chère et si tendre, j'ai pris la bagnole sous un soleil de feu, l'été se mettait à jouer les durs pour de bon, avec quinze jours d'avance. Traverser Toulon, même à ces heures de repas à tous les étages, l'enfer. Il m'arrivait d'accrocher de l'œil droit la mer Méditerranée, l'ancienne déesse. Pourtant j'achopais souvent sur d'atroces panneaux à la gloire de la marchandise. On ne devrait pas pouvoir tuer l'immensité.

Je suis arrivé chez Napas sans davantage d'encombres, mais le cœur lourd, la tête farcie, en sueur. Il habitait un immeuble moderne, blanchâtre, avec vue sur les vagues et le tournis, interphone extérieur et intérieur. Oublions la sinistre clarté du hall d'entrée. Au bout du parcours du combattant, je me suis retrouvé au quatrième, face à un type sur le palier, moche. Cinquante ans au moins, chauve ci-devant blond, avec goitre sous le menton et binocles. J'oublie le clope, une Marlboro moribonde qui pendait, sur le point de se jeter dans le vide. Merde ! Lui, un ex de Marina ! un autre ex de Marina ! Le mystère s'éloignait encore des rivages, il devenait géant. J'ai eu envie de lui foutre un gnon.

– Très heureux de faire ta connaissance, il a dit d'emblée en me tendant une louche grassouillette. On se tutoie ?

– Si vous voulez, j'ai répondu, je n'étais pas tenté.

Nous sommes entrés dans un vaste salon bourrés de meubles qui me semblaient dater de vingt ans et sentaient l'abandon. Je me suis placé dans un canapé jaune citron, une vilaine douceur mollassonne. Par la porte-fenêtre ouverte du balcon, j'entendais le couinement des engins coincés au feu rouge, à l'entrée de la plage, tous ces bruits de l'humanité compressée. Rien ne traînait alentour, ni canard, ni petite connerie. Rien. Si, des cendriers, dont un à moitié plein.

Le journaliste est revenu de la cuisine après avoir fourgonné là-bas trois à quatre minutes, montant du même coup d'un cran dans mon estime. Car il tenait en mains sur un plateau une cafetière fumante, des tasses, des gâteaux secs, deux petits verres courts sur patte et une bouteille de grappa pleine à ras bord. J'ai dû me trahir, parce qu'il a lâché :

– Elle est bonne, c'est ma femme qui la fait venir de Cuneo, elle est italienne. Ma femme, hein ? Remarque, la grappa aussi. Je t'en sers un verre ?

– Je me demande, j'ai prétendu, en m'emparant d'un godet.

J'ai bu après avoir trempé les lèvres pour la forme dans une tasse de café. Cette grappa était une grande folle du dieu des alcools, une perverse, une détrousseuse d'hommes fragiles. Je ne sais pas me tenir en face d'un verre, faut-il le rappeler ? Tandis que Napas me racontait son déprimant parcours professionnel – la presse stalinienne dans les années soixante-dix, puis *Var-Matin*, *Nice-Matin*, avec une incursion dans une antenne locale de M6 –, je sifflais sans relâche, sans trop écouter. Je connaissais l'engeance, je ne souhaitais rien stocker dans mon si petit disque dur. Cela posé, Napas n'était pas si con, et maniait même l'autodérision. Il m'a offert une imitation déconnante d'un ponte de M6 présentant les projets de la chaîne à des cadres du marketing. Car il avait fait aussi un peu de marketing. Fallait vivre, assura-t-il à un moment de son récit, avant d'ajouter :

– Bon, je ne suis pas un héros de la presse libre comme toi. Je prétends rien du tout. Dans un monde de salauds, j'essaie de ne pas être le plus pourri. Et je te jure qu'un mec comme Corcia me débecte pour de bon, moi aussi.

– Sûr, j'ai fait, alors que je pensais le contraire.

On n'allait pas se mettre sur la gueule autour d'une telle grappa. Et puis, à ce moment, je dois reconnaître que je m'en tapais, des plans de carrière de machin, des seaux de merde entassés dans la cervelle de trucmuche et de ses innombrables copains. Je ne savais plus très bien ce qu'il y avait dans la mienne. La faute à cette fatigue atroce qui m'était tombée dessus sans prévenir. Et aux seins de Marina, aucun doute. Je me suis forcé à la concentration, malgré la grappa qui m'engourdissait le sang. Pour commencer, j'ai sauté dans le tutoiement. Pas le choix, c'était lui le premier.

– Marina m'a expliqué que tu t'étais occupé de l'explosion quand tu bossais pour *Var-Matin*. L'histoire est bizarre, hein ?

Il a bu à son tour un verre de gnôle, cul sec. Napas n'était pas débutant en matière soûlante, j'aurais juré. Il a allumé sa troisième Marlboro, je me demandais où il avait planqué les deux autres. Elles avaient filé si vite qu'on aurait pu croire à un tour de passe-passe. Il me zyeutait.

– Tu ne peux pas savoir comme ça schlingue. Même les vieux de la vieille de la locale, des types qui ont bossé quarante ans par ici et qui tutoient les pontes de la préfecture et de l'amirauté n'en sont pas revenus. Il y a un mystère, on est au moins une cinquantaine dans la région, entre les flics, les experts, les officiels de tous bords et les journaleux à savoir, à sentir que cette affaire n'est pas réglée. Par quoi je commence ? T'as des préférences ?

Ce type était-il plus intéressant que je ne pensais ? Oui, peut-être bien.

– Je sais pas. Les flics, par exemple.

– Les flics ? Ouais, parlons des flics. Tu situes Croce, non ? C'est mal tombé pour les victimes, sincèrement on pouvait pas trouver pire. Croce a bouffé à tous les râteliers. On dit même qu'il a flirté avec les cocos à la fin des années soixante. Je me suis renseigné, et c'est un fait : il a eu sa carte des JC pendant presque un an. Une nana, qui sait ? Une chose est sûre : tout le temps qu'il a été flic, il l'a passé dans le Var. Grand copain d'Arreckx, grand copain de Léotard, grand copain de Sercia, de Corcia, de Piat, de Marchiani, de Ritondale. Et des mafieux, du genre Torlotta. Et des entrepreneurs de la Côte, je te fais pas de dessin sur les révisions de POS, les marinas, les ports de plaisance et les casinos. Monseigneur Ripou a malgré tout obtenu la légion d'honneur il y a vingt ans, sur le contingent socialiste de Deferre quand il était à l'Intérieur. Probablement grâce aux réseaux francs-maçons qui relient tout ce qui compte ici, de Nice à Marseille. On dit que les trois gosses de Croce ont une jolie fortune à se partager. Comment un mec comme lui, tombant sur une histoire aussi tordue que cette putain d'explosion, aurait pu démêler les fils ? Qui lui a demandé d'écraser et de faire croire à cette connerie de gaz ? C'est la seule question.

– Tu crois pas non plus au gaz ?

Il a eu geste, disons éloquent.

– Mais personne n'y croit, mon vieux ! Enfin, personne de sérieux. Tous les gars qui ont regardé de près savent que c'est une grosse farce. Façon de parler, je voudrais pas que tu imagines que ça me fait marrer. Écoute, j'ai interrogé les mecs de Gaz de France, des types de confiance à la préfecture de Toulon, à la préfecture maritime aussi, au palais de justice, des pompiers et même d'autres flics. Pas un n'ose défendre la thèse jusqu'au bout. Les plus cons des plus cons te disent qu'on peut jamais savoir, qu'on en a vu d'autres, qu'on en verra d'autres. Et les malins te prennent des airs de mecs au jus qui ne peuvent rien sortir. Mais s'ils étaient au courant de quelque chose, je saurais, sans me vanter. Va parler aux mecs de Gaz de France de ma part, tu verras. Je me souviens plus de leur explication technique, mais, pour eux, le gaz, c'est impossible. Ils s'en contrefoutent, tu sais, parce que personne ne les a mis en cause. Non, les mecs sont calmes, détachés, ils racontent que c'est pas le gaz, quoi. C'est marre. Tran, ce n'est pas le gaz.

– Et Grabert ? j'ai demandé, repensant au rapport bizarroïde de l'expert sur les peroxydants un peu trop peroxydants.

– Laisse tomber, c'est un authentique connard. Ils le sortent de la naphtaline quand ils en ont besoin pour signer les papiers. Il est préretraité, ménopausé depuis trente ans, c'est un mollusque, une limace.

Là, Napas a gloussé. Et comme il ne me faisait pas rire, j'en ai profité pour me resservir. Il fallait arrêter de picoler, je n'allais pas pouvoir rentrer.

– Bah, je déconne, il a repris. Faut pas se foutre des braves gens, c'est pas dans la ligne.

– Tu plaisantes ! j'ai hypocritement assuré d'une voix à peu près neutre. Je m'en branle, de cette vieille peau. Bon, d'après toi, il ne vaut donc pas un clou. T'es sûr ?

– Merde, tu le verrais ! On lui filerait quatre-vingts piges au moins, et au mieux. Il a pas fait d'analyses lui-même depuis l'époque de son copain Mathusalem. Ça m'étonnerait pas qu'il lui ait taillé un ou deux plumeaux, soit dit en passant. Il est pédé, Grabert, c'est une tarlouze. Et une bonniche.

J'ai masqué, je me sentais pas en phase avec ses petits délires.

– Une bonniche ? Excuse-moi, mais je comprends pas. La bonniche de qui ? Il est quand même pas devenu directeur de labo en passant la serpillière !

Il a gloussé encore, je crois que l'image lui plaisait.

– Va savoir. Non, je veux juste dire qu'il n'est qu'un pion. Il signe, c'est un administratif. Quand ils lui disent de dire oui, c'est oui. Ou non.

– Ils ? Désolé de te demander, mais je ne suis pas d'ici, moi – Napas commençait à m'énerver. Ils, c'est qui ?

Il a ouvert les yeux comme au théâtre expressionniste. C'était de l'humour, je crois, mais j'en avais soupé des effets de manche et des blagues de la Côte. Il a dû saisir car il s'est repris, tant mieux pour tous les deux.

– Le pouvoir local et ses bouffons, mon camarade. Bon, est-ce que tu as le temps ?

J'ai hésité, mais j'avais peur de la grappa. Cet après-midi-là, je tenais Napas pour un petit connard de la presse parmi dix mille autres. J'avais tort, mais je l'ignorais, je ne suis pas Mandrake le magicien. Je me voyais me soûler à mort et l'entendre dégoiser sur Corcia et ses copains jusqu'à l'aube. Comme quoi ils n'étaient pas gentils, comme quoi ils étaient vilains. Par ailleurs, je pensais si fort à la Bretagne, au départ, aux vraies vacances libératrices que je me suis levé d'un bond.

– Pas aujourd'hui, j'ai fait, vexant. Dis-moi, si on revenait une seconde à l'explosion ? Si je te suis bien, ça pourrait être un règlement de comptes interne à cette belle fraternité du Sud. Avec Torlotta au milieu, à qui on aurait demandé de faire crouler la baraque pour emmerder je ne sais trop qui. Tu en dirais quoi, de Torlotta et de ses pingouins ?

– J'ai pensé à lui depuis le début, plus d'une fois, a concédé Napas. D'autant qu'il y avait des élections municipales deux mois plus tard, la bonne saison pour envoyer des courriers en recommandé. Tu sais combien il y a eu d'attentats dans le Var cette année-là ? Cent quatre. On en parle moins qu'en Corse, mais le procédé est le même. On intimide un gêneur, on dissuade un concurrent, on montre ses muscles, à l'occasion on élimine. Bon, un immeuble pète en pleine ville, avec des tas de morts qui font autant de magnifiques cadavres exquis, et alors ?

Je n'ai pas pu m'empêcher. Ce n'était pas pour frimer, malgré l'apparence, juste le souvenir des choses vieillies. Et l'alcool, qui aidait à la souvenance. J'ai murmuré :

– Le cadavre – exquis – boira – le vin – nouveau.

– C'est un refrain ?

– La première phrase du premier cadavre exquis de l'histoire. Breton et ses potes, en 1925, je crois.

Il a hoché la tête mais il paraissait énervé, je n'aurais pas dû la ramener, trop tard.

– Je pensais surtout au film de Rosi, avec Ventura, il a précisé. Tous ces messages, ces mystères, ces pourquoi et comment sans aucune réponse. Je me dis le plus souvent que cette explosion restera sans explication. Comme tant d'autres. Peut-être qu'ils se sont trompés de charge, ou que l'enjeu était plus gros que d'habitude. Je n'en sais rien, pour être franc. Personne n'en sait rien. D'habitude, il y a toujours quelqu'un pour échafauder une théorie, mais la seule qui ait tenu un moment, c'est celle de l'ami Torlotta. Torlotta aurait eu peur d'être lâché par ses bons petits potes, Torlotta se prenait un peu trop pour le cornac, Torlotta aurait voulu impressionner à mort, c'est le cas de le dire, la clique au pouvoir.

– Qui l'a fait descendre, au fait ? Je serais pas étonné que tout soit relié. Il est mort quand, d'ailleurs ?

– Attends, tu vas pas le croire, c'est presque trop beau. Deux ans jour pour jour après l'explosion, flingué comme un rat dans sa villa près de Gênes. Pour la presse du coin, tu parles comme je les connais, ces cons, c'était un aveu posthume. « Torlotta a-t-il enfin payé pour l'explosion de l'immeuble ? », et patin couffin. En plus, il a été liquidé à l'italienne, au fusil à canon scié, genre lupara sicilien. J'y crois pas, j'y ai jamais cru et j'y croirai jamais. Tu connais Metchiche ?

Le nom m'a réveillé. Comme une claque. Comme un jet glacé. Je me suis traité de nullard, je n'avais même pas fait gaffe aux conditions de la mort de Torlotta. Je me souvenais qu'il avait été tué et cela m'avait suffi. Merde ! J'ai tiré sur ma Gauloise, moi aussi j'avais abondamment contribué au nuage ambiant, et je lui ai retourné :

– Tu connais Metchiche ?

Il s'est marré. Et j'ai réalisé que je n'étais peut-être pas si frais que je l'espérais. J'étais changé en écho.

– Ouais, bien sûr, que je connais Metchiche. Tu crois qu'on peut être d'ici, être journaleux, avoir traîné dans tous les coins perdus de cette saloperie de Var et ne pas connaître Bert Metchiche ? Je sens que je vais aggraver mon cas : je l'aime bien, ce salopard. C'est un beau et grand salopard, un instinctif, un malin. Je passerais pas mes vacances avec lui, mais il est pas pire que beaucoup de ces enculés que tu vois à la télé, les soirs d'élection. Non, franchement. Un peu mieux, si on réfléchit. Beaucoup mieux, je crois bien. Tu sais quoi ? Je me demande si t'aurais pas intérêt à le rencontrer. Tu verras bien. Ça me fait marrer à l'avance, la rencontre d'un type comme toi avec un mec comme lui. Et si tu veux, tiens, je t'arrange même le coup. Sans rire, Tran, pas de problème.

15

Bordel, ce premier rendez-vous avec Napas s'est conclu par un mal de chou d'anthologie, malgré mon entraînement de fond. Car nous avons continué à siffler comme des ânes, des perroquets, deux authentiques soiffards. Je suis rentré chez Pierre-Henri au radar en tâchant de ne pas sortir la tête de la bagnole aux feux rouges, je crois qu'on aurait appelé les flics, le soleil risquait d'enflammer les émanations d'alcool. Mais j'y suis arrivé et Marina dormait, tant mieux. Je suis allé prendre une douche interminable, j'ai avalé quatre cachetons de je ne sais plus quoi, je sentais à nouveau ma molaire, j'avais envie de mordre.

Bon, le mal a trépassé, la migraine en tout cas. Napas avait produit grand effet sur moi, indiscutable. Je n'y voyais pas beaucoup plus clair, mais, au moins, je distinguais des contours dans le lointain, les très vagues et très vicelardes frontières d'un univers en expansion, à la fois gazeux et liquide, visible autant qu'immergé, plein de trous noirs et de chausse-trappes, piqueté de pieux et de griffes, rempli de chiens et de requins. Je me fais comprendre ?

Soit dit en passant, je ne me reconnaissais pas. Je venais de passer l'après-midi avec un merdeux qui avait baisé Marina et je n'avais pas eu envie de lui ouvrir la gueule. Un peu quand même : comment Marina Lourens et sa chatte de paradis avaient-elles pu m'infliger pareille horreur ? Je suis allé piqueter des cornichons, finir le pâté, lancer une omelette, j'avais les crocs, c'était à pleurer.

Napas m'avait proposé pour finir d'appeler Metchiche et j'étais furieusement impatient. Impatient de rendre visite à Bert Metchiche, le roitelet local des putes et de la came. Je crois que je me barrais en noix, pour dire le vraisemblable. Le matin encore, je pensais que Metchiche pouvait être mon Arabe, mon macchab à moi seul, mon assassiné. J'avais tout oublié, comme si je ne savais plus rien. Et c'était le cas.

J'ai décidé faute de mieux d'appeler Antoine, me rendant compte avec horreur et saisissement qu'il restait en pleine ignorance. L'autre soir, celui du viol, j'étais resté vague à souhait, je ne me voyais pas raconter au téléphone que j'avais buté un mec au marteau. D'autant qu'un bavard comme Antoine devait être écouté deux jours sur trois, vu les sales affaires qu'il se coltinait. Ce mec passait sans transition des sans papiers aux opposants djiboutiens, des Irlandais aux Palestiniens, et retour par les réfugiés italiens et les listes électorales bidonnées de Paris et d'ailleurs. Mais j'avais grande envie de lui parler. Et besoin, oui.

J'ai fait son numéro, préparant le mien, et une secrétaire avec un accent pour le moins surinamien me l'a aussitôt passé.

– *Fred !* il s'est exclamé, et j'ai pris une giclée d'amitié pleine poire, de l'euphorie instantanée. *Fred, je m'inquiétais, tu sais ? En plus, j'allais partir, t'as du bol que ma secrétaire soit restée si tard.*

J'ai regardé ma montre, il était huit heures passé, l'après-midi avait été longuette et arrosée à près de 50°.

– Fallait pas t'affoler, Toni. Ça se tasse, je crois que les petits merdeux ne vont pas recommencer, j'ai inventé. Je le sens. D'ailleurs, y a-t-il un rapport avec l'immeuble ? Pas si sûr.

– *Laisse courir*, il a répondu. *Je me suis arrangé pour parler avec Monnat, tranquillement. Tranquillement, tu me comprends, tu vois ce que je veux te dire ? Et il m'a tout raconté. Je dirais donc pas que nos affaires se tassent, mon petit salaud. J'aurais pas l'outrecuidance. On peut pas réellement causer au téléphone de tout ce qui va si bien, tu te doutes, mais, dans l'ensemble et sans me tromper, j'ai la forte impression que tu devrais remonter à Paris. De toute façon, j'aimerais qu'on fasse le point en direct, et longuement. Je ne voyais pas les choses se dérouler aussi vite et aussi loin, Fred. Et c'était pas mon intention de te faire sortir de ta grotte pour t'envoyer à Beyrouth-Ouest. Il faut lâcher le morceau, sans rire. Et sans attendre, Fred. As-tu conscience de ce qui pourrait t'arriver, légalement parlant ?*

Je voyais, il me semble que j'étais conscient d'à peu près tout. Je risquais la taule d'un côté pour le meurtre de l'Arabe, mais plus encore un mauvais coup entre les oreilles, une longue lame de couteau dans le thorax, une balle dans l'œil droit, une corde à piano autour de la carotide. Pourtant, c'est con, la perspective me laissait froid. Je jure que je ne me sentais pas concerné, et je n'arrive toujours pas à comprendre pourquoi. Mon corps et mon cœur, usés jusqu'à la trame, avaient repris du service, je ne vois rien d'autre pour expliquer. Je ne voulais pas rentrer au paddock, ni décrépir le reste de ma vie rue Lesage, à Belleville. Il y avait un avant, et un après. Un après cette mort où j'étais resté plongé des mois. Je ne voulais plus mourir. Et puis ces violences à répétition avaient réveillé ma haine, ce vilain moteur autonome qui fait tournoyer les rixes et les guerres, les violences et les tueries depuis que l'homme n'est plus un simple animal. Je vomissais. Ouais, je vomissais les tireurs de ficelle, ceux qui boivent pleines les bouteilles que d'autres soufflent vides, comme dirait l'autre. J'avais la haine, ceux qui n'ont pas rencontré cette bête ne savent pas la chance qu'ils ont. Et la malchance, pour être franc.

Je sentais ma haine, un vrai feu, et la tendresse aussi. Les émotions primaires faisaient la course dans les virages, dans les circonvolutions de mon cervelet. Je pensais à Louise Bardini et à sa mère, Angelica. À leurs cœurs à toutes les deux. Je pensais à Marina Lourens et à son souffle quand je lui rentrais dedans. Je pensais à Pierre-Henri le preux, à Charwa la gazouillante, à mon vieux, à Maureen, aux cimetières, au temps. Et à Antoni De Bei, qui commençait probablement à se demander ce que je faisais de l'autre côté de la ligne téléphonique.

– T'inquiète pas, j'ai fini par dire. On va remonter, on va pas rester dans ce foutoir, je te promets. Demain, après-demain au plus tard, on se boit une mousse en terrasse.

– *On ?* a remarqué Antoine. *On ? Fred, de qui tu parles ? T'as rencontré quelqu'un ? Quelqu'une ?*

– Quelqu'une, oui. Je te dirai, je te présenterai, j'espère qu'elle te plaira.

Il n'a pas moufté. Le commentaire à chaud, en ces matières personnelles, n'était pas sa spécialité. Et puis sans doute pensait-t-il à Maureen. Antoine De Bei veillait sur le sort de miss Muguette depuis de si longues années qu'il aurait pu être son père, s'il n'avait été son frère. Sur son sort, sur ses intérêts moraux, matériels et même affectifs. Antoine De Bei démontrait une affection confondante pour elle, et souhaitait toujours que je retrouve ses bras un jour ou l'autre, malgré les années écoulées et perdues. Il n'a rien dit.

– Salut, mon maître, j'ai conclu. *La vida es bella, ya veras.*

– *C'est ça, Fred. À d'autres que moi, corniaud.*

J'ai raccroché, liquidé une Gauloise comme on boit de l'eau, j'avais encore faim, mais faim. Pour me calmer, je suis parti voir Marina dans sa chambre, ce qui ne m'a pas calmé, merde non, car elle était réveillée et nue. J'ai commencé à l'embrasser, à la serrer, à m'embraser bien sûr. Le téléphone a brisé net la roucoulade, j'ignore pourquoi car ce n'est pas mon genre d'arrêter le bonheur en si bon chemin.

Marina a fini par se dégager un peu sur le côté, j'ai l'impression qu'on avait tous les deux la tête en voyage, qu'elles ballottaient d'un événement à l'autre. Je me suis extrait, du lit comme de sa bouche, et j'ai couru répondre. Ce n'était pas Pierre-Henri, comme j'avais imaginé. Ni sa mère, qui appelait souvent à ces heures-là pour avoir des nouvelles de son petit bonhomme. Pas plus que sa fille Sophie, une nana que j'avais eu sérieusement l'intention d'entraîner au lit, plus haut dans le temps. Et pas davantage un des anciens potes de l'ami gay, ni un nouveau. C'était

Christian Napas, un Napas qui avait dû continuer à biberonner sans moi, parce que sa diction se tordait sous l'effort et se brisait net, parfois, comme une épave devant Ouessant.

Je ne l'ai pas reconnu de suite, d'ailleurs, et je chercherais encore s'il n'avait assez brutalement parlé de Bert Metchiche.

– *C'estbienlemectonàmarinette ?* il a tenté. *T'esunvernigars, Bert est d'accord. D'accord, tu comprendscequejedis ?*

– À peine, j'ai dû convenir. Je peux voir Metchiche, c'est ça ? Mais quand, où ? Maintenant ?

– *Il est à son troquet, et moi aussi, place Morandin. Mais je m'cassillicopresto, je rentre et je me couche. Je me couche. Eh ? Tu sais quoi, Tran, tu me plais. Eh, Tran, j'suis pas pédé, hein ? T'as compris ?*

– Ça va comme ça, Napas. Ça va. On n'ira pas pour autant garder les bœufs ensemble. Merci d'avoir réglé le rancard.

J'ai raccroché avec une boule dans le nez, j'avais légèrement honte. Honte de moi, marre de lui. J'espérais qu'on se reverrait pas, j'imaginais qu'on n'aurait peut-être pas besoin de se revoir, ce qui donne une idée de ma prescience, sans vouloir me moquer. Cela dit, si Napas avait vu Metchiche, c'est que je ne l'avais pas pulvérisé au lancer de marteau. Cela dit toujours, qu'est-ce que ça prouvait ? Rien. À la réflexion,

Metchiche avait sans doute des tas de petits crapauds prêts à violer de la nana sans état d'âme et, même si c'était pas lui, ce pouvait être lui. Quand même. Quoi qu'il en soit, quoi qu'il en fût, j'étais poussé, je voulais voir ce truand. J'y serais allé sur les pognes.

Je suis retourné dans la chambre de Marina, me demandant comment faire pour ne pas l'emmener. Je n'avais qu'une trouille, qu'on rencontre le deuxième des sbires, ou que Metchiche dise quelque chose de traviole et qu'un de ses hommes de main ait un geste de trop. Car Marina Lourens n'était pas une bagnole téléguidée, j'avais au moins fini par comprendre cette règle de base. Par chance, je n'ai pas eu à trouver d'astuce. Marina dormait, ce qui n'était guère étonnant. Depuis ce soir de désolation dans la forêt des Maures, depuis qu'elle avalait les pilules du bon docteur, elle alignait ses quinze heures de sommeil par jour, en deux ou trois fractions. J'étais soulagé.

Soulagé, mais sérieusement cinglé aussi, ne perdons pas de vue l'essentiel des choses et du mouvement de ma vie d'alors. Je n'avais aucun plan, mais je voyais défiler le film dans ma tête de crétin. Un film sans surprise, un vieux nanard des familles où Delon rabattait son feutre, où Michel Constantin appuyait sur la pédale d'accélérateur d'une traction avant noire, où Ventura astiquait son flingue avant de le tendre au père Gabin. Genre. J'ai bien sûr pensé au P38 que j'avais piqué dans la voiture de l'Arabe dessoudé. Que j'avais été assez imbécile pour garder. Et assez salaud pour ne pas même en parler à Pierre-Henri. Je l'avais enterré dans un coin de son jardin, lorsqu'il était allé nettoyer la maisonnette de Marina, à toute allure, et je l'ai sorti de sa cachette sans trop d'état d'âme apparent.

Il était derrière un amandier, couché dans une terre meuble, presque jaune, enveloppé de papier journal et fourré dans un sac de supermarché refermé et scotché. J'ai tout ramené dans la maison, ouvert le sac dans la salle de bains après avoir mis le verrou et regardé de près, pour la première fois, la saloperie grâce à laquelle le violeur de Marina s'était senti si fort. Un P38, un vrai comme on n'en fait plus, j'en avais déjà croisé un ou deux par le passé, dans des circonstances troubles, mais jamais d'aussi vieux.

Celui-là semblait de collection et il avait été fabriqué par la maison Walther, l'inventeur du modèle. Le Walther P38 avait servi à équiper la Wehrmacht à partir de 1938, d'où son nom, si je ne me perdais pas dans mes souvenirs de guerre. Le flingue avait tout naturellement une gueule de rat, un mufle gestapiste. J'ai cherché une inscription, mais je n'ai trouvé que des poinçons ésotériques, rien d'autre. Cette arme était une vieille merde magnifique, par certains côtés, rutilante, entretenue comme une pute de luxe. Avec sept balles de 9 mm dans le chargeur et une dans le canon, engagée. Le mec que j'avais bousillé sortait sérieusement couvert, on ne pouvait lui contester le sens des précautions. Je me suis demandé si un Walther P38 de la grande époque pouvait décemment être l'arme de poche d'un merdeux de mafieux de troisième zone. Un pistolet de ce genre-là, dans l'état où il était, dans les mains de mon Arabe, détonnait, si je peux me permettre. Un collectionneur ? Hum. Bon, de toute façon, je n'avais pas le choix, l'heure tournait, je ne me voyais pas débarquer au PMU de la place Morandin en pleine nuit totale, et le jour était sur le déclin déjà. J'ai regardé ma montre, c'était neuf heures et demie, il fallait y aller. J'ai été, j'ai mis le Walther dans mon petit sac à dos, ce qui n'était pas pratique du tout, j'ai regardé sur un plan où se trouvait cette place Morandin. Comme avait dit Marina, elle était proche de la place aux Olives et du lieu de l'explosion, ce qui me faisait une belle jambe.

J'ai pris la bagnole de location et, pour la première fois depuis un bon demi-siècle, au bas mot, j'ai écouté un morceau de musique, tranquillement. Chet Baker, ramassé chez le psy, dans son entrée : Pierre-Henri avait une grande sûreté dans ses choix, je ne parle pas là de l'amitié, je n'oserais pas.

Il m'a fallu une demi-heure et j'ai regretté la géniale trompette quand j'ai été obligé d'éteindre. On y était, on approchait, j'étais à deux rues de la place, j'étais même passé devant Le Souvenir en me demandant ce qui pouvait se cacher derrière un nom pareil. Il y avait encore du monde à l'intérieur et sur la petite terrasse, beaucoup même. Je ne veux pas fanfaronner mais j'étais détendu, je ne sentais pas la menace ni ne craignais l'entourloupe. Pas là, pas ce soir-là, pas ainsi. Je suis entré dans le bistroquet à vingt-deux heures onze, je le sais pour avoir regardé et parce que onze, c'est la moitié de vingt-deux. Le PMU faisait tabac, je me suis approché de la caisse derrière laquelle siégeait une femme d'environ cinquante ans qu'on n'aurait pas été follement surpris de rencontrer sur le tapin vingt ans plus tôt. J'ai demandé où je pouvais voir Bert, j'ai précisé que j'avais rendez-vous avec lui, qu'il m'attendait, bref. Elle a répondu, mais je ne saurais dire quoi, car elle fumait un cigarillo et répondait en même temps à un mec installé au comptoir. Lequel venait de sortir une vanne.

Lorsqu'elle a vu que je n'avais rien compris, elle a soufflé encore un peu de fumée, sans se presser, et m'a dit, cette fois distinctement :

– T'as pas l'habitude, hein ? Bert reçoit là-haut, dans sa salle à lui. L'escalier après le comptoir.

Elle avait un sourire en sautoir qui n'avait rien de putassier, non, du genre quasiment copain. J'ai souri. Tout bien considéré, cette nana avait une tête un peu voyoute mais joliment dessinée. Des yeux très noirs, une bouche, ma foi.

Je suis d'abord allé pisser, c'était la moindre des choses, je suis monté à l'étage, il y avait bien une salle, une vaste salle avec des photos en noir et blanc de vedettes de cinéma, et j'ai cru à une blague, à une mauvaise farce, pour un peu je cherchais la caméra. J'ai reconnu Cary Grant, James Cagney, Mickey Rooney, j'ai bien failli me fendre la pêche. Il y avait au moins une quinzaine de tables, mais seulement deux types, en tout et pour tout. Un mec dans la soixantaine, l'autre au tout début de la trentaine, qui jouaient aux dés sur une petite piste merdique en feutre rouge. J'ai approché, j'ai bien entendu demandé après Bert, et le plus vieux a dit :

– Il est pas là, Bert. Vous avez un nom ? Vous voulez qu'on l'appelle ?

– Je sais pas. Je viens de la part de Christian Napas. Il m'a dit tout à l'heure que Bert m'attendait. Ce soir.

– Et votre nom ? a recommencé le plus vieux.

– Tran. Frédéric Tran.

Il a ramassé un portable, bidouillé un numéro, bredouillé si bas que je n'ai rien entendu, et puis il a monté le son :

– C'est bon, il arrive, il est à deux pas. On va vous laisser, il a ajouté en se levant, imité comme à la parade par le second lascar. On vous fait monter un verre de quelque chose ?

– S'il y a du bandol, du rouge, je prends.

Ils sont descendus, je me suis retrouvé seul à regarder Grant et Cagney, mais il y avait aussi Errol Flynn et la mère Gardner, et la môme Bergman au tout début, quand elle est tellement belle qu'on voudrait l'épouser. Finalement, l'attente a duré vingt bonnes minutes, la nana d'en bas m'a monté une bouteille de bandol, et ce vin rouge-là n'était pas frelaté le moins du monde, toujours ça que les Boches n'auraient pas. Je commençais un deuxième verre quand j'ai entendu qu'on rappliquait. J'ai pensé que le roi Bert montait l'escalier, et j'avais cent pour cent raison. Monsieur Robert Metchiche est apparu en haut des marches et m'a jeté un vaste et lumineux sourire. Merde, ce type avait une gueule d'enfer. D'ange, en vérité.

Je ne souhaite pas enjoliver, mais je dois décrire l'homme que j'ai vu ce soir-là. Bert avait le cheveu long jusqu'à la base du cou, poivre et sel, frisé. Des yeux clairs, dont j'ai su plus tard par les journaux qu'ils étaient d'un gris spécial. Un visage découpé, avec juste la peau sur l'os, et une démarche d'athlète. Sur un plan sexuel, je le laissais à Pierre-Henri, sûr de sûr, mais, de Dieu, il avait dû provoquer quelques ravages côtiers. Son âge ? Le mien, dans les environs, mais il y avait plus d'une différence, merde alors.

Évidemment, ce vivant n'était pas mon mort à moi, celui au crâne martelé de la forêt des Maures, il n'y avait pas le moindre rapport entre les deux. Metchiche avait la peau foncée, mate si on veut, mais dans l'univers perpétuellement bronzé de la Côte, il semblait plus que tout un vacancier installé dans l'éternité. Il ne faisait ni arabe, ni séfarade, en tout cas pas ceux des cartes postales. Mais plutôt pur cinéma d'épate, sa tronche n'aurait pas déparé sur les murs alentour.

Il s'est assis en face de moi, très cool, comme un type en son salon familial, a attrapé un verre auquel je n'avais pas fait gaffe, l'a rempli avec du bandol et a bu sans faire le moindre bruit. Belle entrée en matière, élégante, efficace, j'étais comme qui dirait déstabilisé. Où étaient le pastaga et les chaussures bicolores, les mains velues et les dents en or ? Où était le proxo de service, Pépé le Moko ?

Metchiche a parlé le premier, alors que je cherchais sans trouver comment présenter mon cas. Mes demandes.

– L'ami Napas m'a expliqué des choses. Vous le connaissez bien ?

– Non, j'ai avoué. Du tout. C'est la connaissance d'une connaissance et…

– Oui. De Marina.

Il m'a eu encore une fois, je ne m'attendais pas à une telle entame. J'ai bien essayé d'attendre sans broncher, mais le visage est un traître qu'on ne peut fusiller, il faut composer.

– Marina ne vous a pas dit qu'on se connaissait, elle et moi ?

– Non, j'ai répondu, je ne respirais pas.

– On se connaît par ma cousine, qui est mariée avec Richepot. Richepot avait son entrepôt dans l'immeuble de la mère de Marina. Je dis ma cousine parce que c'est le cas, mais c'est plutôt ma mère, elle m'a élevé. À une époque, elle travaillait avec son mari, je suis allé souvent la voir là-bas, et c'est comme ça que j'ai rencontré Marina. Elle doit pas être heureuse. Elle aimait sa maman.

Je me suis demandé un énorme paquet de choses en même temps, mais il y en avait une qui surnageait : Marina avait-elle ouvert les cuisses devant ce mec-là ? Oui ou merde, lui avait-elle sucé la bite comme à moi ? Je me suis contenu, je ne sais pas comment, parce que j'avais une rage qui circulait dans le cœur et les veines afférentes, une vilaine furie qui faisait des soubresauts. Ce devait être trop pour une seule de mes journées, Metchiche après Napas, je présumais de mes forces. Comme je ne répondais pas, et tandis que mon sang partait autour du monde, Bert a repris le collier, tranquillement, posément, en maître de maison.

– Vous connaissez ma réputation, je pense ? Napas m'a dit que vous étiez journaliste. De gauche, il a même précisé. Ça veut dire quoi, au juste ?

Je suis sûr qu'il jouait au péquenot, son sourire était d'un grand malin.

– Je sais pas, j'ai dit. Napas n'en est pas un.

Il a rigolé, c'est chiant à reconnaître, mais ce maquereau avait le sourire communicatif.

– Napas a été copain des années avec tous les tueurs de juifs et de bougnoules de la région, il a commenté. Et je suis juif, moi, Monsieur Tran. Et j'adore pas les tueurs de juifs, mais pas trop non plus les tueurs de bougnoules. J'en suis presque un, d'un certain côté. Enfin. Vous êtes quoi, Tran ? Un Viet ?

J'ai sursauté, parce que je n'ai pas l'air du tout d'un Asiatique, et n'avais donc aucunement l'habitude de questions pareilles. À part ce nom, celui de ma mère, je n'avais pas grand lien avec l'Orient lointain et mystérieux. Si, il y avait Maureen, et l'Inde, mais bon. J'ai donc sursauté et, pour clore, j'ai dit :

– Non. Juste le nom.

Il n'a pas eu l'air convaincu mais a préféré laisser tomber pour mieux attaquer le morceau.

– Alors, vous aidez Marina, on est bien d'accord ? Vous l'aidez à enterrer sa mère.

– Elle et les autres. Les victimes, toutes les victimes. J'essaie de comprendre, je ne crois pas au gaz et j'entends dire des tonnes de trucs à chaque coin de rue. Et puis merde, Metchiche, vous êtes pas né de la dernière pluie. Je suis pas venu vous voir pour parler des vacances, hein ? Tout le monde sait qui vous êtes, et le quart de la ville croit que c'est votre bande qui a organisé le coup. Voilà pourquoi je suis venu.

Il a croisé ses deux mains avec un calme soigné, les a placées sous le menton puis a cligné des yeux, on l'aurait dit parti ailleurs. Assez inattendu pour un maître proxo, je dois convenir. Mais ce n'était pas rassurant, à mieux y réfléchir.

– Ma bande ! il s'est esclaffé. Ma bande ! C'est quoi, d'après vous, ma bande ?

– Je m'en cogne, Metchiche. Je m'en fous. On dit que vous tenez la came, les jeux, la bidoche de femme, je sais plus trop quoi, mais je m'en bats l'œil et le flanc gauche. Si vous avez envie de causer, on parle. Sinon, je me casse. On va pas se transformer en potes, ça m'étonnerait beaucoup. J'aime pas les flics, mais j'aime pas la grosse truanderie non plus. Vous voyez, Metchiche, vous parlez un peu, ou je rentre.

Mon couplet l'a emmerdé, moi aussi je sais regarder un visage et ses muscles, ses nerfs qui se tendent, ses tendons qui s'énervent. Moi aussi, merde. J'ai pensé qu'il pourrait me foutre une mandale et me faire bastonner à la porte par un ou deux sicaires, en sus, mais je me trompais du tout au tout.

– On va se tutoyer, a décidé Bert. Je sais plus vouvoyer, c'est comme ça, j'espère que tu ne t'offusqueras pas. Eh ben, t'as raison, j'ai une bande, j'ai des putes, je suis un mac. Voilà. Content ? Et plein de thunes que je distribue sur la place publique, comme d'autres des prunes. T'es au pays de cocagne, l'argent pousse sur le moindre salaud, Tran.

De la main gauche, avec le pouce et l'index, il a fait un rond, bon, disons le mot : un trou. De la droite, il a tendu un majeur, qu'il a entré dans le trou, sortir, entrer, sortir, de plus en plus vite.

– La baise, la thune, il a expliqué, comme si c'était nécessaire. La baise, la thune, la baise, la thune. Tous. Ici, ils sont tous abonnés aux mêmes histoires, surtout mes amis les élus. Veulent baiser par tous les trous, pleins de fric, ils en veulent encore, encore et toujours. Des tonnes de blé, des tonnes de joncaille. Moi pareil. Je suis pas allé à l'école, Tran, mais je lis les journaux, pas seulement *Voici* et *Gala*. Si on m'a pas encore buté, si je suis pas enchristé pour l'éternité aux Baumettes ou à La Santé, c'est que j'ai un bout de cerveau et que je m'en sers. J'ai assuré mes arrières, si tu veux. Surtout depuis le malheur qui est arrivé à Christian. Tu as entendu parler de Torlotta, je pense bien ?

– Comme tout le monde. Il est mort deux ans après l'explosion, le même jour. T'as pas trouvé ça curieux ?

– Si. J'ai même entendu dire que je l'avais fait descendre ce jour-là pour tout brouiller. Je vais te dire ma vérité, Tran : j'aimais pas Torlotta, parce que c'était un gros connard et qu'il savait pas se tenir. Il suçait toutes les chattes qui passaient devant sa gueule, et je suis pas mécontent qu'il ait changé de monde. Mais ce mec était clair avec moi depuis plus de dix ans, il m'a jamais marché une seule fois sur les roubignolles et il l'aurait jamais fait. Me demande pas pourquoi, je te répondrai pas. Mais je le sais. Et j'étais pas son larbin, crois pas. Y avait une entente sérieuse entre Torlotta et moi, et si j'avais pu lui sauver la cerise, je l'aurais fait. Je te demande pas de me croire, je te raconte l'événement comme il s'est produit. Je l'ai pas tué.

Il a laissé retomber la tirade, il a attendu, je voyais que ses yeux brillaient, qu'il était soudain sur le point de blaguer. À nouveau.

– Je suis sûr que tu t'attendais pas à me voir comme ça, il a repris. Hein, Tran, je sens pas assez le maquereau dégueulasse pour toi, c'est-y pas vrai ? T'es pas le premier à se laisser surprendre.

Il n'avait pas tort, je ne tenais plus bien mes repères avec lui, mais de là à l'avouer, il pouvait toujours se les tordre. Il riait de bon cœur, et non, pas une seule dent en or. Encore moins en argent. Son dentiste était magicien, ou Bert avait un bol de tordu, car sa mâchoire était en porcelaine de Saxe. Cent pour cent intact. Salaud.

– Regarde ! il a insisté en plongeant la main droite dans la poche de sa veste grise.

Oui, il portait une veste légère, soyeuse, je ne connais rien aux fringues, mais celle-là ne venait pas de la fripe du coin et n'y finirait pas sa vie de grand luxe. Bert a sorti une chaînette resplendissante, imitant si bien l'or massif que c'en était, pardi. De la poche droite, il a extirpé une chevalière, du genre lourd. Il a soupesé les deux machins, chacun dans une main, puis tout balancé sur la table. La chaîne a glissé, est tombée par terre, il n'a pas eu le moindre geste pour retenir.

– Tran, je sais faire les imitations sur commande. Je sais parler barbeau quand j'ai besoin. Je sais me déguiser comme au cirque et filer des coups de boule aux petits merdeux qui cherchent à m'enculer. Je suis pas un gentil garçon, je traite la femme comme une pute, quand j'ai envie, tant que j'ai envie, j'ai pas le grand respect qu'il faut, je m'en paluche. Sauf des fois, ne me prends non plus pour une bête, hein ? Dis-moi ce que tu veux savoir et qu'on en finisse, j'ai ma soirée qui va commencer. Je suis dans les affaires, au cas où tu n'aurais pas compris.

Je ne savais plus trop où je me trouvais. Je sentais chez ce salaud quelque chose qui n'était pas vérolé. Par ailleurs, je me suis dit que la parlote n'allait pas durer la nuit, de toutes les manières. Si je voulais quelque chose de ce type, c'était aujourd'hui et maintenant. J'ai abattu une phrase de choc :

– Tu sais qui a fait le coup de l'immeuble ?

– Non, monsieur. J'en sais absolument rien du tout. Mais c'est pas Torlotta, parce que du temps de son vivant on a été des vrais associés. D'un autre côté, c'est pas moi non plus. Je vais même t'avouer une chose qui me coûte pas un rond : j'ai cherché pendant des mois. Surtout parce que ma cousine était concernée. Je me suis demandé si c'était pas un message pour moi et Torlotta, c'est bien le genre du coin, je te ferais dire. On te nique la maison d'un tel qui est en cheville avec le copain du mari de la vioque, et c'est la vioque qu'on veut coincer. Mais y a pas eu de suite au message dans ce cas-là, et je suis quand même pas sourd et aveugle, j'ai des antennes paraboliques dans les quartiers. C'était pas pour moi, c'était pas pour nous. Pas de message à déchiffrer. Maintenant, il se passe des machins qu'on ne comprendra jamais. Je te mentirais si je te parlais pas de certains mecs à Corcia. Les amis de ce pingouin sont pas tous des rigolos, des bras cassés ou des finoquiettes.

– Des finoquiettes ? j'ai demandé.

– Des pédoques, il a précisé.

– Ah bon. Corcia et toi, je croyais que c'était la main dans la main, le couple parfait. Je déconne, j'invente ? On m'aurait raconté des calomnies ?

J'étais en train de reprendre du poil de la bête, j'avais la hure qui frémissait, et c'était pas le vin, j'avais rien lapé depuis qu'il était monté. Voilà que je sortais des mots, voilà que je faisais de l'humour. Metchiche était du genre à provoquer d'étranges phénomènes, à brouiller les cartes et les frontières, à tromper l'ennemi.

– Peut-être, il a émis. On a toujours raconté des conneries sur mon compte et je m'en tamponne, heureusement pour moi et tous les connards qui jactent dans les bistrots. Corcia, je connais. Bien, plutôt très bien. Torlotta et lui, c'était vraiment l'enculage serré. Ils se pelotaient sans arrêt, quoi, toujours fourrés ensemble, des intérêts communs. Mais j'ai jamais été à ses ordres, au Corcia. Et il a toujours su planquer ses miches quand il fallait, quand un coup de mistral venait de Paris. Il a ses propres mecs, de toute façon, pas des fiottes, je te le redis, pas des fiottes. Tu verras qu'il sera ministre, un de ces jours, et tu te souviendras de Bert à ce moment-là. Je te promets qu'il ne pense qu'à devenir ministre. Mais à part ça, j'ai pensé à lui dans cette histoire d'explosion. Tout le monde sait qu'il veut prendre cette ville de merde, et l'explosion était si proche des élections qu'on a tous cru que Corcia voulait mettre la merde chez le maire, cette couille molle comme on n'en fait plus, ce putain de pédé et d'enculé. Mais qu'est-ce que ça a changé, tu peux me dire ? Le gros a été réélu comme chaque fois, avec le même nombre de voix. Non, va pas chercher dans cette direction. C'est pas la bonne. Pour moi, c'est une couille qui s'est posée dans le potage sans prévenir personne, juste une couille. Une grosse.

Je l'ai cru sur parole. Le roi Bert avait parlé, et ce roi-là devait mentir du matin au soir depuis le début de son règne, mais je l'ai cru. De temps à autre, on doit accepter ce qu'on voit, ce qu'on sent. J'aurais parié ma vie tremblotante que Metchiche disait vrai. Sans réfléchir, lancé comme j'étais, je suis allé au bout de ma route avec lui. Je repensais tout à coup au P38 de ce bon Monsieur Walther dans mon sac ridicule, je repensais à un mec écrabouillé par un marteau. Et j'ai balancé à Metchiche :

– On a été attaqués, Marina et moi.

Il a relevé la tête :

– Attaqués ? Ça veut dire quoi chez toi, ce mot-là ?

– Attaqués, j'ai répété. Deux mecs, dont un Arabe. Ils nous ont chopés dans une maison qu'a Marina dans les Maures. Tu la connais ?

Il a paru irrité, il a bougé l'avant-bras gauche, comme pour chasser une mouche.

– Comment tu veux que je connaisse cette baraque ? il a protesté. C'est pas parce qu'on s'est bichonnés deux ou trois mois, elle et moi, qu'elle m'a fait entrer dans sa vie profonde. C'est pas son genre, à la Lourens. Attaqués, tu dis ?

J'ai piqué une tête dans le brouillard, j'ai bu la tasse, j'ai suffoqué, parce que, ça y était, il l'avait dit.

Lui aussi il avait baisé Marina, un de plus, une queue en plus dans le tableau. Comme ça me faisait chier, incroyable. J'ai bien cru que j'allais me tirer, me lever sans un mot, mais je me suis retenu au bord extrême. Se sentir jaloux en face d'un vendeur de femmes au kilo, il fallait l'oser. Du même coup, j'ai largué les dernières amarres.

– Attaqués, j'ai recommencé. Et à cause de cette saloperie d'explosion, c'est sûr, parce que les deux mecs qui nous ont chopés nous ont dit d'arrêter de regarder par là. Ouais, on a été attaqués par deux mecs dont un Arabe qui s'est envoyé Marina. Qui s'est envoyé Marina de force, pendant que l'autre faisait semblant de me buter. Tu vois pas d'où ils viennent, ces deux-là ? Ils feraient pas partie de ton clan des Siciliens ?

Quel petit con je faisais. C'était la colère, c'était trop tard, de toute façon. Mais Bert a dû comprendre quelque chose, l'essentiel, qui sait ? Ce truand n'était pas un abruti.

– T'as quand même bien de la chance. T'es pas trop con, t'aimes bien la môme Lourens et, pour te parler franchement, je déteste pas tes manières. Tu me distrais, avec ta tronche de détective. T'as de la chance. Je devrais pas te répondre, je devrais dire à des amis de monter, de t'emmener dans les bois et de te filer des coups de latte dans les couilles, pour commencer.

Mais bon, t'y auras pas droit. La Marina, je lui ferai jamais rien de mal, parce que je connaissais sa mère, que sa mère connaissait bien ma mère, enfin ma cousine, tu vois. Et parce que je défends qui je veux. Elle est un peu zarb, trop folle certains soirs, mais je la toucherai jamais. Enfin, pas comme ça, il a terminé, avec un petit sourire.

Je n'ai pas su quoi ajouter. J'étais vanné, au-delà de l'exténuation, dans cette zone sombre et lointaine où le corps et l'âme se cognent dessus. J'avais la tête confuse, en somme. Et l'envie de rentrer au bercail.

Il a commencé à bouger, ce qui annonçait la fin de l'entretien exclusif. De mon côté, je ramassais mes genoux, prêt à me dresser. Mais il s'est contracté une dernière fois et m'a confié :

– Tran, ton histoire me fait chier. Tu entends, tu me comprends ? J'aime pas. Je vais quand même essayer de me renseigner, des fois que des potes à Corcia aient monté ce sac de nœuds. Et de ton côté, tu me parles, hein, si ça devait recommencer, tu m'appelles. L'autre, pas le rebeu, mais l'autre, il était comment ?

Je lui ai décrit Popeye comme j'ai pu. Au mieux que j'ai pu. Et l'Arabe aussi, mais décrire un mort qu'on ne reverrait jamais debout me faisait un effet curieux. Je n'irais pas jusqu'à lui avouer les coups de marteau. On s'est donc quittés là-dessus, je ne savais pas que Metchiche allait bientôt mourir, je ne savais rien du tout. L'aurais-je su, j'aurais été emmerdé sur les bords. Le roi Bert était un grand salaud, un fumier cent pour cent certain, mais. Il y a des salauds moins salopes que d'autres. Pour Metchiche, je n'ai pas eu le temps d'approfondir. Trois heures plus tard, il était mort.

16

Je suis arrivé chez Pierre-Henri à une heure et demie, dans ces environs, je ne saurais jurer à la minute. Pour une fois, l'hôte était là, éveillé, réveillé, installé au jardin, seul, buvant un dernier petit coup. De rouge, j'étais poursuivi. J'avais beau être lessivé comme rarement, je me suis assis et me suis brûlé les membranes avec une Gauloise douce et mielleuse, une jolie arnaqueuse qui m'a refilé assez de jus pour causer au docteur. Je lui ai à peu près résumé cette folle journée interminable et lui ai même glissé des mots tristes sur Marina Lourens qui couchait comme une dingue. Pouvait-il comprendre, avait-il une idée sur la question ? Sûrement, mais ce n'était pas son rôle de balancer, surtout à un tordu comme moi. Entre deux crises, faut pas croire, je reste lucide, j'essaie de me situer du mieux que je peux. Je ne suis pas un cadeau princier.

Ai-je bu un verre, deux ? On a eu notre demi-heure d'amitié sous le ciel, on ne peut pas maudire toute l'existence, ce serait malhonnête, il y a des haltes, des pauses, il y a des êtres. Pierre-Henri, chevalier et percheron. Beau chevalier, gros percheron.

Après lui avoir dit quelque chose de sympa dont je ne me souviens guère, j'ai estimé que j'en avais marre de faire chambre à part avec ma belle. Malgré tout, malgré ces rafales venues de Sibérie, malgré ces révélations à n'en plus finir sur l'usage de sa chatte. Bref, je me suis glissé dans son lit, j'ai passé ma main droite sous son dos, j'ai chopé un sein, j'ai bandé comme un âne et je me suis endormi comme un ours.

À sept heures vingt-cinq, et je le sais parce que j'ai reluqué le réveil en me mordant la lèvre, je devais être loin, dans une barque sans rameurs, sur un fleuve, Pierre-Henri est venu me secouer, sans croissant ni sourire, l'œil déprimé. Je l'ai senti dans la seconde, je crois qu'il ne fallait pas être devin, et mon cœur a grippé. La seule chose tant soit peu rassurante, c'est que Marina était là. Là ? Oui, elle dormait encore. Chimie, chierie, tuerie.

Le psy a fait chut avec l'index, je me suis levé, mon cœur sautait, maintenant, comme un bouquetin rebondissant d'un roc à l'autre sur ses chaussons de danse. Je n'ai rien demandé, le grand a seulement jeté en deux phrases que les flics étaient dans l'entrée, et je l'ai suivi. L'atmosphère était pleine d'impératif, catégorique. Et Florimond Hartmann soi-même est apparu, à deux pas de la porte, accompagné de deux poulardins, du moins c'est ce que j'ai pensé avec ma vaillance habituelle, et j'avais raison.

Hartmann tirait la tronche. Celle du procès du Nord d'il y a vingt ans, celle des grands jours. Le commissaire n'était pas content du tout, j'ai senti la tension jusque dans le bout de ses doigts quand il me les a tendus. Pierre-Henri nous a installés dans son salon, en deux temps trois mouvements les fauteuils et le canapé ont été pleins à craquer, je ne savais toujours pas ce qui se passait.

– Bert Metchiche a été liquidé dans la nuit, probablement vers trois heures trente ce matin, a annoncé Hartmann.

Il se serait agi d'une bande dessinée, ma mâchoire inférieure aurait décroché. J'ai ressenti quelque chose de physique, l'amorce d'une chute. On peut parler d'un choc. Je pensais à l'Arabe une seconde avant, j'étais certain qu'on l'avait retrouvé, qu'on m'embarquait pour dix ans, que ma vie tournait ruine complète.

– Surpris ? a avancé Florimond.

– Oui, oui, je suis surpris, j'ai répondu, parce que je ne savais pas quoi répondre, je gagnais du temps, pour respirer.

– Vous devriez demander pourquoi je suis ici avec deux capitaines, à peine quelques heures après un assassinat, a estimé Hartmann. Vous devriez, je vous assure.

– Ho, Hartmann, j'ai dit. J'ai rien fait de mal, hein ?

Je ne sais pas comment j'ai osé une phrase pareille, je n'en sais rien. La tête était fatiguée, et puis je ne voulais pas de ce cauchemar-là, je voulais repartir en barque sans rameurs, je voulais rejoindre mes amis les dormeurs, mais Hartmann n'était pas de cet avis. Il était là, en chair et en os, d'ailleurs je lui avais touché les doigts. Il était là, on ne dormait pas.

Hartmann n'a pas répondu, je pense qu'il n'écoutait guère et n'attendait pas grand-chose. Il s'est tourné vers l'un des capitaines, un jeune type parfait pour les séries télévisées. Mal rasé, baraqué, avec un blouson en jean bleu ciel.

– Vous avez passé un peu moins de deux heures en compagnie de Robert Metchiche hier au soir, ou plutôt entre hier au soir et ce matin, a noté le mec. C'est intéressant.

– Alors vous nous accompagnez, Monsieur Tran, a complété Hartmann. Parce qu'on va vous mettre en garde à vue, on a plein de questions à vous poser, et le cadre me semble plus approprié pour aller au fond de cette histoire. Dix minutes ?

– Dix minutes quoi ? j'ai répété, je jure que je n'avais pas compris.

– Pour vous habiller et nous suivre, on est pressé comme vous n'imaginez pas. C'est une très grosse histoire, Monsieur Tran. Bert Metchiche est un personnage.

Pierre-Henri n'a pas moufté, il a foncé me préparer un jus, j'ai eu le temps de me brûler la lippe avant de monter dans la grosse bagnole des flics. Peugeot ou Renault ? Je me suis posé la question, si. J'ai aussi lancé au docteur qu'il fallait joindre Antoine et ne pas laisser Marina traîner. Ces derniers mots-là, j'ai essayé de les dire en les broyant au passage, aussi loin que possible des oreilles d'Hartmann. J'avais peur qu'il l'embarque. Mais non. Je suis parti seul chez les gardiens de la paix. Comme un grand. Comme un gland.

La retenue a duré la journée, mais j'ai vite compris que je n'étais pas le principal suspect. Je plaisante. Hartmann n'était pas du genre à se fabriquer des films niais où un journaliste rétamé abat froidement un gangster confirmé pour la beauté du geste. Ses amis les capitaines m'ont fait raconter par le menu, en variant les angles et les questions, l'entretien que j'avais eu avec Metchiche. Je n'ai pas tout dit, certes, je n'ai pas évoqué le viol de Marina et ses menues conséquences, notamment dans la vie d'un marteau rouillé. Mais j'ai parlé de l'explosion, de mes soupçons sur le rôle de Torlotta et consorts, de la haute opinion qu'avait Bert sur la nomenklatura locale. Je me suis même permis des propos sur le défunt commissaire Croce dont

Metchiche n'avait pourtant pas dit un mot. J'ai raconté aux lardus que Bert ne tarissait pas d'éloges sur leur ancien patron, pour leur mettre un peu la honte, quoi. Je jouais à l'imbécile, mais il était au moins cinq heures de l'après-midi, je n'avais presque rien mangé de la journée, j'étais énervé contre la poulaille française. Et je pensais à Marina, avec cette envie monstre de quitter ces rivages, d'oublier la Côte, de me claquemurer en Bretagne, de dire merde au cul à tous ces cinglés. J'avais la tête ailleurs, au loin.

Vers six heures moins quelque chose, Hartmann m'a convoqué dans son bureau. *Le Cri* était toujours là, mais cette fois-là le tableau m'a paru copain en diable. C'était moi, le mec que Munch avait peint au bord de l'eau, qui criait sans fin. Je m'étais reconnu, comme retrouvé. En comparaison, Hartmann m'a semblé sombre et glacial, mâchouillant je ne savais trop quels remugles.

– On ne joue plus, Monsieur Tran, j'ai assisté à une partie de vos interrogatoires derrière une glace sans tain, vous connaissez sûrement le système. Le reste, je l'ai lu là-dedans, il a ajouté en tapotant des feuillets posés en liasse sur le coin droit de son bureau. Donc, je sais votre point de vue, et on va pouvoir aller droit au but. Par ailleurs, votre ami Maître De Bei a appelé trois fois personnellement, il a fait intervenir le bâtonnier d'ici, et il menace maintenant de prendre l'avion si votre garde à vue ne s'achève pas en tout début de soirée. Voilà, la situation générale me ravit.

– Je n'ai pas envie de jouer. Je ne joue pas, commissaire, je suis écœuré sur les bords, je me demande si je ne suis pas dépassé par les événements.

J'étais sincère. N'était-il pas temps de me cacher au fond d'un trou avec le cœur de Marina au-dedans, contre moi ? Comme ces braves ne m'avaient rien expliqué, que je n'avais aucune idée de la façon dont Bert avait été tué, vu donc que j'étais dans le noir complet, j'ai ajouté :

– Vous avez du nouveau ?

– Du nouveau ? a murmuré Florimond.

Il avait l'air de souffrir.

– Ça vous embêterait de m'en dire un peu plus ? Vous savez depuis ce matin, depuis que vous m'avez interrogé, que je suis arrivé chez mon ami Monnat vers une heure trente et qu'on est restés ensemble à parler. Par ailleurs, je ne suis pas un tueur. Bon, je vous redemande : vous pourriez me dire trois mots sur ce qui s'est passé ? Trois mots. Moi, j'en ai balancé des centaines à vos gusses.

Hartmann est resté silencieux, s'il y avait eu dans la pièce une horloge à l'ancienne, on aurait entendu des tic-tac. Pas un bruit dans un commissariat central. Surnaturel. On a fini par entendre des portes, une sorte d'interjection confuse mais vive, au lointain des bureaux, et le commissaire a cogné :

– Monsieur Tran, vous êtes un chiant. Je n'ai pas encore eu l'occasion de vous le dire, mais là, je vous le confirme : vous êtes un chiant. Vous croyez être toujours du bon côté. Chez vous, le manche est toujours du bon côté, vous avez toujours la main dessus, vous êtes moral, par définition. Par destination, aussi, par la grâce de la destinée. Vous me les cassez, Tran.

J'ai encaissé, j'attendais, cela sentait le hors-d'œuvre, j'attendais. Je n'aime pas trop qu'on me parle sur un ton, je n'aime pas. Il avait laissé tomber le monsieur, en outre.

– Je ne vous dis pas ce que je suis en train de vous dire, il a repris, vous me suivez ? Ce que je vais vous lâcher, je ne vous l'ai jamais dit, et si vous en parlez à l'un de vos journaux d'opinion unique, je vous ferai mal. Pas comme un voyou, Tran, mais comme un serviteur de l'État. On est d'accord, je ne vous ai pas parlé ?

– Mais merde, Hartmann, vous n'avez rien dit pour de bon !

Moi, je ne rigolais pas, j'étais sérieux. Mais Florimond, comment savoir avec ces animaux-là ? Il a hoché la tête et je crois bien qu'il bichait, séquence distraction. Humour et distraction.

– C'est exact, je n'ai encore rien lâché. Depuis quatorze mois, une équipe spéciale de quinze enquêteurs travaillait sur l'empire Metchiche et était sur le point de le faire tomber. Pour de bon, Tran, avec des preuves et assez de détails pour démantibuler ses œuvres un moment long. Vous commencez à comprendre ?

Je n'ai pas répondu. Qu'est-ce qu'il fallait répondre ?

– Vous arrivez ici comme une fleur des champs, et vous avez tous les droits parce que vous, vous êtes propre, vous êtes l'Incorruptible, le noble serviteur de la vérité drapée sur son socle. Vous arrivez, je vous dis de ne pas approcher Metchiche, et vous vous dites qu'Hartmann est un bœuf, un connard de flic qui la ramène une fois de plus. Et pas un mec de gauche, en plus. Et donc qu'il peut cuisiner ses conseils à feu doux et se les manger en solitaire, hein, Tran ? Et vous allez au contact, vous remuez la vase d'un bout à l'autre du département, vous sauvez une fois de plus la veuve et l'orphelin, en l'occurrence, la maman et la putain et…

Il s'est arrêté, il s'est arrêté là car il a vu ma tête, et mes yeux j'imagine, avec le sang qui disparaissait, le teint blanc sur ma face. J'ai eu du mal à cracher :

– Vous parlez de Madame Bardini ? Vous parlez de Madame Bardini et de Marina Lourens, Hartmann ? C'est elle, la putain ?

Il a regretté. Je sais, j'ai vu : il a regretté, mais trop tard, le coup était parti, impossible à rengainer et à remettre en boîte pour la prochaine partie.

– Je retire, Tran, ce n'est pas digne. D'ailleurs, et je vous demande de me croire simplement, je ne crois pas ces inutiles vacheries.

Je n'avais plus envie de l'entendre ni envie d'être là, le mot me vrillait la cafetière, j'étais bouillant. Marina, la putain Marina. J'aurais bien tué Hartmann, d'un côté, mais moi aussi, juste après, car sa flèche avait atteint sa cible. Marina-couche-toi-là, ô tristesse.

Pourquoi Hartmann a-t-il continué ? Pourquoi est-il allé encore plus loin ? Je n'ai pas su sur l'instant et je me demande encore. Se sentait-il coupable ? En tout cas, il a repris le crachoir :

– Metchiche a été abattu comme Torlotta, au fusil à canon scié, dans sa villa de Giens. Il a pris une décharge de chevrotines dans la tête, une autre dans le bas-ventre, ses chiens ont été tués aussi, mais sa maîtresse, une certaine Martine Varinet, une gamine de vingt-trois ans, a été épargnée. Elle est sous le choc et parle d'hommes encagoulés, au moins quatre. Pour Bert et les chiens, en tout cas, la chevrotine. Croyez-moi sur parole, c'est répugnant. Répugnant et sanglant. Cela ressemble à un règlement de comptes entre acolytes, assurément. Et même à un archétype de règlement de comptes. Sauvagerie plus détermination égalent grande criminalité. Un sous-officier de l'armée de Monsieur Metchiche aurait par exemple décidé de prendre ses aises, de changer de grade à la hussarde, façon armée napoléonienne. Ou bien des associés trompés, transalpins qui sait, appartenant à cette ténébreuse mafia dont tout le monde parle sans jamais la voir, auraient cherché à se venger d'un quelconque affront. Ou encore des Colombiens, oui, Monsieur Metchiche était un homme d'affaires international, des Colombiens ayant expédié par ici quelques menus sachets de cocaïne et qui n'auraient pas reçu en retour ce qui aurait été convenu. Voyez, nous ne manquons pas d'hypothèses.

Je pensais qu'il avait terminé, mais Hartmann ne faisait que reprendre son souffle, il était lancé pour une course de fond. Le flic paraissait souffrir de l'intérieur.

– Sauf que non, sur toute la ligne, non et non. Vous gardez ces éléments pour vous jusqu'à la fin des temps, Tran, mais on avait un type dans son capharnaüm, un type à nous, un infiltré, une taupe. Grâce à une heureuse association avec les Douanes, un travail d'orfèvre, je me permets de le dire parce que je n'y suis pas pour grand-chose. De l'orfèvrerie pure, Tran, de la bijouterie Cartier. Un type qui avait la confiance de Metchiche et une vue d'ensemble sur les opérations de sa troupe, vous imaginez ? Eh bien, je peux vous assurer que rien ne tient dans ces fumeuses supputations. Pas de dissidence interne. Pas de vengeance mafieuse. Pas de descente du cartel de Medellin sur nos côtes. Rien de rien du tout. On est dans le noir complet, Tran. Et la seule chose certaine, c'est que la mort de Metchiche fera voler son royaume en éclats. En éclats de bombes, en coups de flingue à tout va, en nouvelle répartition des rôles et des biens. On est à poil, Tran, presque totalement à poil. Et notre homme va être obligé de se positionner au milieu du chaos, ce qui nous conduira probablement à l'exfiltrer du jeu. Ce qui explique au passage que je sois sous tension. Je suis sous tension, Tran, dans un état d'extrême tension qui augmente à mesure que passent les heures. Je croyais tenir l'affaire par tous les bouts et elle se détricote sous nos yeux. On avait investi des moyens colossaux dans cette enquête, on n'a plus rien, et je vais devoir m'expliquer, ce qui est normal, tout à fait normal. Et tout à fait désagréable. Tran ?

Je ne sais pas à quoi rimait cette dernière question. J'étais censé donner un avis ? Je n'étais même pas calmé de mon ultime coup de sang, pas sûr que les aveux d'Hartmann soient entrés où il aurait fallu. S'agissait-il de sa part de confiance, ou, davantage, d'abandon ? On ne saurait pas, bien entendu. Je ne saurais pas, je n'étais pas le capitaine Nemo des intérieurs du crâne, l'explorateur des espaces infinis de l'esprit humain. Je n'étais que moi, je voulais à toute force rapporter quelque chose de cette putain de journée perdue, j'ai donc fini par oser :

– Et l'explosion ? Vous pensez que c'est lié ?

Hartmann devait attendre la question depuis un moment, ce mec n'était pas né de l'avant-dernière pluie, il a répondu illico. Illico.

– Lié à quoi donc ? À la mort de Metchiche ? Je me demande, je me pose des questions, Tran, et pas depuis ce matin seulement, soyez-en sûr. On se pose tous des questions, d'ailleurs, je ne suis pas une exception. Pour le reste, grâce à notre taupe, je peux affirmer sans hésitation que Torlotta n'est pour rien dans l'explosion. Elle l'a visiblement surpris, il en a beaucoup parlé avec Bert à cause de l'atelier Richepot, mais c'est tout. Rigoureusement tout. On a même des écoutes téléphoniques interminables sur le sujet, on pourrait en tirer un livre dans le style Café du commerce. Cela ne manque pas de moments plaisants, les échanges entre Metchiche et Torlotta, pris d'un certain point de vue. Je suis sûr d'une chose : la pègre locale n'a pas fait sauter l'immeuble, Tran. La police n'a donc pas eu à supprimer les preuves de ses forfaits, même si cet élément dérange votre manichéisme de gauchiste en vadrouille.

– Ho, Hartmann, votre couplet, hein ? Vous oubliez Croce. Il n'était peut-être pas votre ami, mais c'était votre collègue. Et Croce a menti dans cette histoire comme un arracheur de dents, ne me dites pas que vous ne le savez pas, Hartmann, s'il vous plaît !

Si Croce a inventé sur ordre de sa hiérarchie, je vous laisse juge. S'il a agi à la demande d'un autre maître que la police, c'est encore mieux. Je suis convaincu que vous vous interrogez, Hartmann. À moins que vous ayez déposé ce bordel dans un vide grenier pour mieux vous en débarrasser ?

On a continué à ferrailler, je ne voulais pas être le bon con qui prend tout dans la gueule et ne cesse de boire la tasse sans jamais remonter à la surface. Hartmann était un grand flic, on ne pouvait le nier, mais que vaut un grand flic vertueux dans un pays corrompu jusqu'à l'os ? J'aurais volontiers demandé, mais je n'avais pas envie de passer la nuit là-bas, merci bien.

Ils m'ont laissé partir vers sept heures et demie. Hartmann ne devait pas avoir envie de voir rappliquer l'Antoine avec ses grands gestes. De toute façon, la police n'avait rien contre moi, n'est-ce pas ? Sitôt sorti, j'ai appelé Antoni pour le remercier, lui dire que j'en avais ma claque cette fois, que je rentrais, que je remontais. On se verrait sous peu, on se taperait cette mousse en terrasse. Non, je ne savais pas quand. Bientôt. Il était inquiet, trouvait que je tergiversais, que j'aurais dû prendre le premier avion, merde, ne plus traîner. Antoine avait de sombres pressentiments, des picotements, parlait même de rapatriement sanitaire d'urgence. J'étais d'accord, j'allais bouger. Demain ?

J'ai appelé chez Pierre-Henri, l'homme était là, rentré plus tôt compte tenu des événements, Madeleine aussi était dans les murs, ainsi que Marina. Deux minutes plus tard, je lui parlais.

– *Ouf*, elle a dit sur un ton malicieux, ajoutant aussitôt : *Tu m'as manqué, mon petit chéri.*

Mon cœur s'est allumé, une flamme, un chalumeau oxhydrique. Elle a tant insisté pour venir me chercher, j'avais tant envie d'amour dans le cou que j'ai dit d'accord. Marina est apparue aussi vite que la lumière, on est rentrés cœur contre cœur chez l'ami Monnat, lequel attendait avec des bouteilles ouvertes, du pur champagne. Même Madeleine en a bu, ranimée par les bulles, décoincée et ravie. Le bel alcool a doré nos gosiers sales, nos gosiers tristes. Je m'étais placé le plus près possible de mes amis les poissons, au bord du bassin, la joie en bandoulière. Imagine-t-on plus beau décor qu'un morceau vivant de joie collective ? Je me renseigne. Comme je me renseignais ce soir-là, seul dans ma tête de serin. Je ne connaissais pas bien la vie mais, à mesure que tombaient les bouteilles mortes, j'en arrivais à croire que rien n'est plus beau que l'amitié, l'amour et les soirs d'été au champagne auprès des nénuphars. Car il y avait aussi des nénuphars, j'ai oublié de le préciser.

17

On est partis le lendemain matin, assez tôt finalement, je n'avais pas voulu prendre l'avion. De toute manière, Marina était d'accord, d'accord sur tout, en avant comme avant, en avant comme toujours. Je voulais sentir l'arrachement physique du départ, ce départ que je prenais pour un adieu au Sud. Je pensais avec délice que je n'y mettrais plus jamais le moindre bout d'oreille. J'oublierais Hartmann, Bert, le visage sang et os du mec au marteau. Peu à peu.

Nous nous sommes arrachés de cette contrée maudite, je n'avais même pas appelé les Bardini, j'avais honte de ma fuite. Mais le soulagement l'emportait à la loyale, à la dure, front contre front, sans besoin d'une photo sur la ligne. Nous nous sommes sauvés, ensauvés, je n'en pouvais plus, j'avais la tête dans une bassine de poix bouillante, je devais me barrer, aucun doute, Angelica comprendrait.

Pierre-Henri, pour sa part, m'a chopé un peu après l'éveil et m'a entraîné dehors avec une tasse de café. Il m'a dit du bien de Marina Lourens mais conseillé aussi d'être attentif à tout, surtout au reste. Il a évoqué la vie. La vie. Je suis certain que le mot allait loin le long de la route commune. Il m'a proposé de l'argent, aussi, en vain. Pour finir, le grand frangin débonnaire et magnifique m'a donné l'accolade.

Bon, il était tout de même près dix heures quand on est passés chez Marina chercher des affaires. Sa petite maison du Pradet était une merveille, j'écarquillais les yeux à chaque pas. Tout était équilibré, chatoyant autant qu'apaisant, avec des couleurs chaudes et douces, mais fraîches et nettes. Elle m'a sidéré, et je ne parle pas de sa baraque. Marina m'a sidéré une fois encore. L'azimutée était emplie d'une rare beauté interne qu'elle transmettait aux choses. Comme j'avais envie de sa peau ! Je me souviens d'avoir feuilleté un livre de T.S. Eliot en édition bilingue, et d'avoir tenté de lire en angliche deux ou trois vers des *Dry Salvages.* Le morceau qui commence comme cela : *« I do not know much about gods; but I think that the river Is a strong brown god – sullen, untamed and intractable. »* On s'est à moitié mordus de rire, on n'arrivait plus à déguerpir. Je parle un anglais étranger.

Lorsqu'on a fini par descendre trois sacs bourrés à craquer jusqu'à la bagnole de location, j'avais Eliot sous le bras. Quel guide, quel chien d'aveugle que ce type ! On a dit merde aux assassins, merde à la grande putain qui écartait les cuisses de Menton à Bandol, merde à la mort, à la Grande rôdeuse des nuits qui tuent. On était en juin encore, le soleil était fou et aurait mérité le cachot, la vie était belle comme jamais. J'ai hurlé des chansons, on a beuglé ensemble sur l'autoroute qui mène à Aubagne, puis Avignon, puis le reste. On était libres. Libérés et heureux. Qu'on croyait.

II

18

Jusqu'au 24 août, j'ai nagé dans le bonheur et dans l'océan. Dans le seul et le vrai, dans l'Atlantique marin, le grand seigneur de l'Ouest, notre suzerain à tous.

À condition de choisir l'heure, la plage à côté de Saint-Tugen, derrière les dunes de Trez-Goarem, était à nous, vers le couchant en tout cas. On aura passé là, et dans mon minuscule penty de Primelin, un été complet, un concentré de la vie sur terre. Et qui pourra jamais oublier ce qui fut à ce point ? J'étais chez moi, dans mon grand pays haché, ma carcasse prenait l'eau de la mer, l'air et le vent, je revivais. Marina, moins. Certaines matinées étaient lourdes à porter, tristes à pleurer, incompréhensibles. Elle entrait au profond d'elle, je ne saurais jamais où, après avoir levé le pont-levis, installé de lourdes chicanes, après avoir décroché l'ancre qui la tenait contre moi. C'était la dérive, le grand départ, la solitude, l'angoisse. Pour elle, pour moi aussi.

Mais, le plus souvent, je fus en paradis. Je lui ai tout montré, je crois. Castelmeur et les fulmars, les falaises du raz et les mouettes tridactyles. Les îlots de Molène et le troupeau de grands dauphins que mon pote Jean-Noël, à force d'obstination, avait réussi à retrouver pour elle, à bord de son petit canot. Et le Goyen, bien entendu, cette entaille de mer entre Pont-Croix et Audierne, quand les poissons juvéniles font voler leurs écailles dans le sillage des barcasses. Elle a réussi à me traîner une journée dans les marais de Poulguidou, à chercher les droséras, la spirante d'été et la grassette du Portugal. Et je revois sa tête de ce soir-là, roussie par le soleil, griffée par la ronce, exténuée et boueuse.

On n'a pas oublié de bâfrer. De la langouste achetée aux viviers d'Audierne, des langoustines, du homard, même. Ni de boire des caissons de vin blanc à répétition, sans fatiguer ni renoncer, sans jamais compter les cadavres vides qui s'amoncelaient sous l'escalier en bois. On a été heureux, n'est-ce pas ? Et, n'insistons pas, on a baisé. Comme attendu, comme espéré, on s'est mordu la peau, on se réveillait juste pour recommencer, on se disait de temps à autre, quand j'avais la bite exsangue et elle les genoux tremblants, qu'il fallait se calmer. Mais merde, se calmer.

Est-ce qu'on aurait tenu dix ans ? Pourquoi pas. J'aurais appris à tromper le bar avec Jean-Noël dans les tourbillons du raz de Sein. Ou pissé de la copie pour *Le Télégramme*. Ou distribué l'essence à l'Intermarché de Plouhinec. Marina serait venue me chercher sur le coup de deux heures pour admirer la vague rentrer au port. Mais tout s'est terminé le 24 août, un mardi, par un coup de fil d'Antoine De Bei.

Pas chez moi, car je n'étais pas si bête, le téléphone, ce chien méchant, n'entrait pas à la maison. Non, pas chez moi, mais chez Jean-Noël qu'Antoine avait croisé deux fois, l'une à Paris, l'autre ici même, l'été où il était venu se noyer, presque en tout cas, au bas de la pointe de Brézellec. Antoine a appelé Jean-Noël et, à sept heures, icelui s'est pointé. Il venait certes boire un verre et nous voir, mais avant tout passer un message. Je devais rappeler Antoine à un numéro que je ne connaissais pas, entre vingt-et-une et vingt-trois heures, si possible d'une cabine publique.

Mon cœur s'est remis à déconner, j'étais de nouveau harponné. Au cours des deux mois passés, j'avais bien sûr parlé à Antoine, je l'avais d'ailleurs longuement vu à Paris, trois fois exactement, et je lui avais tout raconté, jusqu'au plus infime des sombres détails de l'histoire. On en avait conclu que je devais faire le mort, si je peux oser cette expression douloureuse et douteuse. Plus le temps s'éparpillerait entre moi et le mort de là-bas, mieux ce serait. On pouvait en tout cas l'espérer. Comme de toute façon je serais parti avec Marina pour la Bretagne absolue où j'étais roi, eh bien, parfait. Je régnais, le martelé s'éloignait et je ne me sentais proche, certains matins, de resplendir. Surtout quand la bouée d'en face, remuée par la houle, me réveillait. De resplendir, moi tout seul, Frédéric Tran. On voit la métamorphose du cloporte.

Par chance, Marina n'était pas là quand Jean-Noël s'est annoncé et j'ai cru, parce que je croyais au sortilège des lieux, que je ne serais pas contraint de lui raconter, que tout serait réglé en deux coups de cuiller à pot. J'irais à la cabine téléphonique, celle du bord de la départementale, à quatre cents mètres de la maison, j'échangerais les nouvelles du jour avec Antoine et rentrerais au bercail. Benêt.

Marina devait herboriser entre les dunes, elle y faisait des découvertes tous les deux jours, me montrant des fleurs roses et violettes qui avaient échappé au soleil. Jean-Noël a bu deux canons avec moi, on a ouvert une boîte de sardines comme on trouve peu. Des vraies, quoi, couchées dans une mer d'huile délicate. Dans la foulée, j'ai débouché du rouge et sorti un jambon bio d'Henri Peuziat, divin, à bas les préjugés contre les porcs. Là-dessus Marina est rentrée, sourire gravé sur chacune de ses dents, merveilleuse à ne pas croire, vaporeuse, amoureuse. Elle m'a embrassé, elle a moqué Jean-Noël qu'elle trouvait un peu lourd parfois. C'est vrai qu'il ne détestait pas les vannes de cul, certaines moins faites pour les femmes que pour les hommes entre eux. Ensuite, elle a déposé son herbier, est partie se doucher au fond de la cuisine, on avait donc droit à un rabiot de temps volé au temps.

Il était bien huit heures et demie quand Jean-Noël, qui n'était pas si pesant, a annoncé qu'il partait après avoir crié à Marina qu'elle était belle comme tout, que la mer lui réussissait, à moins que ce ne soit moi. Bon, il n'était pas léger comme une plume de sterne non plus. Marina a rappliqué deux minutes plus tard, les cheveux mouillés, les pieds nus, le sein affleurant à l'entrée d'une de mes chemises, j'ai dû lutter un moment pour ne pas envoyer se faire foutre Antoine et Paris et le reste du monde. J'aurais dû, mais je n'aurais pas pu. À quoi bon rêver sa vie, si on doit se réveiller ? Vers neuf heures et quart, j'ai prévenu Marina que je devais passer un coup de fil, elle m'a regardé avec l'œil centré sur ma bouche et mon nez. À moi Pinocchio, sauf que je n'avais pas menti, je disais bien la pure vérité.

Je me tenais mieux quand elle partait à la cabine, tous les deux soirs, papoter avec Philippe, le Philippe de là-bas qui s'inquiétait, paraît-il, qui languissait, qui voulait tant la voir. Il recommençait à me les brouter, le blondinet des bords de la mer morte, je n'y pouvais rien, c'est la vie qui est foutue de la sorte, ma rogne n'avait rien de si personnel. N'empêche, Philippe casse couilles.

Bref, j'ai marché à la cabine en tiraillant sur une sèche si sèche que je me suis mis à tousser. Dehors, la lumière était plus loup que chien, le jour avait perdu la partie et rendait les armes, une vraie débandade. Il avait fait chaud, on sentait encore les assauts d'août contre les fleurs, les feuilles et les arbres.

À la cabine, j'ai composé le numéro et Antoine a répondu de suite, je m'y attendais, ne me rapetissons pas. Mais je n'avais pas prévu la suite, qui devait changer notre vie :

– *On va gagner, mon bichon ! Je te dis qu'on va gagner cette partie avec les félicitations du jury. Mon Fred, sans me vanter, j'ai eu une idée de génie pour relancer tout ce grand bobinard. T'as envie de savoir ?*

Comme il était impossible d'être sincère, j'ai dit que oui, mais la voix devait être molle car Antoine a ajouté :

– *Ça ne va pas, Fred ? C'est Marina ?*

Il n'aimait pas Marina et n'avait pu le cacher quand je la lui avais présentée. On avait eu le temps de faire un repas chez lui en compagnie de Domi, sa femme, et de ses deux gosses. Ils s'étaient engueulés au beau milieu. Pour Marina, Antoine était un archéo de première, il n'entravait rien à la crise écologique, laquelle rebattait toutes les cartes et changeait les marxistes dans son genre en simples buttes témoins d'un temps à jamais disparu. Je résume, hein ? Pour Antoine, elle était une pisseuse, une écolo de salon pour qui le loup vaut mieux qu'un gueux, une petite-bourgeoise endimanchée qui niait l'histoire. Je brode, j'interprète. Car Antoine s'était mieux tenu que cela. Je l'entends encore appeler les mânes de Fourier, Blanqui et Luxembourg. Marina avait été beaucoup plus raide, ce n'était pas son genre de mettre de l'eau dans son vin. Sur ce point précis, nous étions pareils. Concernant Antoine, je dois ajouter qu'elle n'avait pas tort. Je l'aimais, celui-là, mais sur certain plan, non, pas du tout. Il butinait encore et toujours du côté de l'autorité, des structures et des partis, on n'avait plus osé parler ensemble depuis cette fois, cinq ans plus tôt, où il avait tenté une phrase en faveur de Castro, ce chien de caudillo, ce roi de la muselière. J'avais été à un doigt de me battre. De me battre avec lui, contre lui et ses foutues idées autoritaires. Et le soir du repas, Marina en avait ajouté une tonne. À l'entendre, il partageait avec le monde et ses maîtres l'essentiel : la soif de domination. Sur le vivant, la nature, les bêtes, les autres. Le communisme, je me souviens de ses mots, le communisme est un masque de plus pour l'homme de toujours. Antoine n'aimait donc pas Marina, qui ne l'adorait guère, pour résumer.

Quoi qu'il en soit, si ma voix paraissait fêlée, ce n'était pas à cause d'elle. Et j'ai répondu à Antoine la vérité, ce que j'en voyais tout au moins :

– Non, Toni, c'est moi, je ne me sens pas très bien. J'ai pas une envie folle de repartir au feu. Voilà. Je suis fatigué, j'ai ajouté, et c'était mensonge, car je pétais la forme, la mer me rajeunissait à vue de marée, deux fois par jour, pas moins, j'avais les dents qui claquaient dans le vide, je piaffais.

Il a dû hocher de l'autre côté, je l'ai imaginé tordre le nez et se dire qu'on m'avait changé. Je n'étais plus le Fred des grands mugissements et du brame, de l'aventure et des sports extrêmes, le cou sur le fil du rasoir. Mais en ce cas, Antoine était un oublieux. Ne m'avait-il pas sorti trois mois plus tôt d'un trou à rats ? Je n'avais plus vingt ans, ni trente.

– *Écoute, Fred, écoute-moi bien*, il a articulé. *Tu peux pas refuser. Je te parle pas de toi, t'as tous les droits, mais d'eux. Les Bardini, Marina, toutes les familles. Tu peux pas.*

Le salaud. L'immonde salaud avait atrocement raison. Je ne pouvais pas, c'était flagrant. Je n'ai d'ailleurs pas cherché à biaiser plus avant. L'abdication, cette ruine de l'esprit, n'est jamais qu'un bain d'eau glacée. J'ai sauté.

– Vas-y, Antoine, bordel, explique-toi ! En plus, il y a un type qui attend pour téléphoner.

– *Arrête. Si tu crois que je te crois, tu te trompes. Bien, tu te souviens de Marcel Landowski, non ?*

Il connaissait la réponse. Oui. Landowski, un cas à peu près unique. Un bon scientifique, un immense technicien, du moins pour ce que je pouvais comprendre. Je l'avais rencontré sept ou huit ans plus tôt, lors qu'il était plongé dans un sac d'embrouilles scrofuleux. Sa femme, si toutefois on peut dire, l'accusait d'avoir tripoté leur fillette d'alors six ans. Landowski avait été pris au col, étouffant dans un piège qu'il ne faisait que resserrer en se débattant. Il avait atterri en cabane, goûtant les joies de la promiscuité et le sadisme des codétenus quand ils peuvent s'en prendre à plus vil qu'eux. Les pointeurs, le petit nom des pédophiles là-bas, se ramassaient constamment des roustes, dans le meilleur des cas des glaviots dans l'œil ou de la pisse dans leur soupe. Landowski avait adressé à l'extérieur un SOS carabiné, sous forme d'une lettre à la presse mêlant cris d'innocence et promesse de suicide. Je l'avais lue, à l'époque où je me bougeais vivement le cul, et elle m'avait foudroyé sur place. Quelque chose dans le ton. Une brûlure si profonde que j'avais compris sur l'instant que je m'occuperais de son cas. Ce mec écrivait comme s'il était mort, comme s'il ne pourrait jamais revenir d'aussi loin.

J'ai marché, j'ai œuvré, j'ai enquêté comme un chien policier, sans lever le naseau. J'ai rencontré ses frères, deux anciennes maîtresses, le fils de quinze ans qu'il avait eu avec une première épouse, ses collègues, trois authentiques amis, je me suis immergé dans sa vie. Puis dans celle de sa femme, la délatrice, qui n'était pas simple. Peu à peu, j'ai compris que ce mec savait être emmerdant, y compris avec les mioches, dont les siens, mais qu'il n'était pas un pédophile. Ou s'était réveillé tel à quarante-sept ans, sans prévenir personne avant. Lando, comme il aimait qu'on l'appelle, était bel et bien pris au piège. Sa femme n'était pas une connasse, du moins pas seulement, ni même une salope, quoique un peu. Elle était surtout burinée du cerveau. Lando l'avait éblouie, Lando l'avait grandie, mais Lando l'avait aussi, dans les derniers temps, éconduite. Plutôt, elle avait de bonnes raisons de penser qu'il le ferait. Car Lando baisait ailleurs, une fois de plus. Ce n'est pas suffisant pour accuser un homme de toucher une gosse ? En général, non. Mais la femme de Lando, comme j'avais fini par le découvrir in extremis, avait déjà porté des accusations voisines, dix ans auparavant, contre un autre homme dont elle élevait la fille. Le type ne se décidait pas à lui faire un petit et commençait même à explorer ailleurs. L'accusation était fausse et avait foiré avant même tout procès. Même si ce n'était une preuve définitive de l'innocence de Lando, c'était tout de même un argument. Sérieux, selon moi.

J'ai pu écrire une partie de l'histoire dans un grand hebdo, Antoine est entré dans le jeu, s'est pris d'une réelle passion pour l'affaire et, finalement, Lando a pu sortir. Le juge lui a accordé un non-lieu, ce qui officiellement le blanchissait. Mais il était esquinté. Vaillant, mais meurtri par cinq mois de taule qui lui avaient grignoté une partie du cerveau. On s'est tous retrouvés heureux, à boire du champagne dans le bureau d'Antoine ; infiniment amers, en réalité.

Lando n'avait jamais retrouvé son labo de l'université où il s'occupait d'analyse des sols. Presque aussitôt, il avait créé une petite structure très profitable, vendant à des prospecteurs, souvent de grosses et grasses entreprises minières, des microanalyses de sites prometteurs. On avait parlé de lui plus d'une fois à la télé, Antoine m'en touchait deux mots de temps à autre et lui avait même confié un travail délicat, trois ou quatre ans plus tôt, qui n'avait mené nulle part.

Bon. Lando. Antoine voulait sans doute qu'on fasse affaire avec lui. Bien qu'ayant une toute petite idée de la question, vague encore, mais qui se précisait, j'ai fait :

– Et tu veux lui demander quoi, à Lando ?

– *Des analyses, petit jeunot. Tout est sur les rails, tout est arrangé. Mais j'aimerais que tu viennes ici pour discuter avec lui. Je le vois demain.*

– Demain ? j'ai beuglé.

C'était sincère, c'était un cri du cœur, de rage et de colère, de rage froide et de colère brûlante. Je sentais sans détour que la récréation des bords de mer était achevée, je me demandais si elle reprendrait un jour. Je devais sentir que non.

– *Demain*, a confirmé Antoine, *vers sept heures, on prend l'apéro chez moi. Lando a une fenêtre dans son emploi du temps, tu ignores à quel point ce type est demandé. C'est fou, Fred. Il va partir en Afrique du Sud, ensuite en Israël, et pour finir au Brésil. Je te parle du mois qui vient, là. Bon, c'est pas tout, je t'explique. Tu te souviens de ce petit jeune homme de là-bas, Kijo ?*

– Oui, j'ai répondu, mécaniquement, car l'essentiel de moi, mon cœur, battait contre la nuque de Marina.

– *Eh bien, en discutant avec Lando... Merde, attends, il faut que j'explique un peu, ça sera mieux. J'ai vu Lando il y a une petite semaine, toujours pour son histoire. Il a pas renoncé à faire effacer sa condamnation, tu savais ? Alors je le vois, on discute, je lui parle de choses et d'autres. Et toc, de l'explosion. Il m'écoute, il commence à me sortir des trucs chiadés de microanalyse et de microscope à balayage électronique, de surface calculée par micron au carré, j'en ai vite eu ma claque, tu connais mon amour de la technique. Mais à un moment, il me balance : « C'est con, cette histoire.*

Si la justice appelait plus souvent des mecs comme nous, il y aurait moins d'erreurs à l'arrivée. » Là, j'ai eu comme un début d'excitation, on a continué à parler, je suis allé ouvrir le dossier, on a blablaté au moins une demi-plombe, facile, j'ai retardé le rendez-vous suivant, et d'un coup d'un seul, bingo. T'as pigé ?

– Non, j'ai dit, mais je commençais à être intéressé, je n'étais pas enterré, la Bretagne ne sait pas faire, elle préfère noyer.

– *Eh ben Lando m'a soudain posé deux ou trois questions sur les survivants, j'ai parlé du jeune Kijo bien sûr, et il m'a dit texto : « Qu'est-ce qu'on attend pour l'analyser ? » Tu commences à saisir ?*

– Non, j'ai répété, car je ne voyais réellement rien venir.

– *Ses blessures !* il a exulté. *Les blessures de Kijo peuvent parler, d'après Lando. Des dépôts d'une taille que je préfère pas citer, on est dans le nano quelque chose, mais bon, c'est pas si complexe, y a des molécules, des minuscules bordels qui restent sur la peau, ou sous la peau, je sais plus, mais que lui, avec ses bécanes de dingue, il peut retrouver. Retrouver et certifier, mon Fred. On va gagner, on va gagner !*

Il chantonnait au bout du fil, je dois reconnaître que je chauffais aussi.

– *Et c'est pas tout,* viejo, il a insisté, *c'est qu'un début. Le lendemain matin, alors que je partais au palais, j'ai reçu un coup de fil de la mère Bardini. J'ai pas pu m'empêcher de lui glisser trois mots sur Lando et son microscope, elle a eu aussitôt une idée fabuleuse. Fabuleuse, mon Fred. Ils ont gardé une bague de leur gamine, une bague qu'elle portait au moment de l'explosion, et ils m'ont assuré que Marina conservait précieusement une mèche de cheveux de sa mère. Bon, d'accord, c'est abominable, mais c'est aussi un coup de bol. Je te dis pas la réaction de Lando quand je l'ai rappelé. Je voudrais pas vendre la peau de l'ours avant de l'avoir sur le dos, mais, selon lui, c'est dans la fouillette.* In the pocket. *Il va trouver, Fred, on va trouver. On va gagner, on va gagner !*

Il remettait le couvert, et je n'étais plus si loin d'en faire autant. Merde, savoir enfin. Qui, pourquoi. Marina serait heureuse, elle aussi. Avec un peu de chance, beaucoup de chance en fait, disons un cul infernal, nous sortirions meilleurs de l'histoire que nous n'y étions entrés.

– *Alors, Fred*, a terminé Antoine. *Je t'attends ?*

– Tu peux courir, grand salopard.

J'ai ajouté une phrase tordue sur les voyous qui ne sont pas toujours ceux qu'on imagine. Je le visais mais ne l'ai pas atteint, car les mots étaient lourds comme tout, vaseux, ensablés. J'étais en plusieurs morceaux. Une partie de moi aurait préféré qu'on me prévienne par lettre de la suite des événements. Mais Antoine, n'y revenons pas, est un grand manœuvrier, un manipulateur tous azimuts. Je l'ai prévenu que je serais chez lui le lendemain, ce qu'il savait déjà, et j'ai raccroché. Alentour, la nuit. Pas totale encore, elle éteignait d'ultimes flammèches du jour passé. J'entendais rugir le monstre qui jamais ne dort, de l'autre côté de la route et du vaste pré marécageux, j'imaginais le croc blanc de la vague contre le roc, j'avais hâte de tout raconter à Marina. J'y suis allé, une nouvelle clope brûlant ma lèvre.

Je ne sais toujours pas ce qui lui a pris, mais elle a eu tort. Au moment où j'ai ouvert la porte de la maison, j'ai su que le temps avait basculé. Ce n'était plus l'été, mais la toundra glacée, l'hiver le plus noir. Ce n'était plus la Bretagne, mais la Patagonie sous les vents antarctiques. Marina avait les narines comprimées, comme forcées, l'œil en verre mort, et quantité de lettres et de photos étaient étalées sur la table de la cuisine. Elle buvait du vin tiré d'une bouteille de Gaillac à deux balles, à trois euros. Elle en avait bu.

Marina avait donc trouvé mon sac au trésor, mon sac à malices, l'imbécile amas de tous mes souvenirs. Les lettres commençaient par les proclamations, trente ans plus tôt, de Sylvie, qui m'offrait sans détour son cul. Et se poursuivaient par quelques-unes d'autres, dont Maureen, évidemment. Avec toute l'histoire maudite de cet amour impossible, avortement compris. Car Maureen avait avorté, oui, plus tôt. Et de moi, cette fois. Les photos de ma vie n'arrangeaient pas le tableau, je dois dire. On y voyait Frédéric Tran jeune et presque beau, souriant à la vie en niaiseux, embrassant des donzelles, nu parfois. On y apercevait la silhouette de jeunes inconnues, leur poitrail, leurs fesses blondes, la mer et la Bretagne, bien sûr. Et Maureen Muguette dans mes bras, dans les vagues d'à côté, qu'on reconnaissait sans peine aux grands rochers de la pointe. Car Maureen aussi avait adoré les environs. Merde, plus rien à tenter, le grand mal était fait. Je suis resté silencieux.

Elle aussi. Elle regardait en son sein quelque chose qui lui tordait la nuque et inondait sa gorge. Elle suffoquait.

Je n'ai pas su quoi faire pendant au moins dix minutes, ce qui est une durée infernale par temps de catastrophe. Puis, comme je ne savais toujours pas, j'ai commencé à ramasser une à une les photos, à faire des tas de lettres en comptant sur un miracle qui aurait reculé les aiguilles des montres et des horloges.

Marina respirait à grands cris silencieux, je me pétrifiais, mes mouvements devenaient lents et incertains. Elle a saisi la bouteille de Gaillac, laquelle était vivement entamée, et l'a fracassée contre la table. Spectaculaire et jets rouge sang. Je ne bougeais.

Elle s'est levée avec violence, propulsant la chaise au loin derrière, la boutanche tenue par le goulot, le bras dégoulinant, c'était atroce. Ce n'était plus elle mais une autre, un rictus, des yeux blancs.

– Salaud ! elle a hurlé.

Et elle a bien essayé de m'embrocher, de me dévorer le visage, elle aurait pu aisément m'énucléer.

J'ai réussi à cogner son avant-bras in extremis. L'usage passé des sports de combat, même lorsqu'il semble oublié, peut sauver un nez et des yeux, qu'on se le dise. Elle a crié car j'avais tapé fort, et lâché par terre le tesson dans la foulée, avant de tomber à la renverse. Comme dans un film, oui da.

J'ai eu peur. Marina, en heurtant le mur, s'était sans doute fait mal. Je l'ai ramassée, elle avait le regard perdu, la mâchoire pendante. Je l'ai transportée tant bien que mal sur le lit, m'attendant à voir goutter le sang fatal, m'attendant au pire. Qui ne vint pas, du moins sous cette forme. Marina avait une bosse confortable derrière le crâne mais elle était consciente, tristement consciente de la vie qui va et tue.

La nuit entière a passé en cris et en crise. Elle pleurait, jetait dehors des phrases assassines et obscures, demandait pardon, m'insultait en profondeur, annonçait son départ, la rupture totale, réclamait sa mère, voulait du vin, voulait baiser, voulait que je crève, parlait de Maureen, Maureen, Maureen, d'enfant et de bébé, et d'amour, et de mort. La nuit a passé de la sorte sans que je ferme l'œil, sans que je relâche ne serait-ce qu'une minute l'attention. Je crois qu'elle a dormi deux ou trois fois par courtes saccades, pas moi. Moi, je grelottais de l'âme, j'entrevoyais les précipices de l'avenir, je voulais me changer en sterne pour mieux plonger en mer.

Cette nuit-là, Marina m'a épuisé, rétamé. Je n'étais qu'un homme, n'oublions pas le tableau général. Je n'étais jamais qu'un homme perdu au milieu finissant de sa vie. Et Marina, un animal désespéré, une splendide créature des abysses.

19

La scène ne ressemblait pas à un conseil de guerre. Ou alors d'éclopés, avec vue sur la Berezina en crue. À part Antoine, impérial comme à l'ordinaire et sirotant un vaste Martini rouge dans son fauteuil préféré en vieux cuir, la débâcle y était. Marina buvait un verre de blanc, l'œil tombant. C'était une personne neuve et perdue, percluse, en plongée profonde. Elle n'était pas remise de son délire et je me demandais sans oser insister si elle en sortirait un jour.

Je ne devais pas être présentable non plus, après cette nuit blanche secouée de rouge sang. Je venais d'aligner plus de six cents kilomètres, conduisant seul tandis que Marina somnolait derrière. La route qui lie Quimper à Paris n'est souvent qu'autoroute, aires pleines et déprime, avec pour seul décor une humanité qui pissote. Pour comble, août est un tsunami de shorts et de bedaines. Je n'avais cessé de penser à elle, à sa grande folie, au malheur qui guettait et guetterait. Le vieil homme reprenait le pouvoir en moi.

Berezina générale. Je n'aurais pas reconnu Lando dans la rue. Lui aussi était rattrapé. Je l'avais quitté dans la force d'un âge vivant, repoussant la cinquantaine des bras et de la tête, je le retrouvais blanchi, on lui en aurait donné soixante-dix. Cet homme avait souffert les mille morts de la calomnie, il n'avait pas fait semblant. Lando avait subi, Lando payait comptant. Il buvait du Coca light, un mauvais signe de plus.

– Alors voilà, a résumé Antoine me regardant sans trembler. Vous descendez ensemble, Lando, Marina et toi. L'affaire est entendue avec les Bardini pour la bague, et il ne reste qu'à convaincre le jeune Kijo. Lando remonte avec les prélèvements, lance ses machines et nous garantit des résultats pour… Pour quand tu pourrais, Lando ?

Oui, il tutoyait Lando, Antoine était ainsi, on remonte les bras de chemise, on tire dans la même direction, on se tutoie. Moi non, je vouvoyais le vieux monsieur encore si jeune, qui me le rendait bien.

– Il y a urgence, a constaté Lando.

Il avait une voix un peu désagréable, avec un arrière-goût de ferraille. Quelque chose grattait, résistait au passage de la glotte.

– Je vais tout réaliser moi-même, prélèvements et analyses, et si nous sommes sur place demain, si je suis de retour dans mon labo vendredi, je crois pouvoir m'engager pour la fin du week-end. Mais vous n'aurez pas de compte rendu aussi vite. Juste des résultats bruts, au téléphone, on s'entend bien, nous sommes d'accord. Frédéric ?

Lando s'adressait à moi comme au chef de l'expédition, Antoine était relégué sur son coussin, Marina comptait pour du beurre. Il faut dire que Lando m'aimait bien, je crois ne pas mentir. Depuis cette putain d'histoire où avait failli sombrer sa vie, il m'avait à la bonne. Je dois même ajouter qu'il n'aurait pas répondu présent au premier son de cor d'Antoine si je n'avais pas été dans le coup. Soit dit sans me pousser du col.

– C'est très bien, Marcel, j'ai assuré. On ne peut pas espérer mieux. On descend donc demain ensemble, on ramasse ce qu'il faut, on repart et…

– On n'est pas obligés de remonter si vite, a coupé Marina, et c'était moi qu'elle coupait en deux, car je rêvais encore de retour vers le Far West de mon cœur, vers l'extrême pointe, dont celle de ses seins, je pensais à la Bretagne, au doux séjour peut-être recommencé. Pas elle, merde.

– Pas obligés, d'accord, mais s'il faut attendre les résultats quelque part…

– Eh ben, il vaut mieux attendre sur place, je dirais, elle a tranché, et c'était décidé, évident, nul n'y reviendrait, nous resterions là-bas. Monsieur Landowski, elle a enchaîné, j'ai pas bien compris ce que vous pensiez faire avec les cheveux de maman et le reste. Vous pensez trouver quoi, s'il vous plaît ?

Il a ri, la joie lui ôtait dix ans, Lando n'en avait plus que soixante, encore un effort, Jésus Marie Joseph.

– Je ne suis pas un magicien. Je suis un microanalyste, ce n'est déjà pas mal. Quand un événement aussi extraordinaire qu'une explosion massive se produit, il laisse fatalement des traces, des microtraces qu'on ne pouvait pas déceler, et encore moins analyser, avant la découverte de certaines applications du microscope électronique à balayage. Cette nouveauté est une arme fatale dans notre métier. Le microscope dont nous disposons au labo est un JEOL 840-A, une petite merveille. Grossièrement résumée, la microanalyse permet de connaître les éléments chimiques présents à la surface d'un échantillon. Ils subissent un examen physico-chimique, spectroscopique, et...Vous me suivez, je ne vous ennuie pas trop ?

Antoine avait le nez dans son verre, pas nous. On écoutait, je le jure sur elle et sur moi, on écoutait Lando dans ses œuvres. J'ai opiné, il a continué, soulagé.

– On couple la connaissance chimique des matériaux avec un système d'imagerie. De la sorte, il est possible d'explorer nos échantillons en les agrandissant jusqu'à trois cent mille fois. Bref, on obtient pour finir une image par électrons rétrodiffusés qui donne la composition exacte, et je dirais même parfaite, d'un échantillon, sous la forme d'éléments. Du fer, du cuivre, du zinc, que sais-je ?

– Et là, a imploré Marina, et là, dans ce cas-là, qu'est-ce qu'on peut espérer retrouver ?

– Mais tout, a estimé Lando en faisant au passage son petit effet.

Je me souvenais tout à coup que le bonhomme ne détestait pas la gent, la femme. Il ne lui déplaisait pas de faire visiblement plaisir à Marina, dont les yeux brillaient.

– Tout ? elle a insisté.

– Fatalement. La surface du corps comme du métal conservent leurs propres souvenirs. L'explosion a libéré des milliards de particules dont un nombre X est resté sur les blessures, les cheveux, les vêtements…

J'ai sursauté, bien sûr ! Les vêtements, les vêtements disparus comme par enchantement ! J'ai su ce soir-là que nous avancions pour de bon, que la route repartait en ligne droite, que nous allions gagner en vitesse, monter en puissance. Mais je ne savais rien encore, imbécile que j'étais. Que je reste à jamais.

– Marcel ! j'ai crié. Ce que vous ne savez pas, c'est que justement, dans cette histoire, des vêtements ont bel et bien disparu. Et ce qu'on…

Il m'a coupé sans hésitation.

– Je sais, Frédéric, Antoine m'a déjà expliqué. C'est même à cause de ce détail que j'ai eu mon idée. Car avec les vêtements, la vérification aurait été d'une simplicité d'enfant, de tout petit enfant. Je ne suis pas policier, mais enfin, c'est bizarre.

On a tous éclaté de rire, sauf lui. C'était trop, en même temps libérateur, dévastateur. Bizarre, je vous assure, cher cousin Lando, que vous avez dit, bizarre, bizarre.

Je crois que nous avons fini nos verres peu de temps après. Antoine nous aurait bien fait manger, comme il disait, mais sa femme Domi était en vacances en Normandie avec les gosses qui n'étaient plus des gosses, d'ailleurs, mais des ados, des préadolescents. J'aimais bien la fille, Jeanne, treize ans, et son œil noir et transperceur de cuirasse. Le plus grand, Étienne, entrait du haut de ses seize ans dans la crise. La vaste crise, surtout pour qui se raccroche aux branches, avec cette peur de couler dans la rivière du temps. On s'entendait bien, du moins les rares fois où je l'avais vu pendant cette dernière année de dégringolade à quoi était réduite ma vie.

Puisqu'on ne pouvait claper chez lui, Antoine a proposé de sortir. Il habitait près de la place des Fêtes et nous a conduits chez un Kurde de sa connaissance, ancien marxiste-léniniste de choc devenu marmiton.

Tout près des Buttes-Chaumont. Le vin turc a coulé à flots, sauf dans le verre indigne de Lando. Lequel a parlé technique encore, trop à mon goût. Puis flics et gendarmes, lesquels s'intéressaient désormais à ses travaux, de sa nouvelle femme dont il avait une fille de deux ans. Si. Je me suis demandé comment Lando avait pu convoler après avoir été à ce point occis, ce miracle offrait de folles espérances. Il n'a pu s'empêcher de faire mon panégyrique, estimant en regardant Marina qu'il me devait la vie, qu'il ne saurait oublier, que j'avais été le seul, au moment où il chutait, à croire à sa parole.

Il devenait larmoyant, je me sentais gêné. Mais pas si fâché que Marina soit là pour entendre les brassées de remerciements, je suis sensible au compliment. J'ai beau dire, je suis sensible.

Ensuite, le repas est devenu plus confus et marrant. Antoine a raconté des anecdotes sur ses derniers procès, j'ai renchéri en rappelant deux ou trois de nos aventures communes, dont cette poursuite infernale en moto, quinze ans plus tôt, que j'avais faite au cul d'un groupe de ratonneurs pour les prendre en photo. Marina riait aux éclats, elle me faisait peur. Lando avait oublié le malheur dans les poches de sa veste bleue laissée au portemanteau.

À minuit, j'étais rue Lesage de Belleville, chez moi, avec Marina. Je me suis endormi la trouille au ventre, plus forte encore que la fatigue pourtant immense. Marina ne se couchait pas, elle pensait et ses traits étaient durs, l'amour était en fuite. Je ne l'ai pas serrée, ni embrassée, je me suis évanoui dans l'ombre, j'ai chuté dans la nuit. Le lendemain matin, Orly, l'avion, rebelote. Le grand Sud de la *gran puta*.

20

J'ai convoyé Lando chez les Bardini. Je ne risque pas d'oublier la scène, quand Angelica a ouvert la boîte où se trouvait la bague de Louise. Je ne risque pas. Pour une fois, elle ne pleurait pas. Mais son visage était un masque mortuaire sur mesure, et pour cause. Nous étions dans le salon, près du piano, Ange faisait semblant de regarder par la fenêtre, moi je ne pouvais détourner les yeux de la belle et majestueuse, de l'énorme Angelica Bardini.

Je revois ses yeux figés dans la terreur, ses pommettes comme poudrées de rouge, la bouche retroussée, au carré, découvrant des dents mortes. Je ne risque pas d'oublier. Lando ne voyait où placer ses mains gantées, il faisait professeur, ce qu'il était au reste, guettait mes mots, mais le silence était propriétaire du lieu. Le temps avait décrété l'armistice, nous étions dans l'éternité.

Elle a passé, tout passe. Angelica a ouvert la boîte, sorti avec une pince la bague de sa fille, et l'a tendue à l'ami Marcel qui essayait vaillamment de ne plus respirer. On n'entendait que lui dans la pièce. Lando a placé l'objet dans un étui en plastique, l'a mis sans plus de cérémonie dans la poche de son pantalon kaki, peut-être se sentait-il sur le sentier de la guerre ? Les inspirations et respirations ont repris leur marche. La mienne et celle de Lando du moins car, pour Angelica, il n'y avait plus rien à faire. Plus d'air, plus assez de souffle en elle. Ange devait être dans le même état mais il s'était éloigné, je ne regardais que la mère.

Nous avons tout de même bu un verre, à la fin, Ange et moi, il fallait bien. Rosé, le perpétuel retour. Il était midi et demie, ne pas traîner, on devait retrouver Kijo pour le café et surtout la prise de peau, à deux heures, chez lui. Il avait aussitôt accepté un prélèvement. Pas le temps donc de rester avec les revenants.

Au dernier moment, par surprise, Angelica m'a acculé, serrant sans détour ma main dans les siennes, et s'est mise à parler de Louise. Les mots coulaient avec facilité, comme fait la Loire de ses premières eaux dans les gorges, juste dessous la source. Je ne pouvais protester, n'y songeais d'ailleurs pas. Je me sentais proche de cette mère comme je n'avais jamais été de la mienne. Est-ce bien normal, docteur Ferenczi ? J'étais d'accord avec elle sur tout. Sur la tristesse, la douleur, la fragilité, la beauté des jeunes et des jeunes filles aussi. Sur la vie qui meurt, sur la mort qui gagne.

Lando a eu assez de courage pour me sortir du sarcophage, il était une heure et dix minutes, on aurait juste le temps d'arriver chez les parents de Kijo à Hyères. Peut-être de trouver en route un morceau de pain et de fromage. Peut-être.

Mais non. Nada, rien, nib. Les bagnoles proliféraient, je serrais les poings contre le volant, ce qui n'est pas pratique pour conduire entre les tôles surchauffées. Nous sommes arrivés à deux heures un quart, Kijo partait travailler à trois heures moins le quart. Il aidait dans une supérette à deux rues de là. Lando a accéléré le mouvement, heureusement Kijo était seul, ses parents étaient au boulot, pas de salamalecs inutiles, pas de civilités.

Ce jour-là, Kijo paraissait quinze ans, il était frêle comme un saule. La pièce où il nous a reçus était remplie de babioles japonaises et de haïkus calligraphiés dans des cadres mordorés. Malgré tout, ce n'était pas kitsch. L'endroit respirait l'ordre et l'harmonie, le moindre objet avait été choisi par le papa, a raconté Kijo en deux mots. Lando, très pro, préparait son matos : des fioles, dont certaines pleines, du coton, un jeu de scalpels, une loupe impressionnante et des pincettes. Kijo a demandé s'il devait se mettre en slip, il devait se croire à la visite médicale du collège, mais Lando lui a demandé de lui montrer sa blessure la plus spectaculaire. Alors Kijo a pensé à son genou droit, il a remonté la patte de son pantalon de survêtement. Lando et moi avons vu apparaître une cicatrice bleue, d'un bleu profond, imitant la forme d'une étoile. Quelle taille ? J'aurais dit près de dix centimètres de diamètre.

Au moment où Lando rapprochait sa loupe du genou de Kijo, le téléphone a sonné, et le gosse est parti répondre. La grosse surprise, c'est que c'était pour moi. Marina pour Fred. Je me suis excusé, fallait bien, et je me suis éclipsé dans l'entrée où se trouvait un poste.

– *Fred ? Fred ? Je viens d'avoir Christian au téléphone. Napas. Il est au Pradon, il voudrait que tu passes. Je crois que ce serait bien, je le sens.*

Je ne pensais pas trop à ce qu'elle disait, plutôt à l'opération commencée dans la pièce d'à côté, j'ai répondu oui machinalement. Et j'ai accéléré. Y était-il en ce moment ? M'attendait-il ? Oui. J'y passerais plus tard, dès que possible. Je me suis dépêché de raccrocher et de retourner voir.

Ce que j'ai vu, c'est Lando armé d'un scalpel, un joli instrument, très proche du genou de Kijo. L'opération avançait avec une lenteur hypnotique, on sentait le mouvement mais sans le voir, l'œil n'arrivait plus à suivre. Le spectacle était si curieux que j'aurais volontiers crié « encore, encore », si j'avais pu. La lame a fini par rencontrer la peau, et le geste de Lando s'est fait plus immobile, si c'est concevable. Pourtant il découpait, ôtant une membrane minuscule et translucide de la surface du genou blessé. Il lui a fallu près de dix minutes pour capturer trois fragments. Kijo, de son côté, était une pierre de taille, le pied d'un mur, son œil imitait le verre cathédrale.

Quand tout fut remballé, il a osé la question qui devait repasser en boucle dans sa tête. Qui était la mienne, et la nôtre à tous :

– Monsieur Lando, vous croyez que vous allez trouver quelque chose ?

Et Lando a répondu :

– Oui, sûr et certain, je vais trouver. Et mon petit doigt m'assure même qu'on va comprendre ce qui s'est passé. Je le crois. Ta blessure, si je peux m'autoriser, est parfaite.

Le coup du petit doigt, c'était de l'humour landowskien, faible, mais, pour le reste, il m'a une nouvelle fois impressionné. On sentait chez lui de l'assurance, pas d'arrogance. On saurait. Une grande bousculade secouait mon petit intérieur. La partie la plus présentable de moi-même avait hâte d'affronter la vérité et ses horreurs prévisibles. Mais l'autre, cette bête qui se cache dans les replis, réclamait qu'on éteigne la lumière. Mon cerveau reptilien devinait qu'il ferait meilleur, à l'arrivée des courses, en Martinique ou en Calédonie.

En attendant il était plus de trois heures, Kijo a dû partir ranger ses cartons de bière et de chips. Je l'ai vu tourner le coin de la rue tandis que je mettais le contact de la Clio de Marina et je me suis senti triste. C'était irrépressible, inconsolable. Lando s'en est rendu compte mais il s'est tu, cet homme connaissait le prix des choses élémentaires. Il a tenu sa langue jusqu'à l'aéroport, ce grand veinard repartait vers la civilisation, il ne connaissait pas sa chance. J'aurais changé de place si des lèvres ne m'avaient attendu.

Je l'ai déposé, on s'est salués cérémonieusement, l'influence du Japon et du papa de Kijo se faisait sentir jusque dans le hall de l'aéroport. Par ailleurs, j'avais la tremblote, impossible de comprendre pourquoi. Je tremblotais comme un vieillard, tel un parkinsonien, je me maîtrisais de plus en plus mal.

Je suis donc allé voir Napas au Pradon en me jurant de ne pas boire, d'expédier le chieur, de rentrer au plus vite. Où était, où serait Marina pendant ce temps-là ? Chez son Philippe, m'avait-elle prévenu dès le matin. Il avait grand besoin d'être rassuré, le pauvre, d'être câliné, après tout ce temps passé sans la voir. Tu parles. Marina n'était pas du genre à s'excuser de demander pardon, et quand j'avais voulu savoir à quelle heure elle rentrerait chez Pierre-Henri – oui, on s'était réinstallés chez lui –, elle m'avait envoyé aux pelotes. Ajoutant deux minutes plus tard que, si cela se trouvait, elle dînerait avec lui. Où était le problème ? Qu'elle l'aimait, quoi, où pouvait être le problème, merde, Fred, tu vas pas jouer au jaloux, quand même ? Marina avait simplement oublié la grande scène folle de Bretagne. Marina avait plusieurs axes cérébraux.

Or donc, arrivant chez Napas, j'avais le cœur fébrile, heurté, plein de mouvements de rotation et de reptation. Pour comble, il faisait une chaleur d'allumé. Rien à voir avec les risettes de juin. Le soleil changé en tueur fou, bazooka sur l'épaule, lance-flammes à la hanche, abattait les malheureux qui osaient mettre le nez dehors, un à un. J'avais soif, une soif de saison. Merde alors, ce n'est pas un crime.

Napas était le même que deux mois plus tôt avec son goitre sous le nez, une frangine Marlboro dans le bec, plus une chemisette hawaïenne qui avait de la gueule. C'est simple, elle évoquait la mer. Belle, chaude, recouverte de flots bleus.

Il était content, cela se voyait, et je me suis du coup souvenu de cette déclaration faite au téléphone, le soir de la mort de Bert. Une séquence drague ? Je te plais, tu me plais, et ce serait dans la manche ? Je crois devoir affirmer sur l'honneur qui me reste que je n'étais pas d'humeur. Mais pas.

On a échangé des broutilles avant de retrouver nos places, je nous sentais en plein remake, je cherchais des yeux la grappa. Sauf que je m'étais promis de ne pas siffler. Mais il s'est produit un petit miracle qui m'a sorti des affres.

– Tu vas m'excuser, a espéré Napas, mais il faut que je mange un morceau, j'ai sauté le repas de midi, comme un con, et là, j'ai un vrai creux. Je te propose pas.

– Si. Pareil pour moi, j'ai rien mangé et j'en peux plus, pour être franc. Je m'y mettrais volontiers.

Il s'est marré, parlant d'un bout de pizza, de micro-ondes, je croyais pas ma chance, il était plus de quatre heures, les dents me poussaient dans le nez. Finalement, on a goinfré une pizza, un énorme morceau, suivi de fromage corse et saucisse idem, pain de mie par palettes et vin, oui, indiscutable. Du fitou très recommandable, à la température qu'il fallait ce jour-là et dans des quantités peu à peu incompatibles avec la conduite automobile.

On a commencé à causer au tout début du fromage, de la race des meilleurs, Napas était un noble mangeur, il faut être juste. Par ailleurs nullement pédé, ou bien il ne savait pas se déclarer. Il mangeait, rigolait, mangeait encore. Comme moi.

Je me souviens qu'il y avait plein de fumée partout, survolant la table, les mets et les verres. On avait clopé comme des malades mentaux qui n'auraient jamais vu la moindre image de poumons morts. Mes jets de

Gauloise croisaient dans les airs ses souffles de Marlboro, on aurait dit des avions dans les nuages. Il n'arrêtait pas de tirer sur ses blondes merdiques, pire que moi, grand exploit chez les tordus de la nicotine. On en était à radoter sur Corcia, Croce et tous les autres compères de la région, j'étais rassasié, mais je ne savais toujours pas pourquoi il avait voulu me voir. Ce n'était plus si urgent, car ce temps dissous dans le vin me rapprochait des retrouvailles avec Marina. Quand je le lui ai demandé, Napas a fini par me lâcher que, l'autre fois, il n'avait pas eu le temps de tout dire.

– Tu te souviens ? T'étais pressé, soi disant. N'empêche que, grâce à moi, tu as pu rencontrer Bert juste avant qu'on le fasse descendre.

Bert. Bert Metchiche. Son souvenir ressemblait déjà à une vieille histoire.

– D'après ce que j'ai entendu dire, les flics n'ont rien trouvé. D'après ce que j'ai entendu dire, j'ai répété en pensant tout à coup à Hartmann et à ses sidérantes confessions, ils ne croient pas trop à la piste du Milieu. Y a eu d'autres morts, cet été ? J'étais pas dans le coin, j'ai pas trop suivi.

– Non, saison calme, on n'a pas assisté à la guerre promise par ces andouilles de *Nice-Matin.* D'après ce qui se dit, un plus jeune que Bert serait en train de reprendre les rênes, le coup classique, mais les flics ne croient pas au règlement de comptes interne. Là-dessus, t'as raison. Dis, pour un Parisien qui ne fait que passer dans le coin, tu donnes l'impression de ne pas être totalement sourd et aveugle. Les flics t'auraient donc à la bonne ? Au fait, j'ai pris des renseignements, depuis la dernière fois.

– Sur ? j'ai demandé.

– Sur toi. Sur toi, l'ami de Durruti et de Makhno, l'ennemi des chefs et de l'autorité. Pour un gars de ton âge… T'as quel âge, au fait ?

– Quarante-huit, j'ai prétendu, bien que je ne les aurais que le mois suivant, je m'habituais au couperet.

– C'est ce que je dis. J'imaginais pas que des types de ton âge puissent faire encore de la politique. Et dans l'anarchie, en plus !

– C'est fini, je ne bouge plus. J'aime pas qu'on parle de moi.

J'avais horreur. Une sainte horreur. Bon, j'avais commis vingt-cinq ans plus tôt des textes appelant sans gêne à l'abolition de tout ce qui fait les sociétés, argent compris, et animé un petit groupe singulier dans sa conception de l'action publique. Du coup, j'avais été tenu à l'œil, de près, car l'État n'aime pas qu'on se moque, il a bien raison. Au total, j'avais cru à la disparition des pourboires et des serviteurs, au bonheur social, à l'assaut des forteresses, au châtiment des maîtres et de leurs si nombreux mainates. Mais c'était passé et je n'avais pas bougé de mes pénates de la rue Lesage de Belleville pour discuter de l'avenir de l'Idée avec un Christian Napas. Il a compris, par chance. Je crois que la fièvre d'antan était à portée de main, très près, si forte. Il a compris.

– Je voulais pas t'emmerder, il a promis. Je voulais pas. L'autre fois, je t'ai raconté des bricoles sur ce coin pourri, mais c'est bien pire. Moi, qu'est-ce que tu veux, je suis né là-dedans, tu me feras pas partir. D'ailleurs, d'un certain point de vue, cette merde puante est magnifique. T'es du genre à aimer les bouquins de Sciascia, je me trompe ?

J'ai grogné. Il remettait le couvert.

– C'est bien ce que j'imaginais. Sauf qu'on n'a pas de Sciascia chez nous, ce qui est assez chiant certains jours. Je vais essayer de te brosser le tableau général, en grand et en couleurs. Bon, je crois qu'il faut faire un petit saut dans l'avant-guerre, dans les années trente. La franche et belle crapule à l'ancienne règne alors de Nice à Marseille. Les voyous sont les patrons. À Nice, ces braves fricotent avec Mussolini, préparent le rattachement avec la mère patrie italienne, surtout du côté des Corsicos, les potes à Tino Rossi. Fachos, si tu veux les appeler comme ça, maquerelles et maquereaux, Corses et Ritals tous mêlés. Un beau morceau de la truanderie a décidé de miser sur les faisceaux et les chemises noires, comme au poker. On appelle ça un « casino », de l'autre côté de la frontière, un bordel, quoi, j'imagine que je t'apprends rien. À Marseille, tu connais l'histoire de Carbone et Spirito, l'alliance avec le maire Sabiani, puis Doriot, les liens avec la Gestapo pendant l'Occupation. Les truands se sont fait des couilles en or en détroussant le juif et en niquant les FTP par devant et par derrière. Champagne, baguouses en or, putasses, grosses bagnoles, et fer à souder pour chauffer les pieds. Bon, tout a fini par foirer et en 44, cocorico, Libération.

– Ouais, j'ai sobrement commenté.

Et sobrement agi en reposant enfin mon verre de fitou. J'écoutais, je ne peux pas contester que j'écoutais pour de bon.

– Ouais. La Libération. On a trucidé des clampins et tout a recommencé. Plus de bras levés, tout le contraire, hein… enfin presque. Le clan Guerini avait paraît-il tellement résisté que les socialos de l'époque, de vrais petits durs, je te parle pas des Fabius et des Hollande, ont fait affaire pour sauver Marseille du PC. Et Toulon. Les mecs de Guerini ont servi de porte-flingues pour de vrai. De briseurs de grève, de provocateurs, de tueurs. D'agents électoraux, pour résumer. Marseille, Toulon. Deux ports.

– Deux ports, j'ai répété.

J'avais l'air imbécile, mais c'est juste que j'étais attentif.

– Deux ports. Vers 47, quand les cocos sont sortis du gouvernement et ont commencé à mettre la merde avec des grèves armées, garder Marseille et Toulon, c'était pas seulement une affaire entre les socialos et les cocos, si tu vois ce que je veux dire. Y avait les Américains, mon pote.

Je me suis demandé une seconde s'il n'était pas un peu trop bourré, Napas. Parce que la vérité, mon pote, c'est qu'il n'était pas mon pote, ce mec.

– Les Américains n'avaient qu'une trouille, se retrouver sur le champ de bataille européen, en face de l'armada des rouges. La vraie, avec les blindés de Joukov et les cinglés de Stalingrad. Avec une cinquième colonne de cocos à tous les coins de rue pour les faire chier et les empêcher d'avancer. Et des ports dans lesquels ils ne pourraient pas débarquer leurs engins à cause des gugusses de la CGT qu'étaient pas les manchots d'aujourd'hui. Les dockers de la guerre froide avaient leurs mitraillettes Sten dans le placard et demandaient rien d'autre que d'en balancer une rafale dans la gueule de ceux d'en face. Moi, j'ai l'impression que les Américains avaient les foies. Alors ils ont activé ce qui bougeait encore en dehors du PC. On s'en souvient pas des masses, mais ils avaient que des alliés, les Cosaques, à la Libération. Merde, c'étaient que des enculés, oui. Hein ? C'étaient des enculés, oui ou non ?

– Hé! j'ai arrêté. Les staliniens ne sont pas les grands amis de la famille, Napas. De la mienne en tout cas, mais j'ai pas envie de causer de ces affaires avec toi. On n'est pas au Café du commerce. Les staliniens sont des salopes, des salopes de première, mais je n'ai pas envie de partager ma haine avec un mec comme toi. Tu m'as pas dit l'autre jour que t'avais travaillé pour eux, au fait ?

Il a eu un rictus, comme un chien qui montre les crocs. Napas avait changé de tête, il n'était plus le gentil toutou des premières minutes. Il faisait brutalement mâtin, chien des Baskerville, égorgeur potentiel. Ce type n'était pas une couille molle, j'aurais misé gros là-dessus. Il est allé vider le cendrier, peut-être aussi changer de visage. Il connaissait peut-être ses travers, après tout, il tenait peut-être à faire bonne impression. Va savoir.

– M'emmerde pas, il a fini par répondre en revenant. M'emmerde pas. J'ai bossé six mois pour *La Marseillaise*, c'est vrai, et j'étais pas obligé de te le dire. Mais j'assume, figure-toi. J'avais vingt et un ans et je me suis laissé convaincre par un connard d'oncle qu'avait sa carte, non, même pas un oncle, le mari d'une tante. Il jurait que ça me mettrait le pied à l'étrier et j'ai marché comme un jeune con. Mais je regrette, tu peux me croire sur parole, je regrette d'avoir été payé par les cocos. Et tu veux savoir pourquoi ?

En vérité je m'en foutais, mais j'avais tort.

– Marina t'a rien dit ?

– Sur quoi ?

– Alors elle t'a rien dit. Ça m'étonne pas d'elle. J'ai longtemps été un militant national, pour employer les grands mots. Pendant plus de vingt ans, j'ai traîné mon froc dans tous les groupuscules de la vraie droite. Tu saisis ?

Tu parles. Un faf. Un nazillon. Je sais ce que j'aurais dû faire. Lui mettre un coup de boule. Et puis claquer la porte. Non, remonter, brûler son canapé et empaler son goitre. Mais j'étais calé sur mon siège, j'avais la tête qui commençait à bourdonner, et une grosse envie de reprendre le cours d'instruction civique.

– Bon, je vois que t'as compris, il a ricané. Je n'ai pas été seulement au Front, de toute façon le vieux borgne m'a toujours écœuré, mais dans toutes sortes de petits trucs dont t'as sans doute jamais entendu parler, comme le PFN, le parti des forces nouvelles. On s'en fout. Je suis pas un nazi, même si tu crois le contraire, je suis pas un nazi, je suis même pas un fasciste, la race est éteinte. Je suis ce que je suis. De toute façon, c'est du passé, je crois plus à que dalle. Bon, on s'arrête à ça ?

– Non, j'ai assuré d'une voix ferme qui m'a surpris moi-même. Non. On va mettre ce machin entre parenthèses. C'est pas maintenant qu'on va se foutre sur la gueule, trop tard. T'en étais où ?

Il s'est calmé, a rapporté de la grappa – une autre bouteille que la dernière fois, la même marque –, et s'est envoyé une belle rasade de blanche liqueur. Son teint clair de blondinet rosissait déjà un brin, je n'osais penser à ma trogne. J'ai suivi le mouvement, car je suis pour l'égalité entre les hommes, moi. La fumée recouvrait la petite table basse près de laquelle on avait fini par se poser. Je m'enfonçais dans le canapé, les genoux contre cette connerie en fer forgé où je n'arrêtais pas de me cogner. Lui, dans un gros fauteuil hideux qu'il avait tiré des abords de la porte-fenêtre.

– Ouais, bon, il a recommencé. Les Cosaques, les Amerloques, la guerre froide. Notre Sud à nous s'est changé en une zone militaire de première importance, avec Toulon et Marseille comme bases possibles d'un conflit imminent. Alors, personne n'a chipoté sur les moyens. Ni les socialos de la SFIO, qui préféraient coucher avec Truman qu'avec le père Staline. Ni les clowns démo-chrétiens qui fournissaient la vaseline en prime, ni les gaullistes. Et surtout pas les rescapés de l'épuration, hein ? Il fallait stopper les bolchos, il fallait casser leur putain de CGT et garder les ports ouverts. *Capito* ? Tout vient de là. Les truands ont payé leur ticket d'entrée, et ils sont montés à bord. Tu penses bien que mettre des radasses sur le trottoir, leur taillader la joue quand il faut, trafiquer sur les piastres, le jeu, la clope, la came, c'était que dalle, en comparaison du grand jeu. Ils ont laissé les Guerini prendre Marseille, c'était pas plus mal. Deferre est resté au pouvoir jusqu'à la fin en maintenant les moscoutaires dans les bas quartiers de la ville. Et ils ont passé sans arrêt des accords avec des bandes de marlous de Nice à Toulon. Pas des trop gros, pas des trop goinfres, c'était pas la peine, c'était même mieux.

– Attends un peu. Attends, merde. Ils, ils, ils, mais tu parles de qui, bordel ? Des Américains ?

– Non, de ma sœur. Bien entendu, Tran, fais pas ton ignorant ! Leurs réseaux de l'après-guerre, Gladio et compagnie. Ce sont de grands pragmatiques, tu sais. Ils s'en branlaient, des détails. Jusqu'à ce que l'affaire dégénère. Surtout avec De Gaulle, 68 et la chienlit de notre grand Charlot national. J'ai l'impression que le SAC, cette invention de ces ordures de gaullistes, a marqué le début de la fin. Jusqu'en 78, disons, leurs crapules se baladaient avec des cartes tricolores et les flics officiels leur taillaient des pipes sur commande, au garde-à-vous. Pasqua et ses boys faisaient l'unité nationale avec des caïds, des braqueurs de gros calibre, mais aussi des anciens de l'OAS – j'en ai connu des tas, figure-toi –, des anciens du service d'ordre du RPF de 47, des barbouzes à Lemarchand. Tu te souviens de la tuerie d'Auriol, j'imagine, toute cette famille que ces tordus ont liquidée en 81 ? Bref, tant que Moscou leur a foutu la pétoche, tant que le Mur leur gratouillait le cul et qu'ils ont cru à l'Histoire, l'équilibre a tenu. Y a bien des lascars qui se servaient au passage, exactement comme Carbone, Bonny et Lafont pendant la guerre, c'était compris dans l'addition. Mais, du coup, au fil du temps, des centaines et des milliers de ces connards ont pris leurs aises. Et des habitudes. Ils ont compris la force et l'immense avantage des réseaux. Comme la mafia, si tu veux, mais sans le folklore, sans l'apparat. Quand L'URSS s'est tiré une balle dans le crâne, tous ces braves salauds ont continué pour leur compte. Remarque, ils avaient commencé bien avant la perestroïka du père Gorby.

– Mais d'un coup, après 89 et la chute du Mur, plus d'ennemi en face, j'ai malignement noté.

– Voilà. Plus de cocos, mais des masses d'anticocos avec du pognon débordant de poches à triple fond. Ensemble ils ont créé une immense usine à pouvoir. Pas un machin avec des règles d'or, des cagoules, un comité central et des exclusions, non. Une sorte de grosse bestiole, molle en apparence, mais qui mord et bouffe tous ceux qui veulent la foutre au chenil. Avocats de gauche, flics gaullistes, truands patriotes, notaires de droite, promoteurs et bétonneurs, brûleurs de criques et de calanques, employés à la coule des DDE et de l'ONF, juges irréprochables, secrétaires de mairie compréhensifs, agents immobiliers centristes, et même d'anciens cocos pire encore que ceux qui le sont restés : ils se sont tous retrouvés d'accord, à se rouler des pelles et à s'enculer en rond. À nous enculer tous autant qu'on est, plutôt. Et ces braves camarades se sont mis à défendre à qui mieux mieux les valeurs républicaines dans des loges adéquates de la franc-magouillerie. De toi à moi, les francs-maçons, ça n'a jamais été ma tasse de thé. Dans le genre grands salauds de la terre, ils se posent. Mais de là à transformer leurs messes basses en réunions d'escrocs, il y avait une petite marge, tu crois pas ? La voilà, la contribution de la confrérie des ripoux à l'histoire : les mecs dont je te parle ont réussi à privatiser la franc-maçonnerie de papa. À leur profit exclusif, sous couvert de grandeur d'âme et de préoccupations philosophiques. Ils ont investi les loges, isolé ou viré ceux qui les auraient emmerdés, et se sont installés bien à l'abri. Tu imagines la planque ? Le fric, plus l'arnaque, plus le pouvoir, plus la légion d'honneur, sans compter les putes à volonté. Ça me fait ricaner, j'y peux rien, c'est plus fort que moi.

Il me regardait sans rire le moins du monde. Je le trouvais triste à crever, épuisé, hagard. L'empathie est une petite conne dont il faut se méfier, car je n'étais pas loin de penser qu'il tenait en lui, caché dans la graisse de son cou, planqué derrière vingt années d'idées barbares et assassines, les restes d'un homme possible.

– Au cul, la démocrassouille ! il a rajouté en allumant une nouvelle Marlboro. Le pire, c'est que les seuls qui auraient pu les en empêcher, les seuls qui en avaient la force et qui auraient dû en avoir la volonté, ont tranquillement laissé faire. Ils ont pas bougé, ces enfoirés, tous ces beaux enfoirés que j'ai tellement admirés. Putain que je les hais !

J'étais paumé. Il faut dire que l'alcool avait fait plusieurs tours de piste dans nos alambics intestins. J'ai regardé sans y croire le niveau de la bouteille, et je n'y ai pas cru. Pas cru. Napas a compris que je nageais entre grappa et vague stupeur. Ce mec, en dehors du reste, savait boire.

– Je m'égare ? Mais non, je m'égare pas. Ce que t'as peut-être oublié, c'est qu'on est dans le Var. Et, dans le Var, il y a une puissance historique qui dépasse toutes les autres de cent coudées et plus. Et c'est quoi ? C'est quoi ? C'est qui ?

J'étais engourdi. Sans mentir, un peu plus éveillé, ou seulement réveillé, j'aurais trouvé la réponse. Je veux le croire, j'en suis sûr. Mais là, que dalle, inutile de raconter des sornettes.

– C'est la Marine, mon vieux ! il a triomphé. La Marine et l'armée, le pioupiou, le mataf et le pacha. Tu sais que le port de Toulon est devenu militaire au XVIIe siècle ? Tu peux faire confiance à un ami de la patrie et des flonflons comme moi. L'armée est au pouvoir dans tout le Midi, mais, dans le Var, elle voit tout, elle sait tout, et j'ajouterais qu'elle fait tout, ou presque. Si tu alignes les gus en service, ceux qui ont lâché après dix, quinze ou vingt ans, les retraités, leurs familles, ceux qui bossent pour elle, qui ont bossé pour elle et qui bosseront un jour pour elle, tu obtiens quoi ?

– Je sais pas, j'ai dû convenir, je devenais pâteux – gâteux, oui, d'accord.

– Quatre-vingt-dix pour cent de ce département de merde ! Au moins. L'armée, ici, c'est la mine dans le Nord il y a cent cinquante ans. Je devrais pas te le dire, mais, même moi, pendant tout le temps où j'ai milité pour la patrie, j'avais des liens avec les services. Et j'en étais fier ! On s'entendait bien, figure-toi, on avait même des échanges de qualité, géostratégiques. On parlait de l'Angola et de Cuba, du bastion sud-africain, essentiel à la survie de notre Afrique, je croyais dur comme fer que nous, les nationaux, on était le glaive, et que nos soldats, eux, étaient le bouclier, au moins. Tu piges ? On filait des peccadilles sur des mecs dans ton genre, on signalait ceux qui faisaient pas dans leur culotte au premier coup de bottes pour le grand fichier de la contre-révolution. Et eux, ils nous bécotaient, nous disaient ce qu'on voulait entendre. Qu'on était l'avant-garde, qu'on se partageait les rôles. Le premier mec que j'ai vu chez eux, parce qu'il y en a eu d'autres, le premier mec, donc, qui m'a fait bander, j'ai pas peur de le dire, il te refaisait le monde en trois phrases, t'écrabouillait les bolchos, et pas avec des électrodes sur les couilles, non. Avec des idées. Des idées, nom de Dieu ! Bordel, où j'en étais ?

J'ai rien dit, pouvais guère.

– Putain de mes deux. J'aurais dû comprendre, et j'ai rien entravé. Eux, ils voulaient être peinards. Qu'on les emmerde pas avec le camp de Canjuers et les grandes manœuvres européennes, avec la base de Saint-Mandrier, l'arsenal de Toulon et les sous-marins nucléaires. À côté d'une ou deux phalanges de mecs purs comme l'or, il y avait comme partout des flopées de bureaucrates qui voulaient surtout pas d'histoires, surtout pas de problèmes avec le cabinet du ministre. Ni flamme ni drapeau. Les petits cons comme nous étaient juste bons à leur cirer la bite, et encore ! La sous-mafia d'ici, c'est leur rêve. Je te garantis qu'ils savent tout sur les magouilles, quand ils en profitent pas eux-mêmes. Ils connaissent leurs pouffiasses, leurs vices et leurs comptes en banque. Avec les politichiens de la région, pas de surprise, aucun risque que l'un d'eux se découvre un jour une mâchoire et la retourne contre le maître. Tu veux que je te dise ? Ce réseau de salauds qui s'enfouillent tout ce qu'ils veulent, c'est un paravent. À eux l'intendance, la gestion des affaires courantes, la mainmise sur le vulgaire. Aux autres la permanence, l'avenir, la vraie stratégie. Les moins cons de l'état-major, les moins salauds, les moins dégueulasses considèrent que c'est un bon deal. Ils pensent déjà à demain soir, et surtout à après-demain. À la prochaine manche des Croisades, aux migrations qui menacent de tout engloutir. Je te parle des moins pourris, et ils sont pas si nombreux. Les autres…

Il s'est tu sans finir sa phrase, on aurait cru qu'il était débranché, en panne. Je n'ai pas eu envie de bouger pour autant. D'abord, je n'étais pas si fier de l'avoir laissé éructer de la sorte. Et il ne restait plus qu'un fond dans la bouteille, j'étais plein. J'avais vu pire, mais quand même. L'esprit était là, pas trop loin, j'avais tout compris, il ne me manquait plus que la parole. Mon organe d'icelle était courbé, gonflé, ruisselant d'alcool au fond de ma bouche. Ce qu'on appelle chez le médecin une langue chargée. Et puis je ne voyais pas comment rebondir. Napas a sorti un nouveau paquet de clopes, s'en est enfourné une de plus, a respiré à pleins poumons précancéreux. J'ai cru qu'il allait remettre ça, reprendre le collier, relancer sa logorrhée, mais rien. Le temps a continué ainsi, sans un mot. Étrangement, on ne fatiguait ni l'un ni l'autre. Au bout de dix minutes, peut-être, j'ai quand même fini par choper la queue d'une idée et l'ai jetée sur la table.

– Pourquoi tu me dis tout ça maintenant, Napas ? Et à moi ?

Il était perdu dans sa mémoire, et je crois bien qu'il s'est encore écoulé quantité de sable avant qu'il ne revienne vers moi.

– Pourquoi, monsieur l'anarchiste ? T'as pas tort, dans le fond des choses. Pourquoi ? Eh ben, je dois avoir mes raisons, que veux-tu que je te dise. Par-dessus le marché, j'ai cru comprendre que vous vous lanciez, toi et ta bande, dans l'expertise sauvage…

Je pense, je suis sûr qu'à jeun je lui sautais dessus et lui faisais cracher les dents. Mais j'étais faible, à merci, et je me suis contenté de gueuler :

– D'où tu tiens tes infos, Napas ? De Marina ?

Je ne voyais qu'elle. Marina, cette cinglée, était allée se confier à son ex. Par Dieu, j'en étais malade. Elle était donc si proche de lui ? Assez pour nous balancer à ce connard de fasciste sur le retour ? Il a pris tout son temps pour me répondre. Est-ce qu'au fond ce n'était pas une réponse ?

– Qui veux-tu que ça soit, à part elle ? Un extraterrestre ?

On a arrêté là ce qui ressemblait à l'ouverture des hostilités. Nous n'avions plus grand-chose à nous dire, d'ailleurs, la grappa avait fait le vide autour d'elle. Je suis reparti sur mes petites jambes fragiles et tremblantes. On peut conduire une bagnole en étant plein d'alcool et de déchéance. La preuve. Je suis rentré chez Pierre-Henri en pensant à elle. À Marina Lourens sous la queue de Napas. À Marina sous le Philippe, chez qui elle devait être. À Marina sous moi, aussi. Tout faisait souffrir. Le meilleur comme le pire.

Lorsque je suis arrivé chez l'ami psy, il devait être huit heures et j'étais désespéré. Je me voyais prendre une douche, échanger trois mots avec Pierre-Henri, disparaître du côté de ma couche et m'endormir. Puis me réveiller sourire aux lèvres, constater que Marina était rentrée, pas trop tard, et qu'elle était toujours à moi. À moi seul. Que les autres connards n'étaient plus que des ombres, l'ombre d'un lointain passé. Mais ce gentil programme n'a pas été retenu par le grand metteur en scène des vies. J'ai eu droit à tout autre chose.

Pierre-Henri était à la grille, il avait entendu la caisse et, de toute évidence, il guettait. Il était défait, sa barbe semblait couchée, son œil était recru, deux plis affreux affaissaient le coin de ses lèvres. J'ai eu un début d'étourdissement, je pensais la fin des temps arrivée, la mienne au moins.

Il m'a pris le bras avec force, sans un mot, et j'étais si inquiet, tellement impressionné, que je l'ai suivi à l'intérieur de la maison sans un murmure. J'avais peur, férocement, instinctivement peur, animalement vôtre.

– Écoute, il m'a annoncé. Tu gardes tout ce que je vais dire pour toi, hein ? Fred, je ne veux pas, je ne vais pas en parler, surtout pas à Marina. Entre toi et moi, on est au clair ?

– Bien sûr. Allez ! Qu'est-ce qui t'arrive, mon vieux ?

Je balbutiais plus que je ne parlais, je ne devais pas être rassurant avec ce ton déjanté. Il a montré sa table, la grande table en châtaignier vieille comme Hérode dont il était si fier. J'ai vu ce que je n'avais pas voulu regarder en entrant, soit des dizaines de photos en couleur, dispersées sur le plateau en bois. Je me suis approché, j'ai compris sur-le-champ, du moins dans les grandes lignes. Cul et bites. Il s'agissait de photos de cul dont le personnage principal et récurrent n'était autre que Pierre-Henri Monnat, psychiatre un brin marginal et notable malgré tout. Des photos de cul homos, prises semblait-il dans un seul et même lieu, mais pas le même jour.

On y voyait des jeunes, des vieux, des blancs, des blacks et Monnat. Monnat baisant à tue-tête, se faisant baiser, etc., etc. Bon, l'accumulation et le nombre impressionnant de participants évoquait sans détour l'idée d'une complète débauche, il faut bien le reconnaître. On y distinguait aussi des instruments, dont les casquettes et les colliers étaient les moindres, l'ensemble dénotait une totale liberté de mœurs, si l'on ne veut pas porter jugement. J'ai regardé Pierre-Henri, bien sûr je voyais se dessiner un scénario, mais lequel ?

– C'est dans une boîte de Nice où j'ai mes habitudes depuis des années, il a précisé. Je te dégoûte ?

– Bah non.

Mais je dois avouer que ces scènes admirables ne me semblaient pas admirables pour autant. On était tout de même dans la barbaquerie. Je n'adhérais pas, non.

– Je sais bien que c'est spécial quand on est au-dehors. Mais il ne s'agit pas de ma vie, mon petit gars, il s'agit des tordus qui ont pris ces photos sans rien demander à personne, tu comprends ? Surtout, il y avait autre chose dans le colis, tu imagines bien.

Je me doutais, oui, qu'on n'avait pas envoyé ce lot choisi sans l'accompagner d'un message. J'ai pensé au chantage, et je n'avais pas complètement tort, au bout du compte.

Pierre-Henri est allé droit à sa chambre en est revenu avec une large feuille qui imitait grossièrement, mais de façon réaliste toutefois, la « une » de *Var-Matin.* Avec ce gros titre : « Les folles nuits du psychiatre écolo », assorti d'une photo crue et d'un édito au vitriol. Le texte s'indignait que la justice ou tout autre service de l'État pût confier la moindre expertise à un homme menant une vie aussi scandaleuse, au contact du vice et des pires malades de la vie, je résume et j'abrège.

– Rien d'autre ? j'ai demandé.

– Rien. Tu crois qu'on veut me faire chanter ? Tu crois qu'ils vont me réclamer du fric ?

– Je sais pas.

Évidemment. Je ne pouvais pas être sûr, en tout cas. Je craignais surtout que ce soit lié à l'explosion, je ne voulais pas me retrouver avec un monstrueux fardeau supplémentaire. C'était égoïste, mais merde, Jean Moulin ne sort pas tous les soirs du Panthéon pour aller faire sauter des trains, on le saurait. J'avais bien conscience de l'affreux pastis dans lequel pataugeait mon pote, mais je ne voulais pas partager la charge, je préférais sans gloire qu'il se coltine le gros de l'affaire et refermer les écoutilles. N'oublions pas, à ma décharge, que je n'avais pas la moelle des grands jours. La grappa de Napas et Napas lui-même m'avaient usé les nerfs, souvenons-nous. J'ai l'impression que je cherche des excuses, mais je ne trouve pas. De toute façon, c'est du passé.

À dix heures, après avoir consolé en amateur, en piètre bidouilleur, l'âme meurtrie de Pierre-Henri, j'ai renoncé à faire semblant et je me suis isolé dans le bureau du maître. Pour appeler Paris, ai-je prétendu. Mais c'est au Philippe que j'ai téléphoné, à son domicile proche du port de La Seyne où j'espérais accrocher le nez de Marina pour le ramener par ici. Au lieu de quoi je suis tombé sur un répondeur. J'ai aussitôt imaginé des scènes hard desquelles j'étais écarté, où Marina triomphait en compagnie de l'innombrable compagnie de ses amis locaux. Car il y avait foule dans ces agapes atroces, on y faisait la queue, sans jeu de mots. Marina avec lui, avec l'autre, tous les autres. Marina nue, palpitante et pitoyable, tout ce fatras était pitoyable.

Je m'étais rapatrié dans ma chambre du bas désormais attitrée avec un petit fond de vodka, et le temps passait sans mourir, c'en était exaspérant. À deux heures j'étais ivre, à trois heures j'ai dû commencer à sombrer, à quatre j'ai sursauté car Marina était soudain là, l'haleine follement alcoolisée. Si je le sentais dans l'état où j'étais vautré, on imagine la gravité. Je ne suis pas certain à cent pour cent, mais je crois que j'ai tenté quelque chose de sexuel. Est-ce que cela s'est fait ? Aurions-nous, malgré tout ce qui entravait, concrétisé cette audacieuse et déprimante manœuvre d'approche ? Qui sait ? Pas moi, en tout cas. Vers cinq heures, au bas mot, j'ai refermé les paupières pour de vrai.

21

J'ai ouvert l'œil droit sur le réveil noir de Marina. Presque une heure et du bruit alentour, des cris joyeux, je ne savais plus où j'étais. Si, dans un lit, chez Pierre-Henri. Huit heures d'un sommeil épais, sans l'ombre d'un rêve. Marina était visiblement debout, c'est elle que j'entendais piailler, un vrai concerto. En fait, elle chantait à pleine gorge une chanson rauque qui rappelait l'Arabe, j'ai pensé au malouf dont j'avais écouté avec elle tous les succès oubliés pendant nos grandes vacances bretonnes. Du malouf, sûrement. Elle avait une voix un peu haute que j'adorais. J'adorais en bloc, sans faire le détail. La belle et ses organes. La belle et tous ses artifices.

Je me suis levé, elle était seule à faire tout ce raffut. Pierre-Henri, malgré le si grave choc de la veille, était à son atelier des âmes, à son bureau des cerveaux fatigués, je me demandais dans quel état.

J'ai embrassé d'abondance la chanteuse de charme, mis en mouvement du café noir, presque gluant, qui se révéla délicieux et je me suis refait une conscience à peu près lucide, ce qui m'a bien servi juste après. Car le téléphone a sonné, Marina a décroché, elle est apparue dans l'encadrement de la porte du jardin, c'était Lando, Maître Lando depuis son laboratoire de la banlieue parisienne. D'un coup brutal je n'ai plus eu de sang en route. Marina était blanche.

J'ai couru, c'est un peu ridicule, mais on ne réfléchit pas à tout, j'ai couru sur six à huit mètres, petit effort, grosse fatigue. J'ai attrapé le téléphone comme si c'était une grenade, de fait.

– Bonjour Lando, j'ai bredouillé, en faisant semblant d'être calme, c'est Fred.

– *J'ai réussi, Frédéric. Je n'ai pas dormi de la nuit, mais le jeu valait la chandelle, aucun doute là-dessus. J'ai enregistré le compte rendu sur un dictaphone, pour ma secrétaire, mais je me suis dit qu'il serait plus simple de vous appeler.*

Je ne suis pas sûr d'avoir répondu, était-ce bien nécessaire ? Le combiné devait souffrir, vu la manière foraine dont je le serrais. J'ai vite entendu la voix de Lando, calme et professionnelle, tellement rassurante.

– *Les trois prélèvements mis à notre disposition ce jour ont été placés sur un tamponnoir avant de pouvoir être analysés comme suit. La méthode que nous avons suivie est appelée « de certitude » et permet d'identifier des résidus éventuels d'un double point de vue morphologique et chimique.*

« Sur le premier prélèvement, effectué sur la mèche de cheveux de Madame Monique Lourens, nous obtenons un nombre de particules lourdes relativement réduit, dont la majorité est de forme variable et de petite taille. Leur composition chimique est celle-ci : fer, nickel, manganèse, cadmium. Leur taille est comprise entre 0,3 et 0,5 micron de diamètre.

« Sur le prélèvement effectué sur la bague de mademoiselle Louise Bardini, aucune trace significative n'a pu être retrouvée, à l'exception de quelques particules dont la composition est la suivante : fer, chrome, zinc, cuivre et titane. Il est à craindre que l'échantillon ait été en partie frotté, rendant l'examen difficilement concluant.

« Sur le prélèvement effectué à la surface d'une blessure de Monsieur Kijo Dallibert, la majorité des particules lourdes qui ont pu être identifiées sont morphologiquement arrondies et d'une taille comprise entre 0,5 et 3 microns. Un nombre important d'entre elles forment des associations chimiques mêlant le fer, le chrome, le zinc, le nickel et le cuivre. Mais un nombre plus considérable encore ajoutent deux autres éléments, le titane et le baryum.

Lando a coupé la machine parlante et a repris l'antenne avec une voix surexcitée, suraiguë, inquiétante.

– *Fred, vous avez saisi, ou non ?*

– Non, je sais que le titane et le baryum sont des métaux assez rares, rares et précieux. Mais je dois reconnaître que...

– *Fred! Le titane est employé pour quoi, selon vous ? Pour faire des bonbons, des allumettes ?*

– Désolé, Lando, je sais pas.

Il allait finir par être chiant, je me sentais couillon, balourd, nigaudon.

– *Obus!* il a exulté. *Obus, missiles, engins balistiques! Ne cherchez pas plus loin la cause de ce carnage, Fred, vous avez trouvé.*

J'ai frissonné, comme après un coup d'air froid sur un torse en chaleur, mais de la tête, si c'est possible, de l'intérieur de moi. Un obus ?

– Vous êtes sûr, Lando, vraiment sûr ?

Il a rigolé, elle avait l'air bien bonne. Je manquais d'inspiration, il est vrai.

– *La chimie ne ment pas, Fred. Et les JEOL 840-A non plus, aux dernières nouvelles. Maintenant, on peut formuler plus d'une hypothèse à partir de mon travail, j'en suis d'accord. La seule certitude, c'est qu'on trouve du titane qui ne devrait pas y être, et sur une personne qui, visiblement, était fort près de l'épi-*

centre de l'explosion. Et j'ajouterais ceci : Madame Lourens, qui est censée, si j'ai bien compris, être la cause de l'explosion, n'a sur les cheveux que des particules disons banales, et son corps est intact. La jeune Bardini et le jeune Dallibert, en revanche, ont été frappés avec une violence extraordinaire, et tous deux portent la trace de résidus intrigants. Parmi lesquels ce titane qu'on utilise beaucoup, n'allons pas plus loin, dans des engins de nature militaire. Voilà, voilà, voilà !

Sa voix tremblait d'une sorte de fierté professionnelle qu'un court instant je lui ai enviée. Marina était accrochée à mon bras comme une bernique à son rocher, et ses ongles commençaient à me faire souffrir. J'ai remercié Lando avec la solennité dont je suis parfois capable, cette fois c'était nécessaire, ça s'imposait, il avait eu une idée de génie et un flair grandiose. J'ai raccroché en lui disant que je le tenais au courant, bien sûr Lando, pensez, vous êtes le roi.

Je me suis tourné vers Marina dont l'œil tournait de l'œil :

– Lando a trouvé du titane sur les blessures de Kijo, et rien d'intéressant sur les cheveux de ta mère. Le titane, j'ai voulu ajouter, c'est…

– Militaire, a complété Marina comme une grande. Tête de missile, engin téléguidé, obus. Je sais qu'on ne trouve pas de titane dans les cours de récréation et qu'on ne risque pas d'en trouver dans une maison d'habitation. La question suivante est : d'où vient cette merde ? Est-il courant d'entreposer du titane dans une maison d'habitation, Monsieur Fred Tran ?

Elle avait la diction froide et précise, je ne peux pas dire que j'ai apprécié. Je me suis demandé d'où elle tirait aussi vite de telles informations. Je m'attendais à une autre attitude, elle semblait à peine surprise. Cette histoire de titane aurait dû la clouer sur place. La tétaniser, sans jeu de mots imbécile. Or non. Elle était seulement surexcitée, comme qui part au combat. Pour ma part, je me situais entre-deux. Ni soulagé, ni euphorique encore. Je crois que j'attendais qu'on vienne me dire quoi penser de cette épouvantable chierie, une bonne fois pour toutes. Mais personne n'est venu. J'ai cherché seul dans ma tête de piaf pendant une grosse heure, tel un petit vieux égrotant. Je ne parvenais pas à former mes pensées, c'était pénible à vivre et même à entendre, quand on se trouvait comme moi à l'intérieur. Marina s'était réfugiée je ne sais où avec un téléphone portable, je me demandais avec qui, c'était insupportable.

Un autre téléphone nous a tirés de là, si je puis dire. Lando de nouveau, un Lando en larmes cette fois, au débit fracassé, au ton tragique, je n'arrivais pas à comprendre de quoi il s'agissait. J'entendais juste des rafales de « *Ça recommence, mon Dieu, le cauchemar recommence, ce n'est pas possible, mon Dieu !* ». Il ne manquait plus que Dieu dans l'histoire, sans rire, ce n'était pas rassurant.

Il a fallu que je secoue ce pauvre Lando, on n'en serait pas sorti autrement. « Lando ! » j'ai dit, répété, puis hurlé dans le combiné, « merde, Lando, calmez-vous ! Calmez-vous ou rappelez plus tard ! », je crois que je suis allé jusque-là, mais ce n'était qu'une trace camouflée de panique. Lando était plongé dans une telle horreur que j'ai peut-être eu l'espoir éphémère, en tout cas secret, qu'il ne rappellerait pas. Qu'il resterait seul avec ce malheur impossible. Mais il s'est calmé. Sa voix est redevenue un simple timbre suprêmement triste, j'aurais voulu remonter le cours du temps de deux heures. Rien que deux heures, pour retrouver le Lando triomphant, chevauchant son microscope balayeur de sorcier. Finalement, il a jeté :

– *On m'accuse de nouveau. Vous comprenez, Fred ?*

Il voulait s'assurer, il avait bien raison. Mais j'avais compris, hélas. Lando était à nouveau soupçonné d'un quelconque acte de pédophilie.

– Votre femme ? j'ai supposé. Je veux dire : votre ex vous accuse une nouvelle fois ? Mais c'est impossible !

– *Pas elle, Frédéric, pas elle. Quelqu'un que je ne connais même pas. Une femme du gros village de l'Yonne où j'ai passé mon enfance et où vit toujours ma mère ! Ma mère !*

Il pleurait à chaudes larmes, j'avais du mal à penser qu'elles pussent être froides, vu l'ambiance générale. Il pleurait, je voyais à distance ses grosses larmes couler, son nez se froisser, son dos s'effondrer. Pleinement atroce, oui.

– *Je n'ai pas encore reçu la convocation de la gendarmerie de Charny, mais comme le capitaine connaît ma mère, il m'a informé directement, avant que je reçoive la lettre. Une procédure judiciaire est ouverte, suite au dépôt d'une plainte. Frédéric, je ne connais pas les détails, mais cette fille m'accuserait de l'avoir tripotée, ou pire, je ne sais pas. Il y a dix ou quinze ans, quand elle-même, si j'ai bien saisi, avait dans les dix ans ! Fou, c'est fou, complètement cinglé. Je ne vais pas tenir longtemps, je le sais, je le sens. J'ai beaucoup moins de force que la première fois, Frédéric, je n'ai plus la force, vous savez ? Et Nadine, ma femme ? Ma femme, qu'est-ce que je vais lui dire ?*

Nous sommes restés une heure et demie au téléphone, j'ai colmaté ce que j'ai pu. Que peut un barrage contre le Pacifique ? Marina lui a parlé, utilisant des mots remarquables, maintenant que j'y pense. Des mots venus des terres lointaines où sont rangées les émotions les plus profondes. Où l'homme n'entre presque jamais.

J'ai promis d'appeler Antoine et je l'ai fait. Il ne tenait pas la grande forme olympique, on sentait chez lui une grosse fatigue, mais il m'a juré qu'il appelait la gendarmerie de Charny *subito*, ajoutant avant de raccrocher que les pandores n'allaient quand même pas faire la loi chez nous, merde alors ! Je n'ai pas ri, j'avais le corps tendu comme un arc de compétition, il faut en général des appareillages peu ordinaires pour obtenir de tels résultats. Je ne pouvais pas lui raconter l'histoire des photos pornos, à cause du téléphone. Antoine était plus écouté que les oracles de Delphes au temps de leur splendeur.

Il est arrivé un moment, vers cinq heures, où tout s'est calmé. La pause. Plus de téléphone, plus aucune parole échangée. Marina est allée dans la piscine, je suis resté à la regarder faire du bruit et des mouvements désordonnés. Je pense qu'elle cherchait à détendre l'atmosphère, car elle ne cessait de m'envoyer des baisers et de temps à autre des giclées de flotte. Je m'étais mis au loin, à l'abri, je me doutais de ses intentions, c'était cousu de fil blanc. J'étais à plat, je ne voulais plus jouer. La nausée rampait. Et un pressentiment de force dix soufflait dans mes bronches. Je n'avais plus de jus, contrairement à elle.

Lorsqu'elle est sortie du bain, elle est venue contre moi, et, comme elle était nue, j'aurais pu. J'aurais dû, c'est sûr, elle ne m'offrait pas ses seins uniquement pour se montrer sympathique et avenante. Il est probable et certain qu'elle aurait accepté un accouplement immédiat, eût-il été rapide, eût-il été sauvage. Mais ma queue était planquée et sa flaccidité telle que je n'ai pas eu le temps d'agir. Ce putain de téléphone, ennemi de l'humanité depuis les origines, cette merde d'invention qui tue les dimensions, massacre les rêves d'évasion, se rit du temps et de l'espace, cet immonde salaud a encore résonné. Plus fort que la cigale installée à demeure dans le joli chêne vert au-dessus de ma tête.

Y aller ? Y aller. Ce pouvait être n'importe qui, du même coup n'importe quoi. Il était six heures vingt, j'ai regardé l'horloge de l'entrée avant de décrocher. Ce n'était pas n'importe qui, pas n'importe quoi. C'était Antoine De Bei, comme si on venait de lui donner un coup de marteau. Ou de tournevis, pour changer.

– *Fred, les affaires tournent très mal. J'appelle d'une ligne OK, mais bon, au point où on en est, je m'en balance. De toute façon, je crois pas que la ligne de Monnat soit beaucoup plus clean que la mienne et j'ai pas le temps de t'envoyer un pigeon voyageur. On est dans une merde terrible, Fred, et je ne me sens pas du tout tranquille. Du tout, du tout. J'ai les jetons, vieux.*

J'ai eu envie de disparaître, de tout laisser tomber à terre, courir. J'ai pensé à cette toile de Hitchcock, *La mort aux trousses*, avec Cary Grant sprintant dans un champ comme un dératé, poursuivi par un avion. Je ne sais plus ce que j'ai répondu à Antoine, probablement des bredouillis, mais quelle importance ? Il n'écoutait pas.

– *Qui que ce soit*, il a repris, *c'est très fort. Très gros, sûrement bien trop gros pour nous. J'ai reçu en début d'après-midi un coup de fil flippant. Flippant comme jamais. Tout à l'heure, j'ai failli t'en dire deux mots, mais bon, j'ai préféré attendre. Un type calme, décontracté au possible, qui se recommandait de Guérin de la Salle, un confrère. Du pipeau : en deux minutes, le type a eu le temps de me parler de notre maison en Normandie, de Domi, de la librairie où elle travaille, des études de Jeanne, d'un copain d'Étienne qui a eu un accident de mobylette…*

– Et c'est vrai ? Il a eu un accident ?

– *Patate, évidemment ! J'ai eu un terrible coup de blues, surtout quand il a parlé de toi. Il m'a balancé un truc infernal, une phrase du genre : « Votre ami Tran, votre ami l'enquêteur, quelle chance il a de pouvoir prendre de telles vacances, hein ? » Et il a raccroché, Fred.*

Je n'ai pas su quoi répondre. J'attendais la suite, je savais bien qu'Antoine-le-plaideur avait autre chose dans sa besace, dont une conclusion. Au moins une.

– *Ce serait déjà inquiétant, mais il y a pire. À sa sortie d'un cinéma où elle était avec des copains, un mec d'environ vingt-cinq ans s'est approché de Jeanne, lui a pincé l'avant-bras sans lui faire mal et lui a dit avec un beau sourire : « C'est de la part de Frédéric Tran. » Pareil avec Étienne qui était allé acheter un disque à la FNAC. Un mec ordinaire, d'après lui, dans les cinquante ans, avec une chemisette verte et des lunettes de soleil. Exactement le même scénario ! Tu connais Étienne, il lui a couru au cul en plein Forum, escalier mécanique et tout le bordel, en lui demandant des explications. Je crois qu'il se sentait ridicule à cause de ses potes. Tu imagines, un vieux connard qui vient te pincer devant ta bande ? Bon, il lui a couru derrière, et le mec, tout sourire, lui a tordu la main jusqu'à le faire chialer. Domi l'a emmené illico chez le médecin, il paraît qu'il n'a rien. Domi, justement : un troisième enfoiré est passé à la librairie et il lui a fait le même coup : pincement du bras, si peu marqué qu'il n'y avait pas de quoi crier ni même se plaindre, et puis ce bout de phrase de mes deux : « De la part de Monsieur Tran. » Elle a cru à une blague, figure-toi !*

Ce n'était pas le cas. Un groupe de gros vilains et de vrais méchants avaient décidé de foutre la trouille à Antoine, ce qui n'était pas donné d'avance, mais d'ores et déjà acquis. Et Lando ? Et Pierre-Henri ? Les toutes premières connexions donnaient leurs résultats, il y avait largement de quoi trembler sur pied. Le chantage exercé sur Pierre-Henri et la plainte déposée contre Lando faisaient probablement partie de la même enflade. Antoine poursuivait en donnant des détails que je n'arrivais pas à saisir, mais qui n'apportaient pas grand-chose de toute façon. La réaction d'un type dans la foule du Forum des Halles qui avait suivi la scène avec Étienne, l'état d'esprit de Domi qui frisait l'hystérie, ce genre. Mais lorsqu'il a parlé de Maureen, j'ai cru que j'allais me mordre les joues de l'intérieur et m'effondrer. Mais non, on est plus fort, n'est-ce pas, on fait face.

– *Maureen m'a appelé, Fred. Elle aussi, Fred. Dans la rue, dans la rue du Faubourg-Saint-Antoine, elle revenait du marché d'Aligre avec sa mioche. Un type, une sorte de pépé à casquette, débonnaire, gentil m'a-t-elle dit. Dans les soixante, tu imagines ? Le même scénar. Il l'a félicitée pour la beauté de Charwa, il a papoté, l'a mise en confiance et, sans transition, l'a pincée très gentiment. Pour un peu, le geste pouvait passer pour une caresse. Et il a enchaîné en murmurant : « Vous direz bonjour de ma part à Frédéric Tran. » Il est parti avec un bon sourire aux lèvres. Le temps que Maureen se dise que c'était bizarre, que l'affaire ne tenait pas debout, il était perdu de l'autre côté du boulevard. Voilà, elle est secouée, Fred, on la comprend. Je lui ai promis que ce n'était rien, mais elle ne m'a pas cru. Je lui donne raison. Tu te doutes bien qu'elle ne va pas avaler une baliverne pareille !*

– Je m'en doute. Merdouille.

– *C'est tout ce que tu trouves à dire ? Merdouille ? Tu veux mon résumé, Fred ? On est dans la folie complète. Dans une nasse. C'est dingue, on a changé de pays et d'époque, les événements se télescopent, on est à la merci d'une pieuvre. Ce n'est pas la merdouille, mon pote, c'est la merde intégrale. Intégrale.*

– C'est la merde, j'ai admis, bien obligé.

Mon cerveau se remettait à carburer malgré tout, sans doute la réaction ultime, désespérée, d'un animal traqué. Qui, que, quoi, où, comment, pourquoi. J'en oublie peut-être. Mes synapses n'avaient pas accès aux réponses, ce ne serait pas de sitôt, mais je voyais au moins se dessiner l'unité du tout, encore heureux. Il s'agissait d'un ensemble, sans blague.

– C'est lié, j'ai repris.

Antoine s'est mis à se marrer d'une manière homérique et entraînante. Je me suis marré avec lui, s'embarquer de la sorte était comme une courte halte, un beau détour, une virée dans les pays où jamais il ne pleut. Il fallait au moins cette hachure pour reprendre un peu de force.

– *T'es un bon, mon Fred, je te confirme que tu es excellent. C'est lié, oui, on ne peut rien te cacher. T'as d'autres révélations en tête, Rouletabille ?*

– Non, si. Il s'est passé d'autres saloperies ici, à peu près au même moment qu'à Paris. Je n'ai pas eu le temps de tout te raconter. Y a Lando d'un côté, mais aussi Pierre-Henri, à qui on a envoyé des photos atroces, enfin, des photos de cul. Avec lui et d'autres mecs. Je te dirai en détail plus tard, quand on se verra. Il va de soi que toute cette machinerie est coordonnée, ça ne peut pas être autant de coïncidences.

J'ai recommencé à rire, impossible de me tenir. Antoine m'a douché avec un mot dur que j'ai préféré oublier depuis. Je suis aussitôt redevenu sérieux, dans les tons sinistres.

– Bordel de merde, Antoine, on peut dire qu'on a touché le fond et le gros lot ! Il faut d'urgence prendre des mesures d'urgence.

– *D'urgence ?* a répliqué Antoine. *La première des urgences, c'est de ne plus bouger. Du tout, pas un orteil, pour faire comprendre à ces messieurs tellement puissants que le premier de leurs messages est bien passé. On est bien d'accord, messieurs,* il a soudain crié à l'attention de ceux, qui, peut-être, nous écoutaient.

Humour. Du moins, je crois. Antoine voulait se persuader qu'il tenait encore quelque chose entre les doigts. Que le monde réel pouvait être maintenu à distance, aussi dérisoire soit-elle. Il a repris sur un ton plus normal dans ces circonstances, c'est-à-dire fiévreux :

– *Fred, si tu as raison, on a mis la main sur une tarentule géante. Sauf que des araignées d'une taille pareille, garçon, on n'en a jamais vu nulle part ! Tu imagines le nombre d'acteurs, la complexité, l'efficacité ? C'est pas possible. Je te le confirme, impossible. Il y a une explication.*

J'aurais pu glousser une fois de mieux, j'en étais tout proche, mais j'ai préféré ne pas m'engueuler. C'était nerveux.

– T'as pas tort, Antoine, il y a bien une explication. Lando ne t'a pas prévenu ? Tu connais les résultats de son analyse ?

– *Ah merde, ouais ! Lando a appelé alors que j'étais en ligne, j'ai pas pu le prendre, mais ma secrétaire a tout noté. Il a même laissé un message pour dire que c'était urgent, mais après j'ai eu Domi, merde au cul, et j'ai oublié. Tu m'attends ? Je crois qu'il a complété avec un fax, je reviens.*

Je suis resté, je ne vois guère où j'aurais pu aller. Aux antipodes ? Si j'avais pu, j'aurais changé le monde jusqu'aux moindres radicelles, mais j'étais ligoté. Marina avait rappliqué entre-temps, habillée tout de même, ce qui était mieux et détournait moins le regard du vrai devoir de l'instant. Elle était à un pas et demi, guère plus, car elle avait compris l'essentiel. L'histoire s'emballait, l'incendie était dans Rome et sur nous, tout s'effondrait, sauve qui peut la vie. Antoine est revenu au téléphone.

– *Merde, merde, pas possible. Je viens de lire le truc de Lando. C'est incroyable, Fred, j'arrive pas à y croire.*

Il avait raison, et en tout cas, je ne voyais pas comment lui donner tort.

– *Tu penses quoi ?* il a dit.

– Si je savais. Je ne vois qu'une histoire de bavure, mais pourquoi un tel déploiement de moyens ? Pourquoi une superproduction ? La vérité doit être abominable, c'est tout ce qui me vient à l'esprit. Une bavure d'État, très grosse. Dans ce cas, on doit vraiment être écoutés, tous autant qu'on est. Pour une fois, c'est pas de la parano. T'es bien d'accord ?

– *Certain. Évident. Je crois, je suis même sûr qu'on doit faire attention à ce qu'on raconte. Et je te redis qu'on ne bouge plus, qu'on arrête de jouer avec les allumettes. Je suis sérieux, Fred. Je pense aux miens, j'ai pas envie de m'angoisser pour eux chaque matin au réveil. On s'écrase en attendant de voir.*

– Marina ne va pas marcher, j'ai estimé.

– *Marina nous fait chier. Tu peux lui dire de ma part qu'elle me fera personnellement chier si elle continue à s'agiter. Fred, je te parle…*

– Stop, Antoine, stop ! Elle, c'est elle, d'accord ? Tu as tous les droits pour Domi et tes gosses, mais aucun sur elle. On parle de sa mère, de la môme Bardini, et de tous les autres. Ils ne sont pas menacés, eux, ils sont mortibus, tous mortibus, Antoine, alors ne viens pas me dire que…

– *Ok, ok, on se calme, mon petit camarade.*

Il avait dû sentir. Quelque chose d'inédit entre nous. L'amorce d'une vraie fêlure possible. Lui et ses beaux habits. Lui et sa carrière. Lui et sa famille. Moi avec ma belle frappadingue et ma tête de mort à l'intérieur. Moi et ma fatigue chronique de la vie. Il a dû sentir.

– *Écoute*, il a complété. *Je ne parle pas que pour moi. Mais pour elle aussi, et vous tous. Pour Lando, Monnat, et pour Maureen*, il a conclu, sûr de son bagout et de ses ruses de guerre.

Je ne voulais pas l'affrontement mais j'ai tout de même senti craquer quelque chose. On rafistolerait plus tard. Il faudrait, tôt ou tard. Ce qui m'atteignait le plus, c'est qu'Antoine De Bei avait raison. Le feu courait sur le lac à toute vitesse et je n'étais pas le pompier qu'il fallait. J'ai raccroché après avoir promis de voir et réfléchir, de le tenir au courant, de le prévenir avant toute décision. Ne restait plus qu'à affronter Marina. Une Marina Lourens déchaînée, enthousiaste, griffes sorties et affûtées.

J'ai préféré retourner au jardin. Elle était assise sur le bord du bassin, je l'ai rejointe avec une chaise en bois pour moi. J'ai tout raconté dans le moindre détail, sauf Maureen, dont je n'avais pas une envie exagérée de parler. Pour cause. Je tenais sa main, je l'avais embrassée gentiment une ou deux fois au bord de la bouche, plus que tout je rêvais encore d'évasion spectaculaire. À un moment d'ailleurs, j'ai lâché exactement ce que j'avais sur le cœur :

– On devrait repartir là-haut, attendre que ce bordel se calme un peu. Je ne sais pas ce qui arrive, mais on dirait la guerre, Marina. Antoine est terrorisé, Pierre-Henri carbonisé, Lando au bord du suicide. On va au-devant d'un mur de grosses pierres coupantes, on va se faire hacher. Il faut au moins se donner le temps de réfléchir. T'en dis quoi, ma belle ?

Je le savais avant qu'elle réponde, car ses yeux, car sa main qui s'était crispée contre moi, car les étincelles qui sortaient de partout. Je savais.

– Compte pas là-dessus, Fred. Rien du tout. Qu'Antoine ait une trouille bleue, je comprends, c'est pas sa mère. Mais c'est la mienne. C'est ma vie, pas la sienne. Fred, si tu es fatigué, je comprends, je comprends, je comprends. Monique n'était pas ta mère non plus.

– Marina, je ne suis pas fatigué. Je ne te propose pas de te carapater, pas du tout, seulement on n'a pas trouvé la bonne réponse. Enfin, ça crève les yeux, ne me dis pas le contraire. Tu proposes quoi, contre les tirs de mitrailleuse lourde ?

– Je vais trouver, Fred, je te jure. Je connais plein de gens, dans le coin, tu peux me croire sur parole. Plein de gens. Et je vais aller tirer quantité de sonnettes, s'il le faut je me foutrais à poil sur la place aux Olives un soir de marché, devant les caméras. Je ne vais pas m'arrêter pour si peu. Ces salauds vont devoir payer, c'est la seule chose dont je suis sûre et certaine. Ils jouent les gros méchants, ils font peur à Maître De Bei et à sa petite famille, d'accord. On tremble, c'est normal, c'est étudié pour. Mais moi, à la différence de ton copain avocat, je n'ai rien à perdre. Rien, Fred.

– Y a nous.

– Y a nous, mais si je ne vais pas au bout de cette histoire, Fred, on ne parlera plus jamais de nous. Tu t'en doutes pas ?

Je ne savais pas quoi répondre. Parce qu'elle voyait clair de son œil si tordu. Il fallait continuer. Et pourtant tout arrêter. Il fallait partir avant que la masse sombre au-dessus de nous soit trop grande. Un tel monstre ne pouvait que dévorer les corps et dévaster les cœurs. J'aurais parié là-dessus tout ce qui me restait. Je pense aujourd'hui que j'aurais dû composer avec elle, ce soir-là, mais compose-t-on avec l'ardeur au combat, la bravoure, l'héroïsme ? Je n'étais pas assez fort pour l'emmener sur mon dos, juste assez fourbu pour buter sur les mots, m'énerver, l'énerver, la braquer un peu plus.

– Tu déconnes. Tu déconnes à plein, Marina. Je ne te propose pas de reculer, je te dis juste de laisser passer cette furie. Tu veux que je résume ? Ton viol, l'Arabe, peut-être ton copain Bert, et puis Lando, Pierre-Henri, Antoine, sa famille, et Maureen. J'ai buté comme un idiot sur son prénom et Marina a compris sur l'instant, bien sûr, mais, de toute façon, je reste convaincu que les jeux étaient faits. Faits.

– Maureen ? elle a cligné. Cette bonne amie ? On s'en est pris aussi à ta petite chérie ? Je comprends, tu penses bien. Monsieur veut mettre la pédale douce, se barrer en Bretagne, tirer trois petits coups tranquille et peinard. Oh, ces vilains ont ennuyé la pauvre petite Maureen, hein ? Tu m'emmerdes, Fred. Je m'occupais de ma mère avant que tu arrives, et je continuerai sans toi. Je continue tant que je veux et comme je veux. D'ailleurs, je me casse.

Elle s'est levée, tout est allé très vite, je dois reconnaître que je n'ai rien tenté. J'étais aussi excédé qu'elle, juste un peu plus crevé. Je l'adorais, certes, mais elle me faisait chier, aussi. Atrocement. Je l'ai laissée partir avec des nœuds qui se prenaient ensemble au lasso au-dedans de ma tête, dans tout mon corps.

J'ai bu, pas trop, pas tant, pas assez pour être cuit quand Pierre-Henri est rentré, seul, au bercail. Il avait une vilaine tête, des cernes empilés, des injections de sang dans les yeux et la peau des joues. Il paraissait fiévreux, il l'était sans doute. Le moment n'était pas le meilleur pour lui annoncer les suites du désastre, mais je devais lui parler, impossible d'attendre l'arrivée de la cavalerie. Pendant qu'il prenait une douche, je suis allé tremper mes pieds dans sa piscine et je me suis placé sur le bord du bassin, là où se tenait Marina une demi-heure auparavant. Avec des clopes, du bandol, deux verres, ce qui me restait d'amitié en soute. J'espérais sans trop y croire que ce serait suffisant.

Pierre-Henri est apparu à la porte-fenêtre, je lui ai fait un pauvre signe du bras qui se voulait encourageant, il est venu s'installer sur la chaise. Celle où j'étais posté avant que Marina ne joue les filles de l'air. On sentait un épuisement réciproque, comme une présence physique, et cet air étouffant ne voulait pas refroidir. Le jour avait été foudroyant de mauvaise chaleur. Le temps n'arrangeait pas nos affaires. Ni les siennes, ni les nôtres.

On a trinqué tout de même, sans échanger beaucoup, mais je me concentrais, je me préparais à l'action, j'y venais, j'y étais. Je lui ai balancé ce que je savais en une coulée continue, ce que j'avais appris et tout ce qui me passait par la tête. Une sorte d'avalanche en plein été caniculaire. Il écoutait, sonné, mais avec une attention profonde, comme si se jouait l'essentiel, et c'était bien le cas.

– C'est pas drôle, j'ai lâché après avoir déversé ma benne sur lui, mais j'ai l'impression que tes photos font partie du tableau. Je sais que c'est limite incroyable, mais il n'y a pas d'autre sens possible. On a touché un iceberg, une montagne surchargée d'armes, à la dimension de la bête. Enfin, tu vois ce que je veux dire. On est dépassés, archi-baisés. Tu crois qu'on aurait pas dû se lancer dans l'affaire ?

Il a soupiré, façon éléphant, aspiré trois gouttelettes de vin, et répondu d'une voix presque fluette :

– C'est fait. On ne va pas recommencer dans l'autre sens. Je sais à quel point c'est dur pour vous tous. Pour ma part, je dois te dire que je suis plein de mauvais pressentiments. Même si cette folie se tasse, il y aura toujours quelqu'un prêt à sortir ces photos le jour où je ferais le zouave. Tu crois que j'irais faire le con avec Greenpeace demain matin, comme l'an dernier, si on me le proposait ? Tu crois que je pourrai sereinement me lancer dans ces bagarres qui me font vivre et bander, à l'avenir ? Je ne suis pas sûr, Fred. J'ai l'impression que ma vie va changer. Elle a changé, elle a déjà changé. Je n'irai plus à Nice, par exemple.

Il parlait de la boîte gay, bien sûr, mais je sentais poindre la métaphore, et la métonymie, même. Il disait la partie pour signifier le tout, énonçait le nom de la ville pour évoquer la fin de sa vie, la fin d'une certaine forme de vie. Follement triste. Follement.

– Je ne veux plus rester ici, j'ai bifurqué. Je vais aller à l'hôtel quelques jours, le temps de voir venir, ensuite je crois que je remonterai. Avec Marina, j'espère. Elle s'est barrée, au fait, on s'est engueulés.

– Ne le prends pas mal, mais ça devait arriver. J'aime beaucoup cette nana, tu le sais, mais mon côté psychiatre n'oublie jamais de faire sonner les cloches. Elle est maniaco-dépressive, Fred. Tu ne veux pas te rendre compte, c'est ton droit, et d'ailleurs tu ne l'as encore jamais vue en crise. Si ?

J'avais juste bougé les yeux, je ne voulais pas parler de cette nuit bretonne où Marina avait déliré.

– Si ? il a repris. Je ne te donnerai jamais le moindre conseil, mais sache qu'elle ne se soigne pas comme elle devrait. Car elle devrait. Par rapport à la maison, je ne vais pas te mentir, ni te retenir : de toute façon, je vais fermer jusqu'à fin septembre. J'avais prévu de prendre des vacances, je pensais à l'Italie, mais j'irai plutôt voir mon frangin à Montréal, c'est plus loin. J'ai grand besoin de souffler, Fred, tu peux me croire. Mais tu peux t'installer dans le studio où vivait ma vieille mère avant qu'elle ne parte en Corse, vu qu'il n'est toujours pas vendu. Je le passe sans arrêt à des copains, tu y seras aux petits oignons. C'est à deux pas, tu sais, tout près de la mairie. Et ne discute surtout pas, je suis crevé, je vais me coucher.

Il est allé se pieuter, non sans m'avoir donné des clés et une adresse, une sorte de planque en vérité, et je suis allé au lit aussi, cinq clopes et trois verres plus tard.

22

J'ai commencé la matinée suivante en lisant des articles sur la maniaco-dépression. Dans le bureau de Pierre-Henri, dans l'une de ses encyclopédies médicales. On y parlait de combinaison de dépression et de suractivité, de cycles alternatifs, parfois lents, parfois ultra rapides, d'agressivité, de psychose, de changements fréquents d'humeur, de défi à l'ordre et aux règles sociales élémentaires, de vol, de mort. J'ai rassemblé mes petites affaires dans la foulée, tout fourré en vrac dans le sac à dos que j'avais descendu de Paris, refermé les portes à clé et mis le trousseau dans l'immense boîte aux lettres blanche.

Je suis parti sur les routes du bled, à pied, en chemineau, car Marina avait embarqué sa Clio, je me retrouvais grosjean comme devant. Bah, marcher me ferait du bien. Il n'était que neuf heures, j'avais sauté du lit, faut croire, l'été avait mis la climatisation grâce à cet orage qui m'avait réveillé dans la nuit. La chaleur restait dans les limbes, pour le moment.

Je n'ai pas cessé de reluquer, de me tourner et retourner. Je n'avais aucune illusion, je n'espérais pas repérer une filoche organisée par des pros comme ceux qui avaient œuvré à Paris, mais je pouvais pas non plus faire comme si de rien n'était. Et bon, folie pour folie, j'avais toujours le Walther.

Le studio de la maman Monnat était parfait pour une retraite, le terme est moins éprouvant que celui de déroute. Tout blanc, avec un lit en bois brun, dans un vieil immeuble en pierre chaulée à l'ancienne. Une douche, une vraie table, quatre chaises, de quoi bricoler un frichti sur une gazinière et même le téléphone, antique en diable, mais comment dire ? L'outil avait plus que jamais la gueule d'un instrument de torture, avec sa hache en bakélite noir pour combiné, ce fil torsadé digne de la gégène et ce socle imitant une dynamo de campagne. Je ne comptais pas m'en servir, j'aurais même souhaité, ce jour-là et les suivants, et aujourd'hui encore, que l'homme fasse un petit saut arrière et désinvente la synchronisation de la vitesse et du son. Macache, macache bono, on sait bien qu'il n'y a qu'une direction.

J'ai glandouillé une heure, pris une douche avec cet espoir recommencé et déçu qu'elle laverait les taches sombres qui s'accumulaient. Polope. Puis je suis sorti, je suis allé chez Hertz, pour changer un peu, où l'on m'a refilé une Clio rouge pétant, une caisse idéale pour se faire remarquer, mais je ne comptais pas me faire choper. Je croyais encore qu'on partirait très vite et très loin, Marina et moi. J'ai appelé Angelica Bardini d'une cabine, je devais être travaillé par ma conscience ; mauvaise pioche, elle me cherchait, elle était dans l'émotion la plus complète, elle en bredouillait.

– *Frédéric, Frédéric*, elle a balancé après plusieurs essais, *vous pourriez passer nous voir ? Il y a du nouveau, vraiment du nouveau, vous savez ? On a besoin de vous.*

J'y suis allé aussitôt avec l'idée bien cadrée de m'expliquer, d'être franc avec eux, de leur annoncer la couleur du temps, noir sur noir. Autrement dit, la fin des haricots, mon repli stratégique et définitif. Mais on ne commande rien. Je suis arrivé une demi-heure plus tard à Carqueiranne et j'ai compris que la nouvelle devait être au moins fracassante, car Angelica m'attendait dehors, à la grille. Elle portait d'invraisemblables lunettes noires qui devaient bien avoir leur rôle, mais lequel, mes aïeux ? Elle tremblait, je jure qu'elle tremblait, son gros corps de mamma vibrait sur ses bases. Je l'ai embrassée, elle n'a pas ouvert la bouche, et quand on s'est retrouvés elle et moi dans la pièce au piano, je me suis rendu compte qu'on était six désormais. Outre Ange, qui avait le pif rouge du mec pinté, il y avait une femme noire d'à peu près trente-cinq ans, coiffée avec des nattes plaquées sur le crâne. Puis un autre Black dans le genre Fort des Halles, de près d'1,90 mètre de hauteur. Enfin, un mec d'environ soixante ans, bronzé, blanc de cheveux, sapé avec recherche, en un sens singulier : costume d'été bleu ferme, belle chemise azur et nœud papillon.

Angelica a vouler faire les présentations, mais sa voix montait et chutait, se cognait aux murs, s'arrêtait à chaque angle. Elle n'y parviendrait pas, c'était visible. Ange a compris la situation et rassemblé ses forces poivrotes pour éclairer ma lanterne.

– Frédéric, il a dit, madame est Madame Diouf. Son mari, Salomon, est mort dans l'explosion. Vous vous souvenez peut-être qu'il était sur le pignon, dehors, et qu'il a été enseveli, comme… comme les autres. Ce monsieur, il a ajouté en me montrant le type à cheveux blancs, est dentiste sur la place aux Olives, Monsieur Legendre. Quant à Monsieur Macouba, c'est un collègue de Monsieur Diouf. Il travaillait aussi sur la façade, le jour où tout le monde a péri. Mais il s'en est sorti indemne.

Et là, il s'est tu quelques secondes. Pensait-il aux autres, aux écorchures, aux ouvertures, aux abominables blessures des autres ? Je le crains. En tout cas, il réussissait à parler sans le moindre trouble alcoolisé. Chapeau.

– Madame Diouf et Angelica se sont vues hier et, aussi incroyable que cela paraisse, elles n'avaient encore jamais parlé de Monsieur Macouba. Or, ce monsieur nous a appris quelque chose d'extraordinaire. Extraordinaire, Frédéric.

J'ai hoché, c'était bien le moins. Et j'ai attendu en regardant Macouba, qui me regardait d'un air calme. Il s'apprêtait à raconter une nouvelle fois. J'avais l'impression de voir la scène comme au ralenti.

– Comme j'ai dit à ces gens et messieurs dames, il a fait en mâchant ouvertement ses mots, je suis maçon, je fais des maisons. Le jour du grand boum-là, j'étais avec Salomon mon ami, qui était monté tout en haut de l'échafaudage. En haut, vous savez ou non ? Vers le troisième étage. Moi, j'ai dû redescendre pour aller chercher une masse et, Salomon mon ami est resté. J'ai trouvé notre outil et, au moment de remonter sur l'échafaudage, boum. Voilà ce qui est arrivé.

Angelica a relevé la tête, il devait manquer quelque chose. Elle avait retrouvé sa voix.

– Monsieur Macouba, vous oubliez l'histoire avec vos mains, juste avant.

Il a eu un mouvement vif de la tête.

– Mais oui, madame, vous avez exactement raison. J'avais notre grosse masse dans les bras, j'allais remonter avec, et c'est là que j'ai senti le vent. J'ai eu très peur de mourir, j'ai tout lâché et j'ai mis mes mains sur mes oreilles. Le grand boum a tout explosé. Voilà comment ça s'est exactement passé. Et je le jure bien.

J'ai compris. Bien sûr, c'était capital. Si Macouba disait vrai, que s'était-il produit dehors, juste avant l'explosion ? Quelque chose qui ne serait pas venu de l'immeuble, mais de l'extérieur. Je me suis souvenu à ce moment-là de ce que Kijo m'avait dit la première fois. La môme Bardini avait gueulé merde juste avant l'explosion. Évidemment, il pouvait se tromper. Ou pas. Macouba, en tout cas, non. S'il avait lâché son outil, c'était pour se protéger, instinctivement. Parce qu'il avait senti quelque chose avant l'explosion. J'ai regardé Angelica, esquissé un sourire.

– C'est important, oui, vraiment important.

Je n'ai pu m'empêcher de zyeuter le monsieur distingué et son nœud papillon, le dentiste. Angelica a embrayé.

– Monsieur Macouba a une excellente mémoire. Il s'est rappelé avoir entendu Monsieur Legendre parler, après l'explosion, d'une chose bizarre qu'il avait vue de sa fenêtre.

– Monsieur Macouba a peut-être une excellente mémoire, j'ai coupé, mais il devait être en état de choc et avec les oreilles dans un drôle d'état.

Je me suis tourné vers le Black, avec l'air d'un mec qui doute. Pour être sincère, je ne doutais guère, mais bon, j'étais en mission.

– Ce monsieur-là a raison, a reconnu Macouba. J'avais mal aux oreilles, et pendant longtemps, longtemps après. Mais j'entendais tout ce que les gens disaient autour et ce Monsieur Legendre qui est ici s'est très bien occupé de moi, il m'a parlé, il était gentil avec tout le monde.

Le monsieur a hoché.

– Je ne sais pas si j'ai été gentil, mais je suis en effet descendu de mon cabinet et j'ai tenté de réconforter les personnes présentes, dont Monsieur Macouba.

Angelica a repris la main et la parole.

– Monsieur Macouba ne se souvenait pas du nom, bien sûr, mais un dentiste, dans le quartier, il n'y en a qu'un seul, et c'est Monsieur Legendre. Je l'ai appelé et il a eu la gentillesse de venir aussitôt. Monsieur Legendre, ça vous ennuierait de redire ce qui s'est passé, pour Monsieur Tran ?

Il y avait quantité de monsieur échangés, trop ; et le ton était un peu cérémonieux, mais il fallait sans doute soigner ce bon Monsieur Legendre.

– Volontiers, Madame Bardini, a-t-il répondu, mais vous comprendrez sans peine que mes propos, n'ayant pas été enregistrés au plan officiel, ne sauraient être utilisés n'importe où et n'importe comment.

Il avait les jetons, je crois, à moins, mais c'était la même chose, qu'il n'ait reconnu l'atmosphère du drame et de la grande folie. Il ne devait pas s'attendre à pareil traquenard. Angelica a opiné et le dentiste a finalement parlé, sans plus s'arrêter, emporté par l'élan, toutes réserves de couille molle oubliées.

– Oui, eh bien, cet après-midi-là, j'ai commencé mes consultations à treize heures trente, comme l'atteste mon carnet de rendez-vous. Vous vous souvenez sans doute, Madame Bardini, à quel point ce 24 mars était une belle journée lumineuse et chaude, combien le soleil était généreux...

Il a blablaté ainsi bien longtemps à mon goût, on aurait dit une affreuse exhibition de quelque lointaine blessure de guerre. Je me demandais si j'étais le seul à serrer les poings au fond des poches. À l'arrivée, cependant, il faut reconnaître que son show valait la peine.

– ... Le fauteuil est donc placé devant la fenêtre qui donne sur la place. J'obturais la molaire de Monsieur Eskenazi quand j'ai relevé la tête une fraction de seconde avant le grand choc. Pourquoi ? À cause d'un sifflement que je n'ai sûrement pas inventé. Sûrement pas, malgré ce que tout le monde autour de moi me répète depuis, je n'ai rien inventé. Il y a eu sifflement, ou grésillement, je ne suis pas un spécialiste, n'est-ce pas. Dans mon souvenir, qui n'a pas varié, c'est pour cela que j'ai levé la tête et que j'ai vu cet éclair, une fraction de seconde avant que la maison ne saute. Dehors, je le précise, a-t-il fait en me regardant.

Dehors. Ainsi soit-il. Dehors. Il n'y avait plus l'ombre d'un doute dans ma tête, mais des ombres quand même, oui.

– Et la police ? j'ai demandé. Monsieur Legendre, comment a réagi la police ? Vous disiez tout à l'heure que votre témoignage n'a pas été enregistré ?

– Jamais. Jamais ! Et c'est bien là le problème, monsieur… Monsieur Tran. Figurez-vous que j'ai parlé à des policiers sur place, le jour même, qui m'ont semblé très intéressés, ce qui était bien la moindre des choses, soit dit en passant. On a pris mon nom, mon adresse, on a prétendu que je recevrais une convocation. Bien, vous savez, je ne suis pas un voyeur, et je ne suis pas resté au-delà du raisonnable. Je suis rentré chez moi, je n'habite pas sur place, et j'ai attendu. Les premiers jours, dans ce que j'imagine être la folie d'une enquête, je n'ai rien pensé de particulier. J'attendais. Mais les semaines ont passé, et un mois plus tard, environ, je suis allé déposer au commissariat. Là, croyez-le bien, j'ai été étonné, n'est-ce pas. Car on m'a dit après m'avoir fait attendre deux heures que mon témoignage pouvait rester oral compte tenu de l'évolution de l'enquête, que les conclusions techniques étaient acquises, bref, qu'ils n'avaient aucun besoin de moi.

– Vous avez vu qui, là-bas ? j'ai relancé. Vous vous souvenez d'un nom ?

– Non, j'en suis très désolé, mais non. À part le commissaire qui m'a reçu tout à la fin, bien entendu. Mais lui, toute la ville le connaît. Le commissaire Croce était dans le journal chaque semaine, Madame Bardini doit s'en souvenir, n'est-ce pas.

N'est-ce pas. Bon, les salamalecs et autres remerciements se sont étendus vingt minutes encore, le temps que les Blacks et le dentiste repartent et que je me retrouve seul avec mes deux âmes mortes. Ange avait l'intention affichée de se remettre à boire, car il a sorti plusieurs éléments d'artillerie légère, dont une bouteille de rosé. De plus, c'était l'heure. On a bu deux verres et mangé des olives, je ne pouvais pas me casser directos. J'ai raconté comme à confesse, c'est-à-dire à peu près tout. J'ai édulcoré ou éliminé ce qui devait l'être, notamment autour des cas Lando et Pierre-Henri, mais, dans l'ensemble, j'ai rapporté. Les Bardini étaient, je crois pouvoir l'assurer, bouleversés, épouvantés. Mais pas découragés, bien au contraire. Ange marmonnait de temps à autre des trucs en un patois mortel d'Italie centrale, à quoi Angelica répondait qu'il devait parler français, enfin, Ange, où as-tu la tête ?

Je sais où était la mienne : dans le concasseur. Il m'est vite apparu que je n'oserais pas. J'étais incapable de leur annoncer que je lâchais le morceau. Pas ce jour-là. Ange, qui était lessivé, s'est excusé et est allé s'étendre pour une sieste qui durerait certainement des heures. Quant à Angelica, elle ne cessait de me répéter, des flammes rouges couvrant sa voix : « Frédéric, on est en train de réussir ! On va savoir, je sens que la vérité approche, oui, je le sens ! Vous aussi, n'est-ce pas ? »

Et soudain :

– Et que pense Maître De Bei, que dit-il ? L'enquête va-t-elle pouvoir redémarrer ?

J'ai soupiré, si fort que le malaise s'est installé derrière. Cela valait aveu. Angelica a tordu son visage d'une manière brusque, elle avait compris je ne sais quoi.

– Antoine a peur, j'ai murmuré. Peur pour lui et sa famille.

– Mais il n'y a pas de quoi ! Enfin, Frédéric, c'est bien la preuve que tout est organisé, que tout se tient ! La police va arrêter ces fripouilles, je vous assure que j'ai pleine confiance dans le commissaire Hartmann.

Il ne manquait plus que lui. Florimond.

– Angelica, vous ne vous rendez pas compte, je crois. Si tout se tient, comme vous dites, et vous avez raison, bien sûr, cela veut dire que nous sommes en face d'une force considérable, organisée, probablement en partie étatique.

– Étatique ? elle a répété. Étatique ?

Elle ne voyait pas, du tout, le mot l'effrayait apparemment, et à juste titre.

– Je ne sais pas, Angelica, je ne sais rien encore. En tout cas, les menaces contre la famille d'Antoine, entre autres, ont nécessité une organisation colossale. Ces gens ne veulent pas qu'on avance. Si vous voulez mon avis, ils sont prêts à tout. Je sais que vous n'allez pas être d'accord, mais je comprends l'attitude d'Antoine.

– Vous, Frédéric ! Vous ! elle a explosé. Mais vous n'êtes pas pareil, je le sais ! Frédéric, vous n'allez pas renoncer. Restez ici, chez nous, ne nous quittons plus. Ils ne vont quand même pas nous tuer tous ! On ne pourrait pas faire une manifestation ?

J'ai souri, ce qui montre bien comme est l'homme. J'avais dans les yeux la vision des Bardini, de Marina, de Madame Diouf et de ma pomme bras dessus, bras dessous. Au théâtre ce soir, comédie sur les boulevards.

– C'est une idée, j'ai osé en tentant de garder mon sérieux.

– Vous restez, alors, Frédéric ? Vous restez ici ?

– Hé, j'ai contesté, ce n'est pas ce que j'ai dit…

Mais je n'avais pas la voix fâchée, cette satanée bonne femme provoquait en moi un putain d'effet, pour parler sans détour. C'est simple et fou à la fois : je voulais la rendre heureuse. Du moins la sentir apaisée, ou calmée. Je l'aimais, en somme. Je l'aime toujours, d'ailleurs.

– Frédéric, je ne peux pas vous perdre. Je ne sais comment m'expliquer avec des mots, je ne me sers pas de vous, non, je vous supplie de me croire, ce serait abominable. Je ne me sers pas de votre personne pour apaiser ce qui de toute façon ne sera jamais apaisé. C'est autre chose, Frédéric, il s'agit d'une rencontre, comment dire mieux ? Vous croyez en la réincarnation ?

J'ai sursauté. Je ne crois pas en la réincarnation, je suis un matérialiste, voyez, du moins je crois, mais Angelica avait une voix, une présence qui faisaient passer le frisson sous la peau. Il était évident qu'elle portait en elle une force immense et véridique, je n'avais pas envie de me moquer, oh non.

– Je ne sais pas trop. C'est quoi au juste, Angelica, la réincarnation ?

– Je sens bien que non. Vous avez tort, mais ce n'est pas de votre faute, je ne vous reproche rien. Vous avez tort, car je vois, moi. Nous avons vous et moi vécu des choses gigantesques, dans un passé que vous avez oublié. Vous aurez le temps de vous convaincre, plus tard, que je suis folle. Ce n'est pas si grave. Je vous connais tellement bien, Frédéric. Vous êtes un homme si singulier que vous ne vous en rendez pas compte. Si j'insiste à ce point, ce n'est pas pour moi, vous savez, je vous jure sur la vie que c'est pour vous. Pour votre avenir. Vous ne pouvez pas laisser tomber cette abominable histoire. Et vous ne le ferez pas.

Tant pis pour le pathos et l'image de marque, tant pis pour moi. J'ai chialé. Comme un gosse, comme je ne pensais plus en être capable depuis les temps anciens et archaïques. J'ai chialé. Je sais que j'étais à la ramasse, que j'avais franchi depuis longtemps déjà les limites de moi-même, que j'habitais un autre, que *je* avait changé de gueule, j'avais bien conscience d'être dans un ailleurs absolu. Quoi qu'il en soit, j'ai chialé. Et, comme si cela ne suffisait pas, Angelica a ajouté quelques gestes, quelques actes. Presque rien, d'un certain point de vue, mais qui saura jamais ?

Elle s'est approchée très près, je sentais son incroyable odeur de femme pleine de chair, son souffle fort, ce fonds de vie première qu'elle avait conservé envers et contre tout. J'ai senti, plutôt j'ai pressenti que nous passions brutalement dans une autre dimension des choses et des êtres, qu'un événement microcosmique mais fondateur allait advenir. On peut toujours rigoler, c'est un droit reconnu. Angelica a levé ma tête d'un doigt, nous avions l'œil presque collé l'un à l'autre, il y avait des tressauts d'énergie partout autour, j'étais à sa merci. Elle m'a embrassé. Sur la bouche. Pas le baiser d'une amoureuse qui offrirait ces lèvres-ci avant d'ouvrir plus bas ces lèvres-là. Mais un baiser pourtant, violent et réconfortant. Réconfortant, c'est bien le souvenir que j'en ai conservé. Elle avait donné, j'avais reçu.

Je suis reparti vingt minutes plus tard, le rouge aux joues, pas au front. Angelica m'a fait promettre d'appeler chaque jour et même plusieurs fois, elle m'a arraché l'adresse du studio de maman Monnat, puis raccompagné à la porte du jardin.

Qu'est-ce que j'allais bien pouvoir faire ? Je crois que je le savais depuis le matin même sous la douche : récupérer Marina, me rabibocher, renouer le fil puissant qui me liait à elle. J'ai foncé au Pradet, chez elle, mais tout était bouclé, merde. J'ai laissé un message d'apaisement complet sur son répondeur en lui disant où me trouver, ajoutant que je l'aimais, que je l'aiderais. Puis j'ai appelé d'une cabine le Philippe, le soi-disant frangin, parce que j'étais sûr qu'il saurait. Je l'imaginais même, sans gros effort, installée chez lui. L'idée ne me rendait pas l'humeur plus calme. Miracle : il était là, en direct live, au bout du combiné. Je lui ai expliqué deux ou trois bricoles, pas grand-chose, en omettant bien sûr l'engueulade avec Marina. J'ai prétendu qu'elle semblait agitée, nerveuse et que je m'inquiétais pour elle. Tran le fourbe. L'aurait-il vue récemment ? Pensait-il qu'on pouvait tenter quelque chose, qu'on devrait ? Bref.

– Il vous arrive d'être lourd, Tran. On vous l'a déjà dit ? Marina m'a tout raconté, qu'est-ce que vous croyez ? Vous débarquez de la lune, vous semez le bordel partout, et vous pensez qu'on vous doit tout, ou quoi ? Elle m'a tout dit, alors pas de cinéma.

– D'accord. Vous seriez le grand chef, le brave, le soutien moral de Marina, plus le grand frère qui la baise.

J'étais pas d'humeur, il faut me croire. Mais lui de même.

– Pauvre con. Pour une fois que j'ai l'occasion de parler nettement, je vous le garantis, Tran : je déteste les mecs dans votre genre. Ce genre grosses douleurs et blessures de l'âme, baroudeur et queutard, amour toujours et dynamiteur de vies. Si vous aimiez Marina, vous lui fouteriez la paix, vous la laisseriez à ses souvenirs, à ses vrais amis. Mais c'est vous qui comptez, Tran, ne vous racontez pas d'histoire, c'est vous. Rien que vous.

– Tu me fais bien chier, j'ai reconnu, mais je vais quand même t'avouer que j'aime pas les blondinets.

C'est viscéral, j'aurais dû me laisser aller depuis le début, j'aurais dû suivre ma pente naturelle. Bon, je suis le gros salaud de service, d'accord. Je suppose que t'as rien d'autre à me dire sur Marina ?

– *Si*, il a répondu, à ma grande surprise. *Si. Comme je ne suis pas comme vous*, et il insistait sur le vous, il ne s'abaisserait pas à tutoyer, *sachez que je la respecte. Elle m'a demandé un service, et je lui rends sans discuter. Je dois vous dire de sa part que tout va bien. Elle avance à toute allure, et vous serez surpris. Christian Napas lui ouvre des portes. Ce sont ses paroles à elle, Tran, pas les miennes.*

J'ai immédiatement flippé. Napas. Je l'imaginais rouvrir ses vieux carnets d'adresse, arranger des rancards avec des barbouzes au fond d'une ruelle, retrouver la flamme immonde de ses années de jeunesse pourrie. Et baiser Marina, pourquoi pas, et la rebaiser. Mon imagination n'allait guère au-delà. Je crois qu'on peut sans risque d'erreur classer mes pensées de ces instants dans la catégorie jalousie féroce.

Je suis allé au Pradon porté par l'angoisse et le reste. Mais il n'y avait personne. Aucun mouvement, aucun signe de vie, rien. J'ai même appelé les vieux de Napas, à Hyères, et je suis tombé sur la mère qui m'a fait l'effet d'une chieuse de première, mais je peux me tromper. J'ai prétendu être un collègue de passage, ce qui n'était pas faux. Confrère ne serais jamais, mais de passage, sur le départ, oui. Je le croyais de toutes mes forces, à ce moment de l'histoire. La vioque m'a envoyé aux pelotes, c'était l'heure de la sieste, qu'est-ce que j'imaginais. Du reste et d'ailleurs, Christian n'était pas là, il habitait Nice, vous n'étiez pas au courant, vous me redonnez votre nom pour que je lui parle de vous la prochaine fois que je l'aurais au téléphone ? Vieille bique.

Dans la foulée, j'ai joint Pierre-Henri à son cabinet pour donner des nouvelles, comme convenu. Il n'officiait pas, ou guère, car il m'a pris au téléphone pour m'annoncer que Napas me cherchait, qu'il avait besoin de me parler et me donnait rendez-vous en fin d'après-midi au Pradon, vers les sept heures. Il était plus de quatre, je ne voyais pas quoi faire, où et comme trucider le temps qui restait. Je suis retourné au studio, et sans regarder derrière, cette fois. On pouvait me suivre, je n'en savais pas assez sur les poursuites en bagnole pour tenter quoi que ce soit. On verrait bien. Arrivé chez maman Monnat je me suis emmerdé, au point de choper la première chose imprimée de la petite bibliothèque bourrée de copieuses merdes, mais aussi des trois tomes de *Kolyma*, parus vingt ans plus tôt. Je n'arrivais pas à le croire : le monstrueux chef-d'œuvre de Chalamov. On ne se refait pas, et j'ai replongé deux heures dans la mort des gens et des idées, le long de la grande chaussée glacée qui mène à Magadan, là où les pins ne dépassent pas vingt centimètres de haut. Vers six heures, un peu au-delà, j'ai repris la Clio, direction le Pradon. Les habitudes se prennent vite.

23

Napas m'a laissé poireauter vingt minutes devant la porte de son immeuble, je commençais à redouter un problème. Quand je l'ai vu sortir d'un taxi, j'ai eu un choc. Il avait le bras gauche en écharpe, pris dans un large foulard bleu. Lui-même était en noir, je n'osais imaginer un vilain message. Il a vu mon œil, repéré peut-être sa fixité, et m'a balancé en riant, tout en ouvrant sa lourde :

– T'inquiète pas. Juste une chute dans mes escaliers. T'inquiète pas comme ça, Tran. On les aura.

Je l'ai suivi en le maudissant, enfin, merde, cette familiarité. J'aurais aimé changer de trottoir, mais on était dans son entrée, rien n'avait bougé. J'ai même aperçu la bouteille de la dernière fois, morte au combat mais toujours pas enterrée.

– Écoute, je lui ai dit d'emblée, j'ai besoin de voir Marina. Vite. Tout de suite. Aujourd'hui. J'ai des choses très importantes à lui dire. Très.

– Ah oui, il a minaudé. Tu la verras, ta petite chérie, elle est d'accord, en plus. Tu peux me croire, elle t'a vachement à la bonne, tu l'entendrais parler de Tran, mon vieux, je t'envie.

J'ai eu la vive tentation de lui mettre un pain, je ne sais plus trop ce qui m'a retenu.

– Assieds-toi, fais comme chez toi. Il se passe des choses, Tran, des grandes choses, tu peux me croire, j'ai l'impression de bander pour la première fois depuis dix ans. Tu comprends ces choses-là ?

Je n'ai pas répondu, je n'étais pas son complice, il n'était pas mon ami, chierie, je voulais juste serrer ma nana dans mes bras. On s'est assis. Napas a sorti deux bières, preuve indiscutable qu'il se considérait en pleine action. Une telle sobriété valait confirmation. Il se passait quelque chose. D'important.

– Cette Bavaria me tue, il a commenté après sa première gorgée. Dieu que c'est bon.

– Bon, j'ai grogné, et la suite ?

– Ouais, Tran, joue-moi ton méchant anarchiste, j'adore. Écoute, je vais pas faire durer le suspense. Je sais tout.

– Sur quoi ? j'ai répliqué en me doutant bien, hein.

– L'explosion, l'immeuble, enfin tout ce bobinard sans nom. J'attends juste des preuves, au moins une ou deux qu'on m'a promises, et je lance le bordel plein pot, publiquement. Le vent va souffler en tempête, Tran, tu vas être content.

– Napas, tu le fais exprès ?

– Ouais. Je suis chiant, j'aime prendre le temps et laisser traîner. Mais bon, allons-y : c'est la bavure du siècle. Militaire et maritime. Et ce n'est pas le plus beau. Les Américains sont dans le coup !

Je n'y ai pas cru. C'est simple et vrai, stupide aussi : je n'y ai pas cru. Je repensais aux obsessions de Napas, tout ce qu'il avait raconté sur les Amerloques, et j'ai pensé qu'il déconnait. S'il était sérieux, il était manipulé. Et s'il essayait une manœuvre retorse contre moi, ce connard allait me trouver à la seconde. Je me jugeais de taille à lui casser proprement la tête. Réellement, je ne l'ai pas cru, et je l'ai regardé droit dans les yeux avec un petit mélange personnel de défi et de mépris. Je me connais. Le mépris devait être visible. Or Napas n'était pas con, il a entrevu, puis compris.

– Tu me prends pour un charlot, Tran ? Un petit mytho à deux balles, un conspirationniste à la Meyssan ? Tu te dis que je me la joue grand complot ?

J'ai préféré ne pas répondre, je n'aurais pas su détendre l'atmosphère, je crois.

– Mon pote, il a craché, tu as gravement tort. Tu peux m'écouter une seconde, malgré tes grands airs ?

J'ai recoupé, comme un grand, c'est pas ce qu'on apprend dans les écoles de journalisme ? Tu te souviens de ce que je t'ai appris sur mes accointances du temps passé, ces mecs des services qui faisaient joujou avec nous, leurs vilains canards de petits fachos ? Eh bien, tous n'étaient pas des marionnettistes et des petits salauds. Parmi eux, il y a toujours eu un noyau de mecs intègres. Je te demande pas d'applaudir, Tran, je sais que c'est pas tes amis. Intègres, je te le dis. De droite, d'une droite dure et pure comme elle n'existe jamais au pouvoir. Des mecs qui ont la trique automatique quand on lève le drapeau. La vision te gonfle, hein ?

Dieu oui, je n'en pouvais plus, j'étouffais.

– Continue, j'ai pourtant suggéré. Continue.

– Bien. Parmi ces mecs, il y en a trois que j'ai continué à voir, et au moins deux que je considère comme des amis, je vais pas dire des frères pour ne pas t'emmerder. L'un d'eux m'a parlé, c'est pas plus compliqué. Ce mec est dans le renseignement militaire depuis plus de vingt-cinq ans, pas grand-chose ne lui échappe dans la région. Quand l'explosion de l'immeuble s'est produite, il a suivi en temps réel.

– Super, ton bonhomme, j'ai ironisé. Il couvre une bavure pendant des années et, comme sa conscience le démange, il te livre ses secrets d'État. Tu es sérieux, Napas, ou tu te fous de ma gueule en beauté ?

– Je suis sérieux, Tran. D'abord, j'ai confiance en lui pour des raisons qui t'échapperont toujours. C'est pas un tendre, c'est certain, c'est pas un pédé de la Gay Pride. Mais il a le sens de l'honneur. Je sais bien que ce mot-là fait pleurer de rire par chez toi, mais pas chez nous. S'il a finalement décidé de me dire le gros de l'affaire, c'est parce qu'il pense que l'armée est en train de déraper. Il ne connaît aucun détail, du moins il le jure, mais il sait qu'une lourde opération est en cours pour empêcher qu'on découvre la vérité. Pour lui, l'affaire va mal se terminer. Forcément. En gros, ce mec était d'accord pour masquer les événements, mais pas pour des opérations homo à répétition.

– Homo ? j'ai tilté, je pensais comme un idiot à Pierre-Henri.

– Homo, pour homicide. Pour flinguer. C'est un mot du jargon, Tran. Le type m'a parlé de toi, de ton pote l'avocat, de Monnat et de Marina. De tout le monde, même de Bert et de Torlotta. Je te jure. Une opération homo est en cours, et la seule façon de l'arrêter, c'est de la révéler. Mon ami le croit et je suis du même avis. Cet officier risque gros, tout, en fait. Sa carrière, sa vie.

– Don Quichotte en chemise noire, j'ai raillé, car je n'y croyais toujours pas. Oui, c'est crédible.

– Tu me gonfles, Tran, pousse pas. Tu te demandes pas pourquoi je parle à un gugusse de ton espèce ?

– Si, figure-toi.

– Je pourrais te dire que l'eau a coulé à flots sous les ponts et par-dessus les murs de Berlin depuis 89, et ce serait vrai. Je pourrais te dire que Marina est une nana qui vaut la peine, et ce serait vrai. Je pourrais même te dire qu'il y a quelque chose en toi qui me déplaît pas, et ce serait pas faux. Mais en plus de tout, Tran, j'ai besoin d'un fouteur de bordel dans ton genre, avec tes entrées dans cette putain de presse de gauche parisienne. Moi, je peux allumer une grosse et longue mèche, mais si la bombe n'explose pas dans *Libé*, l'*Obs* et *Le Monde*, tu sais quoi ? On finira en morceaux, toi aussi. Tu me suis ?

– Tu me proposes une collaboration ? j'ai écarquillé.

– T'as pas un mot un peu moins surchargé ? il a ricané. Je préférerais coopération, ou répartition.

– Je te signale que je suis là depuis une demi-heure, et que tu m'as toujours pas raconté l'histoire. T'es bien sûr qu'elle existe, au moins ?

– Très drôle. Je vais te raconter, mais je veux qu'on soit au clair d'abord. Je marche à la confiance, ce qui est d'une rare connerie, mais baste. Je veux que tu prennes l'engagement de ne pas me faire un gosse dans le dos. Je suis capable de te croire, j'en fais mon affaire. Mais toi, Tran, tu dois admettre que tu n'es pas le metteur en scène. Seulement un acteur. Si tu signes, tu joues. Sinon, t'oublies. D'accord ?

– Je sais pas. Sache que, quoi qu'il arrive, je te piquerai rien. Que dalle. C'est pas mon genre. Je ne te grillerai pas. T'auras ton scoop.

– Je vais m'en contenter. La confiance, la confiance ! il a chuinté. Voilà. Dans l'armée de terre, comme dans l'aviation ou la Marine, il y a les manœuvres officielles, connues, annoncées, médiatisées, et les autres, qui sont souvent les vraies. Celles-là, elles se font dans des conditions réelles de combat, avec des armes qui ne tirent pas des pruneaux d'Agen, de nuit comme de jour. C'est obligatoire, je ne pense pas t'apprendre grand chose. Dans ces cas-là, personne n'est au courant, tout est couvert par le secret-défense. Tu as dû lire comme moi ces histoires de chalutiers bretons coulés en pleine mer d'huile sans raison apparente. Je n'ai pas de scoop particulier, mais je peux te dire que mes petits amis ne doutent pas une seconde qu'ils ont rencontré en route des sous-marins en maraude.

Je n'ai pas moufté, mais j'aurais pu, car j'avais travaillé, une douzaine d'années plus tôt, sur l'une de ces affaires atrocement entortillées. Un chalutier, oui, qui coule sans raison un jour de grand beau temps, des avions de surveillance qui suivent deux naufragés à bord d'un dinghy, pendant deux heures, puis qui disent s'être trompés et avoir confondu avec un simple gilet de sauvetage. Des bandes magnétiques contenant les échanges entre l'avion et le centre de la Marine nationale, à terre, qui sont effacées par mégarde, bien sûr. Et un climat insupportable, et des questions sans réponse, dont celle-ci : si un sous-marin nucléaire en manœuvre accrochait un bateau de pêche, l'armée le reconnaîtrait-elle ? Et celle-là : si les deux naufragés aperçus n'étaient pas un mirage, qu'étaient-ils devenus ? Une première résistance anti-Napas venait de péter. Il a apprécié.

– Je continue ? a demandé le malin. Bon, grosso modo, tu te doutes que j'ai pas les détails, du moins pour le moment. Le jour de l'explosion, des manœuvres navales se terminaient en Méditerranée, à vingt milles des côtes. Pendant cinq jours, exercices de tirs sur de faux bâtiments en pleine mer, puis retour à la base. Apparemment, un système de sécurité a foiré sur un lance-missiles. C'est rare, mais la chose peut arriver. Comme le reste, comme tout. Boum. Un immeuble en moins. Le *destroyer* était américain.

– Américain ?

– Américain. Même type que l'USS Cole qui a été attaqué en 2000 devant un port du Yemen par des petits gars à Ben Laden. Tu comprends mieux le bordel ambiant ? Pour le petit connard qui nous commande, il aurait fallu reconnaître, malgré le bluff et l'esbroufe, que les relations militaires avec les Américains n'ont jamais cessé. D'un côté, je montre les couilles françaises à la tribune de l'ONU, je m'oppose à la guerre en Irak, et, de l'autre, je suce la pomme des Yankees. Sous forme de manœuvres clandestines et dangereuses juste sous nos côtes. Sur fond de lutte à mort contre le terrorisme, ce n'est pas bon pour la promo de montrer que nos armées blanches tuent aussi des civils. Avouer, au passage, c'était la certitude d'une crise diplomatique majeure avec Washington. Je peux me tromper, mais je suis sûr que nos Amerloques chéris ont exigé à la seconde où ils ont appris la bavure qu'on monte un joli bateau. Merde, excuse, c'est venu tout seul, je voulais pas plaisanter.

Je n'avais même pas remarqué. Simplement parce que j'étais embarqué à mon tour. Merde de merde, le scénario se tenait, très bien, même.

– Et… et… et, j'ai péniblement répété, ils auraient eu les moyens, selon toi, de tout planquer aussi vite, de manipuler tout le monde, de bloquer les flics et la presse ?

Napas a explosé de rire, je n'étais que modérément fier de moi. Puis s'est repris, ce n'était qu'un masque, je sentais l'extrême tension au fond de son regard.

– Ho, Tran, c'est toi le gauchiste, ou c'est moi ? Ça fait trois siècles que la Marine est installée dans le Var. La zone est plus stratégique que jamais, à cause des Arabies d'en face et du choc qui vient. Je te pose une question : pourquoi n'entend-on jamais parler de la moindre catastrophe provoquée par notre armée dans le coin ? Est-ce que tu peux croire un conte de fées pareil ? Depuis 45, sans remonter à Mathusalem, combien d'avions ou d'hélicos dans le ciel, de chars et de jeeps sur les routes, de tirs au canon, d'entrées et sorties de sous-marins nucléaires, de porte-avions ? Je te laisse réfléchir, Tran. Les seules bavures reconnues sont celles qui se passent devant tout le monde, impossibles à camoufler. Je vais te confier une conviction profonde qui va bien t'emmerder, mais je suis pas là pour te plaire. Je suis d'accord avec ce camouflage géant, dans les grandes lignes. J'approuve, mon camarade. Les trois quarts des gens font dans leur froc quand on parle de défense et sont prêts à se faire enculer par le premier qui en sortira une plus grosse. L'armée, elle me fait chier, elle m'écœure, mais elle est le recours, même pour les casse-couilles de ton espèce. Et pour faire ce sale boulot, faut être tranquille, faut pas que des journaleux fassent chier toutes les cinq minutes parce qu'une bastos a pas atteint la bonne cible.

– Napas, calme-toi, je suis pas ton vomi. Arrête de t'essuyer sur moi.

Il s'est calmé, il avait trop envie de parler.

– Oui, bon, l'ensemble tourne autour de l'idée de secret, cette idée fondamentale qui n'intéresse qu'une poignée d'irréductibles. Je te jure que c'est passionnant. Le secret, je le vois sous la forme de cercles concentriques. Les cercles extérieurs, tout le monde connaît, c'est pour le gogo qui lit *Le Monde* et se croit au courant. On lui parle de DGSE et de DST, il croit tout savoir. Vois ce qui est arrivé autour du *Rainbow Warrior*, la plus belle opération d'intox de ces vingt dernières années. Révélation sensationnelle de Rouletabille ! Cinq colonnes à la une ! Fais-moi rire : si les services, le noyau dur des services, n'avaient pas voulu lâcher ce morceau-là pour monter un coup bien plus gros contre les socialos, Rouletabille serait allé se faire rhabiller chez Plumeau, comme d'habitude.

– La deuxième équipe, les nageurs de combat, les faux mariés je sais plus comment, c'était du pipeau, d'après toi ?

– On peut rien te cacher. Ils ont été balancés volontairement, pour faire tomber Hernu et reprendre la main face à Mitterrand, eh ouais. Mais je suis un putain de bavard, hein, Tran ? On part du secret extérieur, tellement public qu'il n'est plus un secret, et puis on avance vers le centre, lentement. Vers l'opacité la plus complète, celle des grands fonds. Le noir le plus sombre. L'inconnu. Il a fallu quarante ans à l'Amérique pour apprendre qu'elle donnait seize milliards de dollars par an à la NSA, l'agence que personne ne connaissait. Les gugusses de *Libé* te parlent de la CIA en mouillant leur culotte d'excitation, mais ils oublient la DIA, les renseignements militaires qui sont cent fois plus puissants. Qui a buté Moro en 78 ? Qui a dirigé Gladio ? Et les tueurs fous du Brabant ? Et le Temple solaire ? Le secret, le vrai secret est par là, mais personne n'en parle. Avec des hommes, des structures, des codes, de l'argent. Voilà, mon bon, pourquoi votre fille est muette. Et voilà pourquoi votre mère devient soudainement suicidaire.

Il s'est tu, j'étais sonné, plus qu'aux trois-quarts convaincu. Plus.

– C'est ton vieux camarade qui t'a raconté tout ça ?

– Non, Tran. Lui, il m'a seulement parlé d'un lance-missiles foireux à bord d'un destroyer. C'est tout. En me promettant de voir ce qu'il pourrait me filer. De toi à moi, je crois qu'il regrette affreusement d'avoir jacté, ces mecs-là ne parlent jamais. Trop tard. Je connais des masses de gens sur la Côte, même un amiral. Je te rassure, je l'ai pas approché. Mais j'ai demandé à droite à gauche, et j'ai vite vu qu'il n'y avait aucune sortie des bâtiments prévue ce jour-là. Après, je crois que tu connais la manœuvre comme moi, j'ai joué au puzzle. Prêché le faux pour savoir le vrai, titillé machin, rappelé à truc ce qu'il me devait, tout à l'avenant. Tu sais, presque personne n'est au courant. Il ne faut pas croire que les flics, les experts et les juges se tiennent les coudes. La ville serait remplie de rumeurs dingues. De ce que j'ai compris, il y a un plan spécial en cas de pépin, un PC opérationnel qui se met en place pour doubler les autorités officielles. Personne ne les connaît, mais ils savent se faire obéir. C'est ce qui explique la dispersion immédiate des gravats, le déshabillage des victimes entre la place aux Olives et l'hôpital, et cette version grotesque imposée au sous-préfet. Tout se passe à un niveau supérieur. Tu vois un mec comme Croce se mettre en travers et dire au mégaphone : « Que personne ne bouge, je vais vous dire la vérité ! » ?

Je me suis un peu marré, malgré moi. L'idée du flic ripou jouant les Zorro, brisant net sa carrière pour le bien public.

– Dans ce système-là, a repris Napas, très peu de gens ont besoin de mentir. Un ou deux chefs, un ou deux experts, qui ne savent pas de toute façon de quoi il retourne. Tous les autres, même s'ils se posent des questions, n'ont accès qu'à des bribes et ne sont jamais interrogés que sur des bribes. Ce cloisonnement m'a d'ailleurs aidé, parce que les mecs que tu interroges sur un détail n'ont pas forcément l'idée de te raconter un bobard. Parce qu'il s'agit d'un détail. Tu chopes un vieux copain qui bosse au Sirpa, tu bois un coup avec lui et tu lui balances : « Salopard, je viens d'apprendre qu'il y avait eu des manœuvres navales importantes il y a juste deux ans, t'aurais pu m'en parler, j'ai eu l'air con ! » Et le mec ouvre des yeux ronds parce qu'il ne voit pas, mais il te rappelle l'après-midi même avec une voix changée en te jetant : « Dis donc, Napas, comment t'as pu être mis au courant ? Même nous, on était censés ne pas savoir. Tu veux pas me dire ? » J'ai tout reconstruit comme un grand et, quand j'ai eu fini, je suis allé voir mon troisième contact. *Capito ?*

J'avais. Le troisième, celui des trois qui n'était pas un ami ou un frère, mais avec qui il était néanmoins resté en contact. J'ai hoché.

– Des trois, c'est le plus gradé, le mieux placé, et de loin. Je peux te dire qu'il a fait un sacré chemin, en vingt-cinq ans. Mais c'est pas la question. Je suis allé le trouver chez lui, directement, un soir, il y a trois jours. Après l'avoir appelé, tu penses bien.

– Je comprends pas, Napas. Tu es allé le voir pour quoi ? Pour le narguer ?

– Mais pour une confirmation, Tran ! Je m'attendais pas à ce qu'il me dise oui, bravo, petit gars, on te décore. Mais j'étais curieux de voir sa réaction. J'ai pas été déçu. Il a rien dit. Rien, pas un mot, je te jure que c'est la vérité. Mais sa gueule ! Tu aurais vu sa gueule ! Je lui demandais juste de démentir, ou de préciser quelque chose, mais rien, pas une parole. Si, il a juste dit : « Napas, ce n'est pas très malin. » C'est pas une confirmation, d'après toi ?

– Je sais pas où tu vas, mais t'y vas droit, pas de doute. Ça te fout pas les foies ?

– Je suis grand, j'ai des amis, j'ai des copies de tout. Et puis j'attends d'ici deux jours maximum quelques pièces clés. Des preuves, de vraies preuves. Après, je lance mon propre missile.

Je ne comprenais pas. Je ne comprenais pas. Je lui ai dit que je ne comprenais rien.

– Pourquoi tu te lances là-dedans, Napas ? T'es pas un peu vieux pour ce genre de truc ? Qu'est-ce que tu vas y gagner ?

– Rien, Tran, ou pas grand-chose. Mais qu'est-ce que t'as gagné toi-même, avec tes papiers d'emmerdeur ? Y a pas besoin d'être anarchiste pour préférer la vérité au reste, t'es pas obligé d'être d'accord. Et puis, je vais te dire, il y a quelques gros connards, dans cette hiérarchie de chiotte, que je serais pas mécontent de plonger dans la merde noire. N'oublie jamais que les nationaux dans mon genre préfèrent encore des Arabes debout à des Américains vautrés dans leur bouse et leur Coca. Je veux que ces bourrins d'Étasuniens assument leurs saloperies et qu'ils expliquent comment ils continuent leurs affaires avec notre armée, dans notre dos à tous. C'est politique, Tran. J'ai peut-être pas l'air, mais je suis resté un politique.

J'ai gardé le silence un moment. Napas se reprenait des petites lampées de Bavaria, je fumais ma clope avec application, les doigts dessus comme si j'avais tenu une flûte. Et je me demandais encore un chouïa s'il ne s'agissait pas d'un simple piège particulièrement compliqué. Mais tout a disparu d'un coup, tout s'est éclairé à mesure que les pièces se mettaient en place. Si l'évidence s'impose, c'est qu'elle est évidente, et imposante. Il n'y avait plus de trou noir, seulement des étagères bien rangées, avec leurs petits dossiers mignons, préparés, époussetés. L'histoire se tenait. On enterre une grosse bavure sous les décombres, dans les décharges, et on passe à autre chose, car on a l'habitude. Mais les Bardini s'accrochent, mais Marina ne décroche pas, mais un ennemi juré de la nation et des hiérarchies arrive sans prévenir. Moi. On se renseigne, on jauge le sérieux du bonhomme, on s'avise qu'il a bel et bien remué de la merde pendant des années, y compris dans les environs. On évalue De Bei, qui se trouve être de la même engeance. On évalue Monnat, qui n'aime pas beaucoup la grande patrie et ses serviteurs. On intimide, on continue à surveiller de près quand les tourtereaux partent en vacances en Bretagne et, quand la menace se précise, quand le pauvre Lando se lance dans l'aventure, on réagit d'un coup sec et simultané.

À ce moment-là, tout doit s'arrêter. La peur, en règle générale l'excellente conseillère qu'on sait, paralyse la petite bande, et le classeur se referme pour l'éternité. On n'en était pas loin, il faut reconnaître.

Antoine lâchait pied, Lando pleurait, Pierre-Henri déprimait, j'étais proche du KO. Restait Napas, la pièce rapportée, la surprise du chef, la vraie surprise des galonnés. Et Marina la folle, qui pensait qu'elle avait des droits et des devoirs sacrés. Je ne me sentais pas tranquille.

Napas a sorti le nez de sa mousse. Ce mec ne serait jamais que ce qu'il était à mes yeux, mais je dois bien avouer qu'il tenait un rang convenable, sous ses apparences de naze sur le retour et de nazillon. Il a demandé :

– Est-ce que tu me crois, Tran ? Ce que je vais te dire est un peu cucul et j'aime pas trop me montrer, mais ce que tu penses de moi a son importance. Est-ce que tu me crois ?

– Oui, j'ai avoué. J'ai la méchante impression que tout colle, que tout est expliqué. Mais ta version n'arrange rien du tout, au contraire, il me semble. Où est passée Marina, Napas ?

– En vérité, je ne sais pas trop. Elle me donne des coups de main et doit vérifier une ou deux bricoles que je lui ai laissées pour qu'elle se sente dans le coup. Elle veut tellement savoir que je préfère l'avoir près de moi, cadrée. Tu crois pas ? Elle serait capable de n'importe quoi. D'une autre bavure, sans rire. On doit faire le point ce soir, au téléphone, mais je te jure que je ne l'expose pas. En plus, c'est presque fini. On a encore deux rendez-vous, j'irai seul, et on n'en parle

parle plus. Ou j'aurai les pièces qu'on m'a promises, ou je les aurai jamais. Mais je crois que je les tiens. T'imagines pas combien il y a de mecs, dans les services, qui dégueulent sur l'Amérique, c'est dingue. Un dernier point, Tran : elle t'a dans le cœur, cette fille, tu peux me croire. Elle agit pour sa mère, on est tous d'accord là-dessus, mais c'est aussi pour toi. Je sais pas jouer les grandes pleureuses, je vais pas commencer aujourd'hui, mais je le sens, Tran.

J'ai enregistré, je ne saurais nier avoir été réchauffé deux minutes pleines et entières. Mais j'avais toujours la même trouille.

– J'aimerais au moins lui parler, Napas. Quand tu l'auras, je voudrais que tu lui dises. Pas demain, ce soir.

– On aura tout vu, merde, dans ce bas monde : Christian Napas en messager du cœur de Frédéric Tran. D'accord, je passerai le message. Maintenant, ce qu'elle décidera... Tu seras où ?

– Je compte aller bouffer un morceau chez Monnat. Dis-lui d'appeler là-bas, vers neuf ou dix heures.

– On n'a pas réglé nos petites affaires, Tran. Si tout se passe comme prévu, tu mobilises tes vieux réseaux de pédés germanopratins ?

Le fasciste se marrait, il en avait l'air sympathique. Il a levé sa canette métallique dans ma direction, j'étais en pleine dérive, c'est net.

– Après tout, Napas, pourquoi pas ? Empaler une ou deux chiures de ton état-major me fera le plus grand bien.

Ce n'était pas brillant, non. Les moments de confusion sont des moments confus, faut croire.

24

Elle a appelé. Marina Lourens a appelé chez Pierre-Henri Monnat vers onze heures, j'étais tendu comme un tambour. Pierre-Henri m'avait proposé une partie de go, et j'avais eu l'imbécile idée d'accepter. Le résultat le plus clair, c'est que mes moyos étaient victimes les uns après les autres d'uchikomis. Je me retrouvais envahi de tous les côtés, j'entendais la voix sardonique du grand couillon qui m'alignait sans arrêt des : « Atari ! ». J'étais cuit, oui. On avait traîné le go-ban sur une petite table de jardin vers les neuf heures, avec de la picole en longues boutanches réfrigérées, il faisait encore pas loin de trente degrés, je ne supportais plus ce putain d'été interminable.

Pierre-Henri accusait le coup des photos de cul et commençait à parler d'un long voyage, à La Réunion peut-être, où sa fille Sophie avait trouvé un mecton, un joueur de maloya qui la rendait heureuse. Il me répétait sans se lasser de remonter, de ne plus traîner dans le coin, et je répondais sans arrêt : « T'as raison, on va le faire, on va repartir. »

À onze heures, donc, elle a appelé. Pierre-Henri a laissé filer un bolide de course à travers le jardin – moi –, avec un air qui ne m'a tout de même pas échappé. Inquiétude. Je suis allé décrocher sans savoir si c'était elle, sans me demander si ce pouvait être pour lui. J'avais raison, car c'était pour moi, c'était elle.

– *Monsieur Frédéric Tran*, elle a annoncé avec une voix tordante, délicieuse.

– C'est moi, Marina.

Je ne voulais pas trop jouer, j'avais envie qu'elle vienne, qu'elle me revienne, tout de suite.

– *Oh Fred*, elle a ajouté. *Mon Fred. Tu m'as manqué, mon petit mec, tu m'as trop manqué.*

– Toi aussi, tu m'as manqué à mort.

C'était pas très choisi, mais c'était vrai.

– *Demain*, elle a énoncé. *Demain matin, j'arrive avec les croissants, je te réveille avec les yeux, ensuite avec les mains.*

– Marina ! Viens donc ce soir, viens tout de suite, j'ai besoin de te voir.

– *Demain, vieux loubard. Ce soir, il me reste une bricole à terminer avec notre ami commun. Juste une bricole et tout est bon.*

Je n'ai pas voulu forcer, je la connaissais, faut pas croire tout ce qui est écrit. Je ne voulais surtout pas réduire en poudre nos retrouvailles, mais j'ai réussi à lui arracher un petit diamant avant qu'elle raccroche pour de bon.

– On se refait un tour en Armorique ? j'ai proposé.

– *Pourquoi pas, mon Tran à moi ? Ouais, pourquoi pas, mon petit chéri ? Tu me reprendrais avec toi dans ta maison à toi ?*

On a continué sur le même ton cinq minutes, puis on s'est embrassés avec autant de passion que le permettent les télécommunications, et j'ai raccroché. Je suis retourné à ma branlée au go avec le sourire en tête. J'étais plus détendu, un peu plus en tout cas, du coup j'ai réussi à sauver un moyo dans le coin sud-est du tableau. Longtemps après, vers deux heures, je suis resté seul auprès de mon bassin, j'ai rêvé au temps parfait d'une vie de rêve en fumant des clopes à tire-larigot, je me suis nettement saoulé. Je n'avais pas envie de rentrer au studio de maman Monnat. De toute façon, est-ce que j'aurais retrouvé les clés ?

Plus tard encore, après trois heures, je suis allé m'écrouler sur le lit d'ami d'un véritable ami. Et au matin, qui annonçait carrément midi, plus de midi même, presque une heure, j'ai ouvert l'œil, mais seul. Marina n'était pas là.

Je n'ai pas traîné, pas question de rester les deux pieds dans le même sabot. J'ai foncé chez maman Monnat, rien. J'ai appelé Marina chez elle, pour le cas où elle serait rentrée trop tard. Répondeur. J'ai laissé un cri. J'ai appelé Napas à son boulot, personne. J'ai appelé sur son portable, qu'une nana de son journal m'avait refilé sans même demander mon nom, répondeur. J'ai laissé un message vif, sans détour, nerveux. J'ai appelé au Pradon, j'ai appelé chez lui à Nice où il m'avait dit que je pouvais le joindre s'il n'était nulle part. Mais il n'était vraiment nulle part. Comme je ne savais quoi faire, j'ai pris la Clio de location et entamé une longue tournée. Je suis passé au Pradet, chez Marina, puis au Pradon, et j'ai même été emmerder la vieille peau qui servait de mère à Napas, à Hyères. Personne ne l'avait vu.

Je suis retourné chez Pierre-Henri, mon cœur avait doublé de volume, et commençait à s'échapper par la bouche et le nez, j'étouffais de trouille. Rien, personne. À six heures, je n'ai plus hésité, je n'en pouvais plus : j'ai appelé Hartmann. Oui, police secours. Par bonheur, il était là et m'a pris au fil. Je lui ai expliqué mon malheur. Je ne lui ai pas raconté ce que Napas pensait, seulement que Marina et lui avaient trouvé quelque chose, que je devais voir Marina ce matin même, que ni elle ni Napas ne donnaient de nouvelles.

C'était con, d'un côté, j'ai conscience. Peut-être allait-elle apparaître en éclatant de rire à la porte ?

Mais d'un autre je n'aurais pu attendre, il me fallait de l'action, n'importe laquelle. Hartmann a été épatant, pas d'autre mot. Il m'a pas fait le coup habituel, il ne m'a pas conseillé d'attendre, de me calmer, il n'a pas sous-entendu que Marina était peut-être en train de sucer machin. Rien de tel. Il m'a posé des questions générales, bien choisies, manière de faire mentalement l'état des lieux, et puis :

– *Monsieur Tran, je comprends votre inquiétude, et en partie du moins, je la partage. Je fais mettre aussitôt quelques hommes là-dessus, mais d'une manière aussi informelle que possible, vous me comprenez, n'est-ce pas ? On ne peut pas lancer une opération de police sur une base pareille, mais eu égard aux circonstances particulières, je vous promets de suivre l'affaire personnellement. Et de vous tenir au courant. On vous joint chez le docteur Monnat ?*

Oui, on me joignait chez lui, on me joindrait chez lui, je n'entendais plus bouger d'un mètre. Je n'avais pas osé emmerder une fois de plus Pierre-Henri mais, quand il est rentré vers huit heures le soir, ni Marina ni Napas n'étaient réapparus, et le psychiatre a pris la nouvelle de la seule manière possible : il était assommé. On a passé une soirée sinistre comme aucune autre, à guetter un coup de fil qui ne venait pas. Il est allé se coucher à onze heures en me refilant deux cachetons, exigeant presque que je les prenne devant lui. L'air sentait la prison et l'HP, la débine et la fin du monde. Tellement que j'ai pris les cachets et que j'ai sombré.

Le matin suivant, je me suis éveillé, seul encore, avec un terrifiant mal de tête, il était dix heures vingt. Pierre-Henri m'avait laissé un petit mot léger, contrefait par pure amitié. J'ai téléphoné tous azimuts jusque vers midi, sans plus de résultats que la veille. Répondeurs, silence de glace, coups de poignard. Alors que je raccrochais après un énième appel, le téléphone a sonné et j'ai pensé que c'était la première fois, la toute première fois qu'un son pareil résonnait sur terre. Le sixième sens des animaux quand arrive le désastre ?

C'était Hartmann, je n'avais pas besoin d'une traduction simultanée, il parlait français, sa voix était limpide.

– *Monsieur Tran, très mauvaise nouvelle : Marina Lourens est morte, ainsi que Monsieur Napas. Ils ont été retrouvés ce matin à quelques centaines de mètres de l'île de Port-Cros par un plaisancier. En tenue de plongée tous les deux. Apparemment, il s'agirait d'un accident de décompression. Vous voulez venir ? Je me rends sur place.*

Je ne sais plus ce que j'ai dit. Je ne sais pas ce que j'ai pensé. Je ne sais plus rien. Il y avait de longs bras dans ma tête, des visages sans dents ni lèvres, des cris de bête, du sirocco et des typhons glacés, des statues grecques dans des mares de sang, des blessures de guerre, tout un monde achevé qui tournoyait de rage. J'y suis allé, si on peut décrire l'hébétude en mouvement.

Hartmann est venu me chercher en cravate. En plein été, en personne et en cravate. On n'a pas beaucoup échangé en route, jusqu'à l'embarcadère. Il sentait qu'il valait mieux, tout le monde l'aurait compris, mais lui avait un vrai tact. Son silence était parfait. On n'a pas eu à aller jusqu'à Port-Cros, car les deux morts, même aujourd'hui ce mot pèse sa tonne, car les deux morts avaient été ramenés à Porquerolles. Revenir ici deux mois plus tard, revoir les belombras, la terrasse où l'on avait bu ensemble, bien, passons.

Marina ma douce avait été déposée dans un petit local du parc national, sur une table, avec Napas à ses côtés. Elle était sous un drap et, sous ce drap, presque nue, avec une simple culotte minuscule, verte, que je ne l'avais jamais vue porter. Morte, avec les yeux étirés d'une jeune Chinoise, une blancheur absolue sur le visage et des taches rouges sur la poitrine. Napas avait l'air de ricaner encore, la bouteille de Bavaria ne pouvait être loin de sa gorge de buveur, il devait y avoir un malentendu.

Je crois n'avoir pas soufflé le moindre mot, j'ai embrassé comme je pouvais ses yeux, la cicatrice de sa joue, j'ai plongé ma main dans sa tignasse tant que j'ai pu. Hartmann m'a sorti de cette agonie-là, et ramené au bateau comme l'automate que j'étais devenu.

Le reste n'est que vague remembrance, sauf cette douleur des enfers que je n'oublierai jamais. Rien n'était plus, sauf cette souffrance totale, cette essoreuse maudite où le cœur comme le corps roulaient ensemble à l'abîme. J'ai tant bu, toutes ces heures, et tant vomi de bile, que depuis je ne bois plus, ou presque. On peut le croire ? Pierre-Henri n'a plus guère bougé de mon chevet, appelant Madeleine, la Madeleine oui, quand il était contraint de sortir et de recevoir tout de même quelques patients. De toute manière, je ne voyais plus rien. Je me rappelle quelques paumes fraîches sorties d'un lieu reculé, contre mon front ; je me rappelle la voix de Madeleine, elle me faisait pleurer parce qu'elle m'évoquait l'autre. Je me rappelle les comprimés, les comprimés, les comprimés. Pierre-Henri, ce n'est pas l'insulter, avait davantage confiance dans le lithium et ses petits compagnons anxiolytiques que dans le réconfort humain. Dans ces cas-là, du moins.

Trois jours, je suis resté serpillière et vomissure pendant trois jours complets avant de rouvrir quelque chose qui ressemblait à un œil. Et mi-clos encore, rouge incendie, aveugle.

Au soir de ce troisième jour de deuil, alors que je songeais à repartir, à remonter pour l'éternité vers Paris, Pierre-Henri a fini par cracher le morceau.

ceau. Antoine venait de téléphoner pour dire l'essentiel, que j'avais oublié. Qu'il était là, et d'autres aussi, qu'un frère m'attendait pour les réparations de l'âme.

C'était dans les huit heures, il faisait moins chaud, le vent soufflait sur le citronnier du jardin, je fumais l'une des premières cigarettes de ma nouvelle vie de deuil. Pierre-Henri s'est approché avec une lettre dans les mains :

– Bon, Fred, ce ne sera jamais le moment, alors voilà. C'est pour toi, elle t'attend depuis l'autre jour. Adressée à ton nom, ici, elle est de Marina, je reconnaîtrais son écriture entre mille. Je te la donne, ou tu veux attendre un peu ?

J'ai bondi et arraché la feuille, foncé jusqu'au bassin, je me suis assis sur le bord avec les doigts tremblants, ma clope me brûlait la lèvre et le nez, rien à foutre. Et voilà ce que me disait une morte.

Mon Fred,

Je ne sais pas si tu te rends compte, mais c'est la première fois que je t'écris. J'aime bien ça, et accroche-toi, car ce ne sera pas la dernière ! Christian est un mec impossible, ne va surtout pas t'imaginer des choses, j'aime pas sa manière de voir ce monde et ses habitants. Mais, contrairement peut-être à certaines de ses apparences, ce n'est pas un si méchant que cela, et il dit souvent la vérité, ça semble même être un moteur, chez lui. Il a vraiment des liens variés et importants dans les milieux qui nous intéressent. D'ailleurs, on doit aller ensemble vérifier un dernier truc tout à l'heure. Rien qui craigne, je te le jure ! Il est décidé à nous aider, un peu pour moi, un peu ou beaucoup pour lui. Je m'en fous, c'est pas le problème, hein, Fred ?

Ne va surtout pas croire que je suis inconsciente des risques. Je t'en supplie, ne me voie pas comme une gourde. Je sais que le danger est réel, important, et si tu veux mon avis, je suis de plus en plus convaincue que Bert et Torlotta avant lui ont été éliminés seulement pour faire du bruit, créer du trouble, de la diversion. Christian est intarissable là-dessus, il explique la méthode avec un art étonnant. Selon lui, il s'agit de techniques plus ou moins sophistiquées, toujours les mêmes, simplement plus ou moins poussées. Là, ils savent qu'ils ne peuvent pas empêcher les questions, mais ils s'en foutent. L'important, c'est d'installer le doute, d'ouvrir d'autres voies possibles, des hypothèses. Vous ne voulez pas croire au gaz ? D'accord, que diriez-vous de la pègre, alors, et d'un règlement de comptes à l'explosif ?

Il ne me laisse pas voir les gens qui comptent vraiment, ceux qu'il appelle ses amis, mais il m'a laissé faire quelques courses ; à sa façon, il m'associe. Je l'ai vu dans l'après-midi, et c'est pour ça, mon Fred, que je t'envoie ce petit mot. Dans la série : on sait jamais ce qui peut arriver (je plaisante, je plaisante !). Figure-toi qu'il a découvert qui sont les deux mecs, tu vois qui, j'insiste pas. Je sais à quel point cette saloperie d'histoire te poursuit, et il me semble que je te dois bien ça. Il a trouvé leur nom à tous les deux, Fred ! Le premier, c'est Ahmed Kebbour. Un fils de harki, d'après Christian, un peu zonard. Et l'autre, Christian Mathieu, un « ancien », il m'a dit en roulant des yeux, façon grand mystère. Tous les deux employés, jusqu'à ces derniers jours – hum, hum – par une boîte spécialisée dans, je cite : « la surveillance des zones portuaires ». Christian était hilare en me racontant ça, j'espère que tu comprendras mieux que moi ! La boîte s'appelle Docks et Stocks, et elle est basée au port de La Seyne. Je t'en supplie, mon Fred à moi, je ne t'ai rien dit, parce que je crois bien que Christian tient beaucoup à t'annoncer sa découverte lui-même. Je ne devrais pas te prévenir, je joue contre mes intérêts sentimentaux, mais tant pis : il t'aime vraiment bien, ce garçon, et je me demande pourquoi. Pourquoi, Fred ? Tu lui aurais fait du gringue ? Un dernier point : il a dit que le patron de la boîte était un ancien d'Aspre et tôt. Ou aspreto ? Ou aspretto ? Tu vois ce que c'est ?

Je ne me demande qu'une chose : auras-tu déjà lu cette lettre quand on se verra demain ? Tout à l'heure, au téléphone, tu m'as demandé si ça me plairait de retourner en Armorique, et ma réponse de petite cinglée a été : « Pourquoi pas ? » Mais ma réponse de grande cinglée, c'est : « Évidemment ! » Fred, non seulement j'ai adoré ton coin de tout là-bas, mais c'est toi que j'adore. Je ne devrais pas te le dire, mais je ne suis pas certaine du tout d'avoir été aussi heureuse un jour avec un bonhomme. Je t'embrasse où tu sais.

Marina

PS : Comme je suis un peu rusée quand même, il n'y a pas une chance sur cent pour que ma lettre arrive avant moi, vu qu'il est neuf heures du soir, que je vais aller la jeter dans une boîte d'ici un quart d'heure, le temps que Christian rapplique, et qu'on se verra demain à l'aube ou presque. Comme ça, si je change d'avis, je la pique dans la boîte à Monnat, et ni vu ni connu !

J'en ai été électrisé. J'ai pleuré encore, mais laissons de côté, c'est personnel. Pour le reste, j'ai été pris de spasmes. Je ne sais pas si ça se voyait de l'extérieur. Peut-être, car Pierre-Henri est venu très vite voir de quoi il retournait. Mais au fond, je crois que le drame était mieux camouflé que cela. Après avoir séché ce qui pouvait l'être, je me suis enfermé dans le bureau pour me perdre sur le Net. Évidemment, je connaissais Aspretto, en Corse ! Une base aéronavale proche d'Ajaccio, très haut lieu de la barbouzerie et des opérations secrètes. Autre chose que je savais pour avoir regardé la chose d'assez près dans le temps : une unité spéciale de nageurs de combat s'y était installée au début des années soixante. Ses hommes, dont certains avaient fait partie du légendaire – chez les copains de Napas – Onzième bataillon parachutiste de choc. Le onzième choc de tous les coups fourrés et coups tordus de la soi-disant République. J'avais les mains dans un drôle d'état. Sur le Net, où tout circule, j'ai repassé soixante ans d'histoire en accéléré. La Corse, oui, et les visées du Duce sur l'île, ce bon vieux Mussolini. D'où cette construction en 1932, sur l'éperon d'Aspretto, d'une base d'hydravions, et tout ce qui a suivi jusqu'au quasi-abandon, au milieu des années soixante-dix. Bientôt, il ne resterait rien de cette mémoire de feu, rien d'autre que ce que les militaires auraient bien voulu conserver. Aux dernières nouvelles, on parlait d'un centre touristique, un candidat aux municipales avait même écrit en toutes lettres dans son programme : « *La base d'Aspretto, bientôt abandonnée par l'armée, devra être aménagée sous la maîtrise d'ouvrage de la ville pour en faire l'élément clé d'un projet touristique visant à développer l'offre d'un mouillage et d'entretien de bateaux, l'utilisation du plan d'eau pour l'apprentissage du kayak, de la voile et de la plongée, avec un programme de résidences de moyenne densité autour du concept de cité lacustre et l'utilisation de souterrains dans la colline d'Aspretto.* » Il n'y aurait bientôt plus rien à voir, la mer profonde ne rendrait jamais ses noyés.

J'ai laissé reposer. J'ai tout éteint, même la lumière du bureau, me contentant de fumer, fumer encore. Il devait être deux heures, Pierre-Henri dormait, moi pas. J'ai fini par aller chercher du cacheton, de la chimie en pot, il fallait. Dans ma tête, des images très nettes. Peu organisées, pas assemblées dans un ordre parfait, pas décidées à défiler au pas cadencé, certes. Mais très nettes. Des images de flammes, des images de guerre, des images de meurtre. Je me suis abruti, je me suis englouti moi-même jusqu'au lendemain.

25

J'ai vite compris que j'avais rompu les amarres. Plus rien ne me retenait au port, plus rien ne m'y ramènerait, la grande dérive des continents intérieurs avait commencé. Je parvenais à ne pas penser à Marina, mais à une condition : me concentrer sur la gueule de Popeye m'enfonçant le canon de son flingue sur la carotide, dans la petite maison des Maures. Me concentrer sur sa moustache, sur ses biceps d'haltérophile, me concentrer sur la haine.

Je n'ai tout de même pas pensé cela en ouvrant les yeux, non. Je me suis bel et bien levé tout seul, Madeleine était dans la cuisine, elle m'a proposé du café avec une terrible gentillesse, finalement ce n'était pas qu'une connasse, loin de là. J'ai bu, fumé, je lui ai dit que je la remerciais, que j'allais rentrer chez moi, que je n'avais plus besoin d'elle. Comme elle ne paraissait pas convaincue pour deux ronds, j'ai appelé devant elle Pierre-Henri, à qui j'ai fait un beau numéro de mec malheureux mais lucide. À qui j'ai dit que j'allais repartir sous peu, ce qui d'une manière ou d'une autre était vrai. À qui j'ai dit que je laissais tout tomber, ce qui était faux. À qui j'ai demandé de libérer Madeleine, ce qu'il s'est décidé à faire.

Madeleine m'a embrassé avec douceur, m'a assuré qu'elle était triste, et je l'ai crue. La belle affaire. Puis elle a disparu. J'ai aussitôt extrait le Walther du trou où je l'avais remisé, son trou préféré au pied de l'amandier. Je l'ai briqué comme peu de choses dans ma vie. Pour le canon, faute d'une brosse spéciale, j'ai bricolé un tortillon avec un bout de fil de fer et un minuscule lot de tissu blanc, ressorti noir et graisseux à plusieurs reprises. Monsieur Kebbour, défunt propriétaire de l'objet volé, soignait son bien. J'ai démonté trois fois la culasse, nettoyé une à une chacune des cartouches de 9 mm que je n'ai cessé de faire monter dans le chargeur avant de les éjecter.

C'est une tache morne mais qui demande de la concentration. Or j'avais besoin de me concentrer, besoin d'être *très* concentré. J'ai remis le tout dans un torchon, et le torchon dans une sacoche. Je voulais un accès simple, un clic pour ouvrir, un geste pour saisir, un clac pour tirer. Je voyais l'avenir ainsi, extrêmement simplifié, donc, mais la vie est en général plus complexe, comme on aura remarqué.

Elle est étrange, aussi : j'ai poursuivi cette journée par une interminable séance d'étirements et de décontraction au moyen de longues séries d'abdominaux. Dans une existence antérieure, je n'avais jamais négligé cette partie-là de ma personne, courant, marchant et nageant plus encore malgré la clope, les excès, ou peut-être à cause d'eux. Mais dans celle-ci, largement entamée déjà, tout avait été jeté par-dessus bord et j'aurais été en peine de me souvenir du moindre effort physique récent. Le marathon a duré près deux heures, un véritable entraînement.

Quand j'ai eu bien sué, je me suis douché, habillé et j'ai cherché le numéro de téléphone de Docks et Stocks dans le bottin. Il y en avait plusieurs, j'en ai conclu que l'entreprise était grande et prospère. J'ai griffonné, attrapé la sacoche et une petite veste en toile, et je suis sorti. Il était deux heures de l'après-midi, le soleil était couché, en tout cas planqué, il ne faisait pas plus de vingt-sept ou vingt-huit degrés, parfait, j'ai pensé. Mais pour quoi ?

Je suis allé à La Seyne, sur le port, près de la bête immonde, et j'ai cherché une cabine dans une rue à l'écart pour ne pas avoir à faire la queue. Pour qu'on ne vienne pas non plus m'emmerder au bout d'une minute. J'ai respiré plusieurs fois de longues goulées d'un air trop sec, façon zen, comme on voit les bouddhistes faire dans les illustrés. Zen je n'étais pas, il ne faut pas trop exiger de l'homme, on a de mauvaises surprises. Zen, non, mais décidé, oui. J'ai appelé Docks et Stocks en masquant le numéro d'appel grâce à un truc bête comme chou, suffit de composer le 3651 avant le numéro. Faut connaître. J'ai parlé avec une voix qui ne m'avait encore jamais servi. Journaliste teigneux, sur les bords et sur les marges, ça a plus d'un avantage. Combien de fois m'étais-je fait passer au téléphone pour un flic ou un député, un sous-préfet ou un vétérinaire ? Ne cherchons même pas.

– *Docks et Stocks*, a gazouillé quelqu'une, on aurait dit une gosse de treize ans.

– Bonjour mademoiselle, j'ai annoncé sur un ton ferme. Benoît Frachon, du bureau État civil et civilités de la préfecture. Je vous appelle pour une démarche un peu inhabituelle.

Silence, silence plombé. Silence.

– Je voudrais parler à Monsieur Christian Mathieu, j'ai annoncé en priant mes dieux à moi qu'il ne soit pas là, encore que.

– *C'est impossible, monsieur. Nos agents sont constamment sur le terrain, le plus souvent la nuit, et dans la journée ils se reposent chez eux. De toute façon, attendez une seconde…*

Elle a bricolé je ne sais quoi, j'ai pensé à une attaque électronique instantanée contre la cabine téléphonique, mais le meilleur des mondes n'était pas encore tout à fait en place.

– *… oui c'est bien ça, excusez, je vérifiais. Monsieur Mathieu est en congé jusqu'au 7 septembre prochain. Voyez.*

– Ah, fâcheux, j'ai annoncé, sur un ton pincé, officiel, pour ne pas dire bureaucratique. Très fâcheux, il va donc falloir procéder autrement. Pourriez-vous me donner ses coordonnées personnelles, c'est-à-dire une adresse postale et un numéro de téléphone privé ?

– *Je suis désolée*, a répondu la petite, *mais nous ne donnons aucun renseignement d'ordre personnel au téléphone. Vous pensez bien.*

– Heureusement ! j'ai estimé. Heureusement, il ne manquerait plus que cela. Mais la situation est différente, il s'agit d'un cas d'urgence, je vous explique. La maman de Monsieur Mathieu a été emmenée en urgence à l'hôpital de Draguignan, suite à une attaque vasculaire avec développements hémiplégiques croisés, et elle est malheureusement décédée.

– *Oh*, elle a compati.

– Oui. Madame Mathieu avait bien dans son sac un petit carnet, et dans ce carnet le numéro professionnel de son grand fils, mais pas son adresse privée. Or nous en avons un besoin immédiat. C'est la loi, en cas de décès à l'hôpital, il faut prévenir la famille dans les trois heures qui suivent le décès.

– *Dans les trois heures ? Mais c'est compliqué.*

– Ne m'en parlez pas, ne m'en parlez pas, c'est un cauchemar, et la corvée retombe toujours sur nous, à la préfecture, parce que les hôpitaux, hein, je ne veux rien dire contre eux, mais les hôpitaux, passons... Vous me donnez l'adresse de Monsieur Mathieu, s'il vous plaît ?

– *Vous me gênez, monsieur. En plus, je suis seule, les autres ne sont pas rentrés de déjeuner. Et le commandant, je veux dire le patron, Monsieur Gerfaut, est absent pour la journée. C'est une responsabilité.*

– Oui, vous avez raison, je vous comprends. Mais alors on va réquisitionner.

– *Et ça veut dire quoi ?*

– Bah, ne vous inquiétez pas, c'est le plan Civilités, vous savez, le truc qu'ils ont inventé après la canicule de l'autre été. Vous vous souvenez de tous ces pauvres vieux enterrés seuls, sans que personne ne soit venu les chercher ? Eh bien, c'est fini, maintenant on a des ordres, les choses ne traînent plus. On va être obligé d'envoyer un fourgon, trois agents, un commissaire et un huissier, pour la sommation.

– *La sommation ?*

Elle semblait assommée, je me demandais si je n'en faisais pas trop, mais j'étais lancé.

– La sommation, bien sûr ! Ils seront chez vous dans la demi-heure, avec un peu de chance. Et là, bien sûr, vous serez obligée de donner l'adresse de Monsieur Mathieu. Pour moi, ça ne change rien. Mais pour vous, je ne suis pas sûr. Votre patron est comment ? Il y en a qui n'aiment pas les descentes de police. Non, parce que sinon, ça reste entre vous et moi, personne ne saura rien. On dira qu'on a trouvé l'adresse de son fils dans un tiroir chez elle, et le service referme tout, vous comprenez. Et puis, c'est mieux de pouvoir le prévenir dignement, cet homme, vous ne pensez pas ? Enfin, c'est vous qui voyez.

Elle n'a pas fait durer le suspense.

– *Vous êtes bien sûr, ça reste entre nous ? Parce que je risque ma place, hein ? Monsieur Gerfaut, ce n'est pas un blagueur, vous savez ? Vous avez de quoi noter ?*

J'avais, j'avais même un stylo presque écrabouillé dans la main droite à force de le serrer.

– Oui. Vous êtes brave, j'ai ajouté sans honte ni remords.

– *Bon, alors c'est à Port-de-Miramar, sur la commune de La Londe-les-Maures, impasse des Puffins, au 27. Et le téléphone, c'est 87 94 10, avec les quatre chiffres devant, bien sûr. On est bien d'accord, on n'a rien dit, je n'ai rien fait.*

– Exactement. Si tous les employés pouvaient être comme vous, j'ai conclu avec force et sincérité. Bonne journée, mademoiselle, grâce à vous, voilà une bonne action de plus.

– *N'exagérons pas*, elle a soufflé.

Je suis sorti de la cabine en nage, car le soleil, ce sournois, avait opéré une percée sans prévenir et surchauffé la tôle et le verre. Je me suis rendu compte que j'avais la mâchoire crispée, refermée comme une tombe.

Je ne savais toujours pas où j'allais, je jure. Je me doutais que j'irais rendre visite à un enculé de première et je sentais que mon cœur battait comme un tambour de guerre. Pour le reste, mystère. Je suis retourné dans la cabine, j'ai appelé chez Mathieu, personne n'a répondu. J'aurais été étonné, faut dire. Pas de répondeur non plus.

J'ai roulé un moment, avisé un tabac dont l'éventaire, dehors, débordait des cartes routières, et je suis allé en acheter plusieurs, la plupart au 1/25 000, redoutablement précises. La Londe-les-Maures. Bien sûr. Il habitait côté mer, ce qui expliquait pourquoi Kebbour et lui s'étaient séparés le jour du viol de Marina. Kebbour repartait sans doute vers Toulon ou La Seyne, par la colline, et s'était retrouvé seul dans sa bagnole quand je l'avais rattrapé et rectifié à l'acier massif. Mathieu était là en voisin, il était redescendu boire son pastis en terrasse, devant les voiliers de Port-de-Miramar, après avoir accompli sa besogne ordinaire.

J'ai poussé jusqu'à l'office de tourisme de La Londe, chercher un plan précis des environs pour ne pas me perdre et me planter, et je suis allé étudier l'affaire chez maman Monnat. Pierre-Henri avait assez contribué, mieux valait le tenir à l'écart.

L'impasse des Puffins n'était pas difficile à trouver. Du centre du village, il fallait partir vers la mer en direction de la baie des Pins, la minuscule voie était sur la droite, quatre kilomètres plus bas, le long de la route de Hyères. Sur la carte IGN, la zone semblait boisée, en tout cas ce n'était ni la ville ni la foule, on ne se bousculerait sans doute pas au portillon. Tant mieux, je ne me voyais pas montrer mon flingue aux touristes en goguette.

Le temps a passé avec lenteur, je sentais les secondes passer devant mes yeux une à une comme de petites imbéciles convaincues d'être immortelles. Deux ou trois fois j'ai tenté, en vain, de reprendre la lecture du grand Chalamov. Je ne me rappelle qu'un bout de phrase accroché à ma mémoire, retenu par un barbelé. « Il fit un pas vers moi et me dit sourdement : "J'ai été obligé, comprends-moi, obligé", et il disparut derrière la porte de l'isba. » Le sombre a peu à peu gagné sur l'ombre, le noir a grimpé aux rideaux, je n'ai pas allumé, c'est en dedans que je commençais d'être éclairé. Il a été dix heures, onze heures, et je suis parti avec le strict nécessaire. Des flammes dans la tête et le Walther dans ma sacoche.

Cette fois, j'ai regardé, bien ou mal, j'ai fait attention. J'ai traîné dans le quartier, repassant dans les mêmes rues. Sur l'autoroute, je suis sorti et rentré quatre fois, je crois, je n'ai rien vu qui aurait pu me faire renoncer. Arrivé à La Londe, j'ai rappelé chez

Mathieu, il devait être un peu moins d'une heure du matin. Pas de réponse, malgré la quinzaine de sonneries. Je ne savais toujours pas où j'allais, mais j'y suis allé. Je suis passé une fois, deux fois, et même trois devant la fameuse impasse. Dans tous les sens du terme.

J'ai garé la bagnole sur la route de Hyères, à un bon kilomètre en direction de la mer, et suis remonté à petites foulées voir ce qui se passait. Rien, sinon des cris dans une villa plus haut où l'on semblait se saouler d'abondance. Une heure et demie, l'ambiance solitaire comme j'aime. De toute façon, je n'aurais pas aimé rencontrer des personnes normalement constituées avec ma sacoche au bout du bras.

Est-ce que j'ai eu de la chance ? Assurément, oui. La maison de Mathieu, au 27, était la dernière sur la droite ; le fond de l'impasse s'achevait par un muret au-delà duquel on devinait un bosquet de pins. Pas très haut, moins de deux mètres. J'ai brûlé une dizaine de minutes à hésiter, à regarder comme je pouvais la petite baraque de Popeye planquée derrière un grillage et une haie. Finalement, j'ai franchi le pas, le Rubicon de pierre, et j'ai sauté du côté du bois. Le mur me protégerait des regards. Deux heures, et pas un bruit, si ce n'est de quelques stridulations fatiguées.

Je me suis tapi, on avait pissé récemment de ce côté-ci, on devait le faire régulièrement d'ailleurs, car l'odeur d'ammoniaque me montait au cerveau. J'ai attendu, sans peur, sans tellement bouger, sauf pour aller pisser moi-même. Rien ne se passait. Aucune bagnole n'entrait dans l'impasse, aucune activité dans l'espace, je regardais les étoiles. Vers quatre heures, alors que je commençais à somnoler, j'ai enfin eu l'idée de sortir le Walther et de me le mettre en pogne. Jusque-là, je n'y avais pas pensé, aussi curieux que cela m'apparaisse aujourd'hui. Non seulement j'ai sorti l'arme, mais je l'ai armée, engageant une cartouche dans la culasse et libérant même le cran de sûreté, ce qui n'était guère prudent. Mais fallait-il l'être ? Je portais des gants depuis le départ de cette sinistre aventure, ce qui pourrait faire penser à une franche préméditation. Une paire de gants en cuir ramassés chez Pierre-Henri dans lesquels je flottais un peu.

Popeye est arrivé à quatre heures et demie, à un poil de cheveu près, à pied depuis la route où il avait peut-être laissé sa caisse, je n'ai pas vérifié. J'avais le cœur battant, mais pas autant qu'on peut l'avoir quand on viole pareillement les lois élémentaires. Lorsque Popeye s'est arrêté à sa grille, clope au bec, au moment précis où il trifouillait dans la serrure, j'ai accompli le geste parfait. Courte prise d'élan, appui de la main gauche sans lâcher l'ami Walther et saut d'obstacle impeccable qui m'a mené en une seconde à deux mètres de ma cible.

Popeye a réagi à une vitesse saisissante en s'accroupissant, dos au muret de la grille. Il a vu, il m'a vu, je crois qu'il a compris. Mais quoi, Seigneur Dieu ?

– On rentre, j'ai annoncé d'une voix frisquette. On rentre ou tu meurs ici.

J'avais le flingue bien en main, rien ne tremblait dans ma carcasse, je crois que le tableau général était assez net pour être admiré d'un seul coup d'œil.

– Pas malin, Tran. Pas malin du tout. Mais on va entrer, puisque tu veux. Entrons.

Il a ouvert le portail grillagé, moi deux mètres derrière, histoire d'éviter un coup de lattes ou un tour de salaud. Il a traversé le jardin, j'imagine qu'il avait en tête de me niaquer, eh bien on était deux. Il a ouvert sans hésitation les deux verrous de la porte, allumé la lumière dans une entrée qui m'a semblé riquiqui, et poussé dans une pièce sur la droite. J'ai refermé la porte d'entrée en la faisant claquer trop fort et on s'est retrouvés, Mathieu et moi, dans ce qui aurait pu être une grande salle de séjour si elle n'avait davantage ressemblé à une salle de gym rutilante, surchargée d'engins de musculation parmi lesquels on distinguait quelques fauteuils, une table, deux chaises et une télé.

Je n'avais guère imaginé un Popeye marié, avec femme et enfants, et j'avais raison : tout était propre mais l'ambiance n'évoquait pas la famille. Plutôt à un étrange cocon pour allumé de la bidoche. J'ai poussé un fauteuil contre une fenêtre rendue aveugle par un volet fermé et je lui ai commandé de s'asseoir, les deux mains bien posées sur les accoudoirs. Il a obéi, c'est fou ce qu'un pistolet permet d'obtenir en un rien de temps. Puis j'ai changé d'avis, obsédé comme on peut l'être quand on est fou par l'idée qu'il cachait quelque chose. Je me suis installé dans un autre fauteuil, toujours à deux mètres bien sonnés, le museau de Walther prêt à mordre, et je lui ai lancé :

– J'ai pas confiance. Enlève lentement ton tee-shirt, tes grolles, ton fute, je veux voir ton slip.

– J'en ai pas.

– On verra quand on y sera. Tout doux. Tu fais tout ça tranquille, sans bruit, s'il te plaît.

Il m'a jeté un regard torve et peut-être farouche, dans la pauvre imagination qui était la sienne, mais je m'en cognais. Et il s'est exécuté en se tortillant sur le siège. À mesure, j'ai découvert qu'il avait un slip, ce merdeux, je l'aurais juré, mais aussi un sérieux poignard dans une gaine, le long de sa jambe droite. Je n'aurais pas aimé le prendre dans le creux du ventre, celui-là.

– Décroche cette putain de lame et fais-la glisser vers moi.

Il a ôté le schlass de son étui avec d'infinies précautions et l'a gentiment lancé sur le sol carrelé de blanc.

Son évidente bonne volonté ne me disait rien de bon. J'ai pensé au petit sac qu'il tenait en entrant et que je ne voyais nulle part. Je me suis levé en le braquant toujours et je suis retourné vers l'entrée, où j'ai jeté un œil brévissime. Rien. Et rien dans la pièce. J'ai regardé Popeye, qui affectait un grand calme. Le sac ne pouvait être que près de lui.

– Je voudrais que tu changes de place.

– Je suis bien, ici, Tran. Y a un problème ?

Je n'ai pas hésité longtemps. J'ai attrapé une veste de survêtement accrochée à un portemanteau juste au-dessus d'un puissant rameur et foutu le Walther dedans pour amortir le son, j'ai avancé d'un pas et tiré au jugé entre ses guibolles. Il la prenait dedans, je m'en foutais, mais l'intention était autre. Je voulais lui montrer mon état d'esprit, je n'étais pas là pour admirer ses prouesses en matière de gonflette. Car il faut le reconnaître, Popeye était un Popeye, tous ses muscles saillaient comme des nœuds, brillants comme l'acier. Si j'avais été moins dingo, j'aurais évité de tirer car, même à cette heure-là, un bruit pareil pouvait rameuter des cliques entières, flics compris. Mais j'étais au-delà, et Popeye a reçu le message à la perfection. Il n'était pas touché, en tout cas pas là où j'avais tiré. Au cerveau peut-être un peu, en revanche, car il a levé les bras comme pour demander grâce. Malgré la puissante odeur de cordite qui montait, je suis resté maître, sans me vanter.

– On roque, Mathieu. Je prends ta place, tu prends la mienne. Pareil, tout doux, fais gaffe à ta gueule.

Il a été bien sage. Ce braqueur de flingue sur carotide n'avait peut-être pas l'habitude d'être braqué. Il a quitté le fauteuil, à regret visiblement, et pour cause, car le sac était sous son cul. Même si je n'ai pas eu le temps de regarder de près, il m'a semblé doté d'un ingénieux petit système. Pour coup de feu instantané ? En tout cas, il y avait bien un flingue, la moindre des choses quand on occupe son temps à maltraiter les gens.

Popeye s'est retrouvé presque à l'autre bout de la pièce où j'avais poussé le fauteuil, et je me suis autorisé à allumer un halogène pour lui coller la lumière dans la gueule. Ce n'était plus aussi évident que dans la maison des Maures, question rapport de forces. Moi, Walther au poing encore fumant ; lui, en slip jaune, en pleine lumière crue, comme un lutteur de foire méditant sur le combat de trop.

– Bon, j'ai entamé, je pense qu'on peut attaquer une franche discussion, toi et moi. Tout d'abord, pour le cas où t'aurais pas compris tout seul, je me fous de ce qui va se passer. Si le moindre mec entre ici, même un flic, je te tire dans la tête et tu verras plus rien sur terre, jamais. As-tu entendu, as-tu bien saisi ?

– J'ai pigé, Tran, c'est clair.

– Tu sais pourquoi je suis là ?

– Non, pour de vrai, non.

– Où est passé Kebbour ?

– Kebbour ?

Il a essayé de mentir, mais j'avais l'œil convenable et il n'a pas insisté dans cette voie sans issue.

– D'accord, Kebbour. Qu'est-ce que tu veux que je te dise ? Qu'on est allés le pêcher ? Le récupérer ? Eh ben, oui. J'avais fait cinq cents mètres quand je me suis rendu compte qu'on s'était pas donné rancard pour le lendemain. On devait un peu suivre tes mouvements, tu vois ? Je l'appelle sur son portable, il répond pas. Je continue ma route, mais tout de suite je me suis dit qu'il avait un problème, c'est pas plus compliqué. J'ai rebroussé chemin, je suis tombé sur lui, je ne te fais pas de dessin, je pense que tu me suis. Ensuite, je me suis contenté d'appeler.

– Qui ?

– Ho, qu'est-ce que tu crois ? Que je peux balancer ma hiérarchie ?

– Il va falloir, mon bonhomme, je te jure. Qui ? Le patron de ta boîte de merde ?

– Si tu veux. Disons mon patron.

– Tu te fous de moi, Mathieu. Je suis sûr que tu rigoles. C'est qui, ton patron ?

– Je suis pas censé savoir, je ne suis pas censé tout savoir, Tran. Tu connais déjà le nom de ma boîte. Qu'est-ce que tu veux de plus ?

J'étais tellement rivé à ma haine que tout se bousculait, une véritable coulée de lave. Lave et sueur, une sueur glacée, incompréhensible. Contraste, presque contradiction.

– C'est quoi, cette boîte de merde ? Une couverture pour vos coups fourrés ?

– Mais pas du tout ! a protesté Popeye.

J'avais l'impression de l'avoir vexé, il en avait des crispations, le malheureux.

– Pas du tout ! il a repris. On fait un vrai boulot, on est déclarés. On surveille les entrepôts sensibles en milieu portuaire.

Il récitait, la formule devait être officielle, ou tout comme.

– Mathieu, je suis las. J'ai besoin de vrais renseignements. Ton patron, ce Gerfaut de mes deux, il sait ce que tu fais à côté, oui ou merde ?

– Évidemment. Évidemment, mais c'est pas lui notre chef.

– C'est qui, alors ?

– Mais personne, Tran, où t'as la tête ? C'est vertical, on se pose pas la moindre question. Quand on reçoit un ordre, on l'exécute. C'est comme ça, j'y suis pour rien, moi.

Je ne sais plus ce que j'ai pensé. Qu'il était un parfait enculé, probablement. L'éternelle rengaine du fonctionnaire du mal. Obéir n'est pas un crime, il faut voir plus haut, ni responsable ni coupable. Tout se passait plus haut. C'était vrai, d'un certain côté.

– Et donc, quand on t'appelle pour des travaux particuliers, ce bon Monsieur Gerfaut te libère de ta charge et tu interviens. C'est bien ça ?

– Voilà. Faut pas y voir quelque chose de personnel, Tran. L'autre fois, avec ce salopard de Kebbour, si j'avais été aussi crapule que lui, j'aurais profité de l'occasion, on est bien d'accord ?

Je ne sais pas pourquoi je ne l'ai pas fracassé sur le moment. Quelque chose l'a sauvé, ou quelqu'un, mais je suis sûr que ce n'était pas moi.

– Tu veux dire ? j'ai sifflé.

– J'aimais pas Kebbour, voilà, Tran. Ce salaud en rajoutait toujours des tonnes, et avec les femmes, hein, t'as vu ça ? On n'était pas obligés, tu sais ? C'était pas au programme.

– Et c'était quoi, le programme ?

– Te faire peur. Te foutre une vraie trouille pour que tu repartes et qu'on n'en parle plus. T'es pas obligé de me croire, mais on me dit rien, à moi. J'ai juste su que tu emmerdais qui tu sais avec cette histoire d'explosion. C'est tout, rien d'autre. Y a rien de personnel dans cette histoire, je te jure.

– C'est qui, ce qui je sais ? j'ai insisté. Ta putain d'armée de salauds ? C'est les services, ta merde de patron vertical, Mathieu ?

Il a fait quelque chose comme « pppffftt », mais fort, comme quelqu'un qui se vide et se désole d'avoir à se fatiguer autant pour des évidences.

– Tran, qu'est-ce que tu veux que je te réponde ? Ici, il n'y a pas trente-six mille grands manitous, il n'y en a qu'un. Le mien. Je suis à son service depuis l'âge de dix-huit ans, et tu sais quel âge j'ai ?

Il me regardait bien droit, je n'ai rien répondu.

– J'ai cinquante-sept ans.

Ses yeux brillaient d'une joie vraie.

– Cinquante-sept ! Ça va faire quarante ans, et j'ai pas pris un gramme de graisse. Du muscle, oui, de la graisse, non.

Mathieu en faisait trop. Était-il con à ce point ? Je me suis approché et, très vite, très fort, j'ai cogné le canon du Walther contre l'arête de son nez de bête. Il a piaulé, énormément saigné, le tout en moins d'une seconde.

– Je m'amuse bien, Mathieu, mais t'es en âge de comprendre que j'ai pas le temps. J'ai deux grandes questions à te poser et tes réponses vont être essentielles la suite. Tu m'écoutes ?

Il a fait mine, ça dégouttait, c'était écœurant.

– J'ai besoin d'un nom, Mathieu. Du nom d'un mec au-dessus de toi. Est-ce que Gerfaut est mouillé ou est-ce qu'il se contente de te couvrir ? On m'a dit qu'il était un ancien d'Aspretto, tu vas quand même pas me faire croire que c'est un hasard. Donne-moi un nom, Mathieu, un nom et une adresse. Et vite !

Il a crachoté du sang, expulsé quelques bulles, détourné avec sa paume le ruisseau qui dégoulinait, et puis :

– Je peux pas, Tran. Je peux pas. La seule chose à tenter avec moi, c'est la torture. Mais je te préviens que j'ai déjà essayé. Sur moi, je veux dire, et je résiste, je suis un vrai résistant, moi. Je peux pas répondre à des questions, Tran, il faut te mettre à ma place. Je peux pas.

J'étais égaré, je sentais un bloc, l'inatteignable noyau dur du molosse habitué à sa chaîne. Je ne me voyais guère aller chercher un chalumeau, et même, d'ailleurs. Enculé.

– Pourquoi Marina, alors ? Pourquoi Marina ?

Il a écarquillé les yeux, je pense que c'était lié au ton de ma voix devenue soudain sombre et coupante, sans prévenir.

– Mais j'y suis pour rien, moi, bordel ! C'est un monde, ça ! J'ai jamais été nageur de combat, j'étais para, Tran ! Va voir ces gars-là, va les voir !

J'aurais peut-être dû tirer sur cette merde humaine, ses derniers mots disaient l'essentiel. Il savait. Tout était organisé, le petit pion qu'il était avait joué son rôle. De toute façon, je l'aurais tué, mais on ne le saura jamais, car les choses se sont animées à la brutale. On a sonné à la grille. J'ai pensé à la police; Popeye a jugé que son heure de gloire arrivait. Je ne sais pas ce qu'il a tenté au juste, j'avais relevé le mufle de trois-quarts vers le bruit, en chien d'arrêt. En tout cas, il s'est soulevé comme un ressort, prêt à la prise meurtrière. Mais il me sous-estimait. Je n'étais peut-être pas un ancien para surentraîné, n'empêche, j'avais de beaux restes d'instinct de tuerie. En un geste instantané, j'ai dirigé le Walther contre sa moustache et j'ai tiré. Une première fois, puis une deuxième sans réfléchir, à peu près au même endroit. En plein visage de Monsieur Popeye Mathieu. Je n'entends pas me grandir : alors qu'il était à terre, mort probablement, j'ai tendu le bras et balancé une troisième balle dans ce qui ne serait plus jamais son cerveau vivant. On peut parler d'une exécution, j'en ai conscience. Là-dessus, tandis qu'il ne s'était guère écoulé que trois à quatre secondes, j'ai remisé le pistolet fumant dans la sacoche et ouvert les deux portes qui me séparaient du jardin. Je me voyais voler au-dessus des murs et des plate-bandes, plombé au passage par les fortiches du Florimond Hartmann, je m'attendais au pire. Mais je n'ai vu qu'une grande femme noire arriver sur moi, hébétée, une ombre chinoise. Je n'ai pas eu besoin de la bousculer, elle m'a laissé passer. Je l'ai frôlée de si près que j'ai pu me rendre compte qu'elle était jeune, belle, parfumée. J'ai pensé : pute. Une pute de luxe pour un connard en bronze massif.

J'ai couru, on peut l'imaginer. Non, on ne peut pas. Même après, au volant, je courais. Je ne voulais pas être pris, c'était animal, un refus catégorique. Je voulais mettre au cul de ce monde la mort de ce salaud, je voulais fuir et m'enfuir, échapper au châtiment. Je n'ai pas été malin pour autant, j'ai gardé les gants et le Walther à bord. Le moindre contrôle sur la route, je partais aux galères. Mais il n'y a de veine que pour la canaille, et je suis arrivé vers chez Pierre-Henri sans encombre. J'ai aussitôt pensé à la mer, notre sainte mère à tous, qui pardonne les offenses et accueille nos ordures.

J'ai poussé plus loin, à peine, on se souvient que sa maison était proche du rivage. J'ai arrêté la caisse sur un parking désert, le jour était là, neuf encore, libre des entraves de l'homme et de ses foules. J'ai enfourné les gants dans la sacoche par-dessus l'arme et ses munitions, et je suis descendu sur la plage. Le soleil flageolait vers l'est, il ne tenait pas la forme qu'il aurait dans quatre heures. Je me suis assis, les deux pieds reposant dans l'eau, je me demande bien pourquoi. Je me suis assis et me suis mis à creuser avec des gestes économes et discrets, il ne faut pas croire, j'étais très conscient, extralucide.

J'ai creusé en épiant tout autour pour être sûr d'être seul encore, et je le suis resté. À la fin, le trou dans le sable a dépassé un mètre de profondeur, j'y ai jeté le flingue après l'avoir essuyé quatre fois avec un vieux mouchoir mouillé et passé dans le sable. Idem pour les cartouches que j'avais manipulées et pour les gants, mais j'ai gardé la sacoche. Puis j'ai ouvert un petit canal de Panama par où se sont engouffrées la pluie et les chutes du Niagara, et j'ai tout enterré. Pas mes remords, parce que je n'en avais pas. Ni mes regrets, car j'en étais préservé à jamais. J'étais une enveloppe vide qui grelottait au soleil levant.

26

Cette nuit-là, un matin éprouvant, je l'ai passée chez maman Monnat, assommé de chimie. J'ai ouvert un œil vers deux heures, pas frais. Je sentais l'authentique désastre, je ne sentais plus le monde. J'étais incapable de bouger seul, de m'habiller, de repartir à l'assaut de la vie sur terre. Il faut donc estimer que, dans mon extrême malheur, j'ai eu de la chance. Vers trois heures, mon bon ange Pierre-Henri a passé la tête dans la pièce, sans que j'aie entendu la moindre clé, et pourtant je ne dormais pas. J'étais englouti.

Le grand garçon a passé la tête avec un œil dans le deuil profond.

– Fred…

Je n'ai pas bougé, j'étais paralysé.

– Fred. Il va falloir te secouer, Hartmann veut te voir.

J'ai tout de même sursauté.

– Il veut quoi ? j'ai murmuré.

– Il a rien dit de précis, je crois qu'il veut te parler de Marina et de l'enquête. Mais il a insisté pour que tu passes cet après-midi, et comme je ne bosse pas, je me suis dit que je pouvais t'emmener. T'en dis quoi ?

Je me suis assis dans le lit, preuve qu'un petit quelque chose remuait et vivait encore.

– Tu pars quand ? Au Canada, je veux dire.

– Bientôt. Sans doute au début de la semaine prochaine. Lundi, si tout se passe comme prévu.

On était mercredi, je l'enviais. Partir. Échapper. S'échapper. Je me suis levé, j'ai pris les vêtements qui traînaient et me suis demandé s'ils ne sentaient pas la mort violente. Du coup, j'en ai changé, mais sans me laver. J'ai repris mon éternel sac à dos contenant mon larfeuille et trois paquets de clopes, et j'ai suivi dehors mon vieux camarade, fourbu comme jamais. Il faisait un chaud de l'enfer, l'air vibrait et brillait, j'avais une envie folle de vin frais. Pierre-Henri m'a proposé qu'on s'arrête, au moins pour un café, mais nib, je ne voulais qu'une chose, que le temps reflue et passe à l'envers ; ce que cette ordure ne ferait jamais, même sous la menace. Bref, il m'a conduit au commissariat, au quartier général du maréchal de la flicaille, Florimond Hartmann himself, et j'ai obtenu en me fâchant de Pierre-Henri qu'il m'attende pas, qu'il me laisse seul. Car j'étais seul, ne l'oublions pas.

J'ai attendu une heure tassée, le temps de regretter de n'avoir pas bu au moins un café, et grignoté trois miettes. La Gauloise est une grande personne qui sait se faire respecter et redresse à l'occasion le mental des hommes. La fumée me tournait la tête et les os, je souffrais. Trop tard.

Florimond est venu me chercher avec une tête compassée, ni plus ni moins. J'en ai conclu un peu vite qu'il ne soupçonnait rien de mes activités de la nuit. Pendant l'attente, je n'avais guère pensé qu'à cela : la forme que prendrait l'arrestation, les mots prononcés, les gestes, ma réaction. Maintenant que j'y songe, j'étais inerte. Pensant qu'on m'embarquerait, je restais là sans broncher, sans rien tenter. De la résignation ? Une insupportable fatigue, je crois.

Quoi qu'il en soit, Florimond est venu, je l'ai suivi, j'aurais pu aller à son bureau les yeux fermés, je devenais un habitué. Il m'a précédé, j'ai aperçu *Le Cri* dès l'entrée, Munch était mon prophète, plus que jamais. Je me suis installé pesamment, Florimond avec légèreté. Il me regardait. Attentivement est le mot juste.

– Comment allez-vous, Monsieur Tran ?

Il posait une question, en quête d'une vraie réponse.

– Comme ça.

J'ai levé la main, ce qui ne voulait rien dire, ou tant.

– Je regrette ce qui vous arrive, et je tiens à vous redire que je ferai tout pour faire la lumière sur la mort de Madame Lourens…

– Laquelle ? j'ai osé. La mère ou la fille ?

Il a poursuivi, comme s'il n'entendait rien :

– … et de Monsieur Napas. Du côté de l'expertise, je dois vous dire qu'on s'achemine vers un diagnostic de noyade. Il reste à savoir si celle-ci est de nature accidentelle ou non.

– Je peux être sincère avec vous, Hartmann, sans que vous poussiez les hauts cris ?

– Allez-y.

– Vous ne pouvez pas ignorer qu'il s'agit d'un crime, j'ai lancé comme on fait d'une grenade.

J'ai attendu, il n'a pas moufté, il attendait de voir mes cartes.

– Marina et Napas, j'ai repris, étaient en train de rassembler les preuves que l'armée française a fait sauter l'immeuble de la place aux Olives à la suite d'une bavure. Probablement parce que le missile tiré par accident provenait d'un navire américain en manœuvres conjointes.

Hartmann avait les yeux comme des fentes, il écoutait avec une rare concentration, digne des plus grands mélomanes.

– Vous n'avez aucune preuve matérielle, bien entendu.

– Vous m'étonnez. Vous m'épatez, Hartmann. Je vous dis que l'armée a fait sauter l'immeuble, je laisse donc entendre qu'elle a fait liquider Marina et Napas, et, au lieu de me traiter de fou et de paranoïaque aigu, vous me parlez d'éléments matériels. Dites donc, Hartmann, depuis quand vous êtes au courant ?

– Du calme, Monsieur Tran. Je n'ai rien dit de tel, il me semble. C'est vous qui interprétez, à vos risques et périls. J'ai juste constaté que vous n'aviez pas de preuves, ce qui, pour une accusation aussi grave qu'incroyable, est absolument rédhibitoire.

– Et pourtant si, Hartmann, j'en ai.

Il m'a regardé comme si je lui annonçais la fin du monde. Je ne me demandais qu'une chose, dramatiquement simple et compliquée à la fois : pouvait-on faire confiance à Florimond Hartmann, grand flic de droite, grand défenseur de l'ordre et de la discipline sociale ? N'étais-je pas en train de tendre la main à l'ultime tentacule, n'allais-je pas sombrer avec elle dans la grande fosse ? J'ai décidé de trancher d'un coup sec et de voir. De toute façon, je n'avais plus rien à perdre.

– Hartmann, si vous voulez, vous pouvez. Du moins vous pourriez, si vous vouliez. On a retrouvé du titane, un métal qu'on utilise beaucoup pour les têtes de missile. Où ? Sur une blessure du jeune Kijo et sur une bague de la petite Bardini. J'ai fait entrer dans l'affaire, pour le compte des victimes, un expert privé indiscutable : Marcel Landowski. Je ne vous demande pas si vous connaissez.

– Non.

– Bon, eh bien, tout a commencé au moment pile où nous avons obtenu les résultats de ses analyses. Vous voulez les détails ?

Il a hoché.

– De manière simultanée, au moins six opérations d'intimidation ont été lancées. Certaines, préparées à l'avance. Six, Hartmann. Contre chacun des enfants de Maître De Bei et sa femme. Contre le docteur Monnat. Contre Landowski. Et contre une de mes amies parisiennes. Vous croyez au hasard ? Il ne s'agissait pas de plaisanteries, Hartmann. Une telle organisation n'est au pouvoir de personne dans un pays comme la France. Il faut un nombre considérable d'hommes et de moyens, une logistique que personne ne possède. Sauf...

Je me suis arrêté. Pas par goût du suspense, mais parce que j'étais ému, tout bêtement.

– Sauf ? a relancé le flic.

– Sauf les services. Certains services vraiment secrets dont le bon peuple et même le couillon de député n'entendent jamais parler. Vous dites ?

Il réfléchissait, il ne pouvait pas tout faire. Pour ma part, je commençais à voir les choses sous un autre angle, à espérer qu'Hartmann, après tout, pouvait faire, s'il voulait. Je rêvais.

– La situation… la situation est…

– … complexe ? Bien vu, Hartmann, complexe et vérolée par tous les bouts. D'un autre côté, c'est limpide, non, pour un défenseur de la justice ? Je me trompe ? Je suis en mesure de vous fournir des éléments, quelques éléments concrets, peut-être des noms. Vous en dites quoi ?

– Je prends, Monsieur Tran. Je vous promets solennellement que…

– Vous blaguez, ou quoi ? Je vais vous poser une question directe : est-ce que vous me croyez ? Plutôt, je précise : est-ce que vous croyez qu'une chose pareille est possible ?

Il a hésité, j'avais l'impression de voir les neurones se battre entre eux dans la plaine, armée contre armée. Il a tourné ses yeux vers moi, des yeux d'humain.

– Ce que je crois n'a pas une énorme importance, Monsieur Tran. Il y a ce que je sais, ce que je crois, ce que je peux établir dans le cadre d'une procédure. Vous me suivez ?

– Je crois. Vous me croyez, mais vous êtes baisé parce que c'est trop gros. J'ai bien traduit, Hartmann ? Vous voulez me dire que la police est une crotte sous la chenille des chars Leclerc ? Vous allez renoncer à poursuivre ces enculés parce qu'ils sont trop forts pour vos petits bras blancs ?

Je m'énervais, bien trop, et Hartmann a réagi. Il s'est levé, il a semblé marcher vers moi, il s'est rassis.

– Je vous assure, je vous affirme que je vous comprends, Monsieur Tran. Mieux que vous ne l'imaginez, je crois. Permettez-moi de préciser mon point de vue. Mais d'abord, êtes-vous en état de m'écouter, ou préférez-vous que nous remettions cet entretien ?

– Je suis en état. Je suis en état, j'ai insisté en baissant la voix. Allez-y.

S'il a douté, ça ne s'est pas trop vu. Il a pris sa respiration, je jure qu'il a pris sa respiration comme quand on a huit ans et qu'on saute du bord de la piscine.

– Monsieur Tran, je ne vais pas vous surprendre outre mesure. Je suis un homme de droite.

Il a attendu, je n'ai pas cillé ; en effet, pas de surprise.

– Droite catholique, ferme sur ses valeurs, fière de son être. Mais mon père, à qui je dois tant, n'était pas un abruti, un de ces vieux aigris de bénitier, oh non. Il lisait Mauriac, se posait les bonnes questions au bon moment, et je l'ai même entendu soutenir De Gaulle sur la redoutable question algérienne, voyez. J'ai reçu de lui un solide corpus qui sépare l'éthique de conviction de l'éthique de responsabilité. Mon père abhorrait l'injustice, je vous prie de me croire sur parole, et j'ai hérité de ce qu'il faut bien appeler une passion. Vous vous souvenez certainement de ce procès dans le Nord qui m'a donné l'occasion de nous connaître. Je sais bien que vous n'avez jamais ni compris ni admis ce que vous considériez comme de l'acharnement. C'est pourtant simple, je vous assure : ces malfaiteurs avaient peut-être de bonnes raisons, de leur point de vue et du vôtre, de voler la paie des mineurs de la région, mais ils avaient gravement tort du point de vue de la société. Lorsqu'on laisse se commettre le crime sans s'y opposer avec la dernière énergie, Monsieur Tran, le monde se délite, on ne peut plus rien attendre des hommes. C'est pourquoi je n'ai jamais lâché ce dossier. Concernant les terribles événements auxquels vous êtes aujourd'hui confronté, je veux vous dire les yeux dans les yeux qu'un crime est un crime, quel qu'en soit l'auteur. Je vous demande de me croire sur parole, Monsieur Tran, car j'ai une parole. Et comme je pense, malgré ce qui nous sépare, que vous en avez une aussi, je vais vous poser une question. Si je me livre à vous, si je vous parle franchement, me promettez-vous de taire ce que je vais vous dire ? Ce n'est pas que j'aie peur de quoi que ce soit, d'ailleurs il me suffirait de nier. Je souhaite simplement pourvoir vous faire confiance. Est-ce que je vous fais confiance, Monsieur Tran ?

– Si vous saviez… Mais c'est d'accord, vous pouvez parler, je n'écrirai pas d'article pour dire que le commissaire a dit. Parole. Je vous écoute. Donc…

– Je vous crois, pour l'essentiel, Monsieur Tran. Je ne dispose d'aucune preuve formelle, mais, en effet, je dois reconnaître que tout plaide en faveur d'une horrible bavure.

Si mon souvenir est exact, j'ai hurlé la suite.

– Mais merde, Hartmann, dans ce cas, ils les ont butés, c'est clair ! Ils ont buté Napas et Marina parce qu'ils brûlaient, parce qu'ils étaient sur le point de tout balancer ! Vous ne pouvez pas nier ! C'est un assassinat, Hartmann, un double assassinat !

– C'est possible, a reconnu le commissaire.

Il était blanc, fort mal, moins que moi sans doute, mais mal, quoi.

– Si tel est le cas, j'ai besoin de vos renseignements, Tran. Nous sommes entre nous, Tran, il a insisté en enlevant le monsieur, je vous le jure sur l'honneur, entre nous seuls. Parlez, lâchez-vous ! Qui, quoi, comment ?

J'ai craqué. Peut-être s'agissait-il de la seule fenêtre possible, celle par laquelle tout devait finir par sortir. Je ne dis pas que c'est ce que j'ai pensé sur le moment, mais je ne dis pas le contraire non plus. Hartmann était très convaincant, convaincu aussi, et j'ai craqué, oui. J'ai parlé. Moi le rétif et l'anarchiste, le rebelle, le meurtrier, j'ai parlé à l'autorité, à son chef, au roi de la police, au prince des menottes et des prisonniers. Bon, je n'ai quand même pas tout dit. Je n'ai pas avoué Kebbour, surtout pas avoué Popeye, la tête sur le billot j'aurais continué à nier. Mais j'ai évoqué Docks et Stocks, j'ai cité Gerfaut et son passé à Aspretto, La Mecque des nageurs de combat, j'ai raconté la première agression près du tombolo de Giens, et celle de la maison des Maures, j'ai même, emporté par mon élan, parlé du viol de Marina. Là, Hartmann a eu un sursaut et m'a engueulé, j'étais un âne bâté, textuellement si j'avais fait confiance à la police, eh bien, eh bien. Il n'est pas allé plus loin, j'étais au bord de l'explosion, sans rire. Il a laissé tomber. Bref, j'ai convenablement résumé les faits, à l'exception de quelques-uns qui m'auraient mis dans le pire embarras, et puis j'ai dit à Hartmann, car j'avais bien senti, car j'avais vu, je voulais m'assurer, n'est-ce pas :

– Je ne veux pas vous emmerder, Hartmann, mais il semble que le nom de Gerfaut vous a fait de l'effet. Je me trompe ?

Il a rougi, je n'en revenais pas. Sieur Hartmann, maître de lui et champion de France du sang-froid, s'était mis à rougir. Moi, je m'en foutais, hein, de ses émois de donzelle, on n'était pas là pour se faire des courbettes et des excuses.

– Gerfaut est un si gros monsieur ?

– Enfin, Tran, ressaisissez-vous, s'il vous plaît, vous n'êtes pas à un meeting des rouges et noirs. Nous sommes quelques-uns à connaître ses activités.

– Dites donc, c'est ça, votre sincérité la main sur le cœur ? Des activités, vous appelez ça des activités ? Ce mec arrange en sous-main les merdes de cette grande salope d'armée française, oui !

J'étais hors de moi. Je crois que c'est à ce moment-là que les choses ont commencé à dégénérer.

– Je vous interdis de me parler de la sorte dans mon bureau ! a crié Hartmann. Vous vous croyez où ? En représentation ? au cirque Barnum ? Assez, Tran ! Je vais vous dire une bonne chose : je fais mon boulot, et je le ferai avec ou sans vous. Mais il y a des choses auxquelles vous n'aurez jamais accès, pour la triste raison que vous êtes aveugle, Tran. Aveuglé et aveugle. Je vous parlais de l'éthique de responsabilité, mais c'est comme parler de Bach à un espadon. Vous ne comprenez rien d'autre que ces bredouillis sur le pouvoir et la soi-disant brutalité de l'État. Et l'ordre, Tran ? Avez-vous jamais pensé à ce que devient une organisation sociale gagnée par le tragique désordre auquel vos petits amis aspirent tant ? La justice sans l'ordre, mon pauvre, cela n'a jamais existé sur cette terre maudite, que vous l'admettiez ou non. Tant pis si je vous choque, mais j'ai un respect infini pour cette institution sans laquelle nous ne serions rien d'autre, vous et moi, que des esclaves ! Vos vitupérations contre l'armée sont dignes d'un enfant de cinq ans, et encore, il en est qui n'oseraient pas. Si certains hommes parmi elles peuvent faillir et manquer à l'honneur, l'institution, elle…

Il n'a pas eu à terminer sa phrase, ni à entamer les suivantes, tant mieux. Car, mon Dieu, où en serait-on alors ? Dans ma tête, les crépitements ont fait feu, flamme, flèche. Je ne me souviens pas des détails car mon esprit a disjoncté d'un coup sec de commutateur. J'ai chopé la grosse lampe sur le bureau d'Hartmann par son pied en bois, je l'ai jetée par terre, bienheureux d'entendre le bruit d'un fracas de verre. J'ai chopé ma chaise, que j'ai lancée contre le mur, son ordinateur portable, que j'ai balourdé dans le tableau de Munch, en pleine poire du type en train de crier, le tout en moins de trois secondes. Je ne faisais plus attention à Hartmann, mais lui n'en a pas perdu une miette. Il m'a sauté sur le râble en me serrant le torse avec les bras et une puissance d'athlète que je n'aurais jamais soupçonnée. Je crachais, j'essayais de le mordre, je criais et pleurais à la fois, j'étais dans une crise de folie furieuse, dans la grande tradition du vrai déchaînement. Je crois que je gueulais des insultes tous azimuts, que j'enculais la sainte patrie, la poulaille, nos armées en campagne, la Trinité, le monde, en somme. Et Hartmann, par la même occasion, à qui j'ai dit, je le crains, des choses désagréables concernant sa personne, ses ascendance et descendance, ses proches et même ses lointains.

Combien de temps ? Aucune idée. Bien entendu, à un moment donné, d'autres flics ont débarqué dans le bureau, soit qu'ils aient été appelés, soit qu'ils aient entendu les rumeurs de destruction systématique des lieux. Au moins trois mecs, en plus du commissaire, m'ont étendu sur la moquette beige du bureau, avant de me passer des menottes très serrées, trop, douloureuses en diable. Ce n'était pas mon souci premier, quoi qu'il en soit. Un peu plus tard, un mec m'a fait sans prévenir une piqûre dans le biceps, et j'ai perdu l'essentiel de mes liens sensoriels avec la réalité. Je me suis mis à baver, à moins que j'aie seulement continué, j'ai entraperçu dans le brouillard épais qui tombait un Hartmann défait, échevelé, et puis *adios* le monde, vive le noir profond et l'anarchie définitive.

27

J'aurais dû me réveiller à la tour pointue, du moins dans l'équivalent local de cette noble institution parisienne. Autrement dit, en cette infirmerie flicarde où l'on place les foldingues, les allumés graves. Mais non. Je me suis retrouvé les yeux ouverts dans un lit que je connaissais bien, dans la chambre d'amis de Pierre-Henri Monnat. Je le reconnaissais, j'y avais tant baisé Marina Lourens qui se débattrait sous peu avec différentes espèces de vers souterrains.

Ouverture des paupières, donc, et mal de tête effrayant, incroyable. Solitude complète. Pas un chat, pas un rat, pas un seul bruit. J'ai décidé qu'un monde aussi vide ne valait pas la peine de supporter des conditions aussi vilaines, et j'ai refermé les volets.

La deuxième fois que je suis sorti de ma réclusion oculaire et mentale, une arête de soleil cisaillait le double-rideau de la pièce et trois personnes se tenaient au-dessus de ma tête. Dans l'ordre d'apparition, de gauche à droite : Pierre-Henri, Antoine, Maureen. J'ai pleuré si longtemps que je n'ai bientôt plus vu personne. Le tableau des amis était un cas flagrant de torture, une invention folle pour me faire souffrir.

J'ai sombré à nouveau, j'imagine que mes moyens de résistance à l'émotion étaient faibles, pour ne pas dire inexistants.

La troisième fois a été la bonne. Le double-rideau était ouvert, ainsi que la fenêtre, un soleil étonnamment doux entrait par la découpe. Antoine me regardait avec un air que je n'avais encore jamais observé chez lui. Appelons cela bouleversement. Il était debout, j'ai tourné l'œil sur le côté pour voir, mais non, il était seul. Le mouvement m'a permis de voir que j'étais pendu à un crochet, raccordé à une perfusion qui gouttait dans mon bras droit. Bon, si je peux dire.

– Il est quelle heure ? j'ai demandé.

Antoine a sursauté.

– Quelle heure ?

– Ouais.

– Six heures, du soir. Tu veux savoir le jour ?

– Ouais, j'ai répété.

– Jeudi.

Ça m'a paru bien court. Je me souvenais pas de tout, mais je me rappelais que Pierre-Henri comptait partir le lundi, et j'étais tombé dans le gouffre le mercredi. Hier ? Réellement bien court, et trop bref.

– Tu dors depuis huit jours, mon petit vieux, a repris Antoine. Huit jours complets que tu reposes et te reposes. Tu réalises ?

La réponse était non. Les sons m'arrivaient déformés, d'ailleurs, la réalité semblait molle, approximative.

– Maureen est là ?

– Tu veux la voir ?

– Oui, s'il te plaît, Antoine.

Je faisais de gros efforts pour ne pas trébucher sur les voyelles et les consonnes, ce n'était pas simple comme sport en chambre, c'était même duraille à ne pas croire. Il est sorti, elle est entrée, dans un état tellement extrémiste elle aussi que j'ai pensé que j'allais crever, que j'avais eu une attaque, cérébrale ou cardiaque, et que l'on préparait un enterrement de première classe. Je m'en foutais, mais grave. Vraiment. Elle s'est penchée, le premier parfum, je crois, de ma nouvelle vie. Un parfum de terre et de fruit, une odeur venue du fond de l'être, essentielle. Maureen m'a embrassé le front, elle a repoussé une mèche de cheveux tout encollée de sueur rance, elle m'a caressé la peau avec d'infinies précautions, comme sait faire le chirurgien au-dessus de l'entaille. Elle n'a rien dit, pas un mot.

– Charroi ? j'ai ânonné.

Je n'étais pas dans mon état normal, j'avais bien le droit de me tromper.

Elle a souri, un sourire heureux, plein de soulagement et de joie franche, entière et sincère.

– Charwa, elle a rectifié. Elle va bien, elle est avec moi, à côté. Elle a aimé l'avion, tu sais ? Sa toute première fois.

J'ai dû fermer les yeux un moment car en les rouvrant j'ai vu Maureen, certes, mais avec Charwa dans les bras, Antoine et Pierre-Henri, ce si cher vieux fou, cette si chère vieille folle. Pour ce qui est de la petite, je l'ignore, mais je crois que les adultes étaient contents de me voir réapparaître, même à peine. Ce jeudi-là, les mots sont demeurés dans les tiroirs. Je restais épuisé, je fermais les yeux toutes les deux minutes, j'entendais de travers les rares paroles prononcées. Idem le vendredi, et le samedi à peu près entier, avec des maux de tête à se mordre le foie. Mais vers le soir, ce jour-là, j'ai senti gravillonner en moi, on me tirait vers la lucidité. J'ai parlé avec Antoine et compris qu'il prenait l'avion tous les deux jours depuis la bagarre dans le bureau d'Hartmann. Qu'Hartmann lui-même avait été généreux, pour reprendre le mot de mon pote. Il ne s'était rien passé, je n'avais dévasté ni ses meubles ni sa personne morale. Il ne s'était pas cru obligé, en conséquence, de me faire interner en urgence au cabanon. Il avait appelé Pierre-Henri Monnat, psychiatre réputé, pour une intervention d'urgence, lequel m'avait embarqué et, de sa propre autorité, m'avait plongé dans un sommeil artificiel mais ô combien nécessaire, point. Maureen était là depuis le début et ne bougerait pas avant la fin. Mais quelle fin, grands dieux ? Pierre-Henri partirait pour le Canada plus tard, quand je serais rétabli. Rétabli ? J'avais du mal à situer.

Le dimanche, je me suis levé, j'ai marché dans le jardin, j'ai même fumé une clope auprès du bassin pendant que Maureen jouait à deux pas avec la mouflette allongée sur un drap bleu. Le cerveau se remettait doucement dans ses formes anciennes. Le lundi soir, à Paris-Orly, Antoine a pris son avion, comme un connard d'ami sincère, pour venir me voir. Il avait dû conférer avec qui de droit, car il m'avait prévenu avant, au téléphone, qu'on devrait parler un peu.

Quand il est arrivé vers les neuf heures, j'étais plutôt reposé pour un petit vieux de cent cinq ans accomplis. Pierre-Henri s'octroyait un break, avec Reginald je crois, il avait annoncé qu'on ne le verrait pas de la nuit. Maureen avait couché la petite mouche et préparait quelque chose à manger. Elle m'avait fait promettre d'au moins goûter et, comme je n'avais plus la perfusion pour la pourvoyance, je ressentais pour la première fois depuis beau bail un début de semblant de faim.

On a englouti à trois une superbe salade composée. Mais interdiction d'avaler la moindre goutte, le drame. Là-dessus, Pierre-Henri m'avait dit de ne pas déconner, pas avec ce qu'il y avait dans la perfusion. Mais la perfusion s'était envolée et je demeurais un déconneur. J'ai laissé tomber le vin parce que Maureen et Antoine me gueulaient dessus à l'unisson, mais j'ai sifflé deux bières, dont une Chinoise glacée, un beau souvenir, l'un des mes derniers d'alcool. Puis Maureen s'est planquée quelque part, à croire qu'Antoine lui avait expliqué ce qui nous attendait, et on s'est réinstallés dans le jardin tous les deux. On était le 10 septembre et l'été desséchant rendait l'âme avec grâce, enfin, se changeant en copain émollient. Je respirais pour la première fois depuis ce jour funeste où Antoine était venu me secouer dans ma tanière. Je parle là de mes bronches, et d'elles seules, inutile de préciser, je pense. On était le 10 septembre au soir et Antoine De Bei a sorti sa pipe et son tabac de velours et de soie, et l'a allumée. Il réfléchissait, bien malin qui aurait pu lire en lui au travers de la fumée.

– Fred, il a fait au bout d'un moment, nous sommes dans une merde telle que je ne sais pas très bien par quoi commencer. J'y vais ?

– Vas-y.

– Bon, tu as buté un de leurs mecs, un certain Kebbour. On est d'accord ?

Je l'ai regardé les yeux ronds, car je ne voyais pas, pauvre couillon que j'étais, comment il avait dégotté son nom. Oui da, je me rappelais lui avoir décrit le mec et les coups de marteau, mais son nom ?

– On s'est bougés dans ton sommeil, qu'est-ce que tu crois. Monnat m'a montré la lettre de Marina, c'est pas plus compliqué. Donc, tu as tué ce connard, on est d'accord ?

– Oui.

Je me sentais un peu écrasé.

– Remarque, de ce côté-là, c'est à peu près propre, vu qu'il n'a toujours pas réapparu. Je pense qu'on peut le passer par pertes et profits.

Je crains de devoir dire qu'il souriait derrière sa pipe.

– Ce qui m'ennuie au-delà de tout, il a repris, c'est Mathieu. Je te fais un dessin ?

J'ai été près d'une violente crispation qui n'a pas pu lui échapper, je revoyais tout en couleurs. Jusqu'au moindre détail, jusqu'aux balles filant dans son crâne de tordu, et cette scène affreuse de la rencontre dans le jardin avec une jeune femme noire.

– Ils l'ont trouvé ?

– Devine. Si je t'en parle, mon Fred, c'est qu'il a été retrouvé, et putain, dans quel état ! Trois balles, mon salaud, qu'est-ce qui t'a pris ?

Qu'est-ce que j'aurais pu dire ? D'un côté, j'aurais bien nié. Pas pour tromper Antoine, plutôt pour ne pas le mêler à cette chierie. D'un autre, il savait déjà, il n'avait aucun doute, alors à quoi bon ?

– T'as parlé à Hartmann ?

– On a parlé. Je dois dire que ce mec n'est pas si mal. Il me déteste, mais pas toi, mon petit salaud de faux anar, il est clair qu'il t'adore. Je ne plaisante pas, Fred, il veut ton bien. Tu me crois, au moins ?

J'ai regardé dans la direction des poissons, je me foutais d'Hartmann et de ses mamours, je pensais à une belle, évaporée et disparue à jamais, mon sang se glaçait de nouveau, déjà.

– Bon, t'as pas l'air d'apprécier, il a ajouté. Pas grave, je continue. Je ne sais pas trop comment te présenter la suite, c'est délicat, Fred. T'es en état de penser un peu à la suite des événements ?

– Pas de problème, j'ai répondu contre toute évidence. Vide ton sac, Antoine, j'en ai marre.

Il a soupiré, avait l'air de se coltiner un sac trop lourd lui aussi.

– À partir de là, je ne suis plus tout à fait sûr de ce que je vais te dire. Hartmann est un renard du désert comme on n'en fait plus, c'est le spécialiste de l'allusion et de l'ellipse, de la litote et de la métaphore, un mec d'une prudence rarissime, je t'assure. En résumé, il n'a rien dit. Même si je voulais, je ne pourrais le coincer sur rien. Mais, si tu veux mon avis, il sait que tu as fait le coup. Les coups, même. C'est certain.

J'en étais sur le cul. Sur le cul. Hartmann savait ? Hartmann saurait et n'agirait pas ?

– Tu veux dire : Kebbour aussi ?

– Je veux dire : Kebbour aussi. Il a fait une incise transparente sur, je cite à peu près : « la surprenante disparition de Monsieur Kebbour » venant « après ou peut-être avant la mort si étrange de Monsieur Mathieu ».

– Mais c'est fou ! C'est n'importe quoi ! T'es pas censé être au courant ! Pourquoi Hartmann t'a-t-il parlé ? Ça ressemble à rien.

– Hélas, si, notre Florimond parlait en me regardant droit dans les yeux et en articulant le tout avec une lenteur de gastéropode. Le message était clair : je sais, je sais que vous savez, je veux que vous disiez à Tran que je sais.

– Et ? j'ai imploré, complètement paumé.

– Alors, il s'est lancé dans un discours de kabbaliste tarabiscoté comme j'en ai peu vu et entendu. Je ne peux que résumer ce que j'ai retenu, sans être tout à fait sûr. Tu me suis, Fred ?

Je ne suivais rien, pardi, il aurait fallu être plus tordu que je n'étais, mais j'ai laissé courir.

– Bon, Hartmann m'a demandé de te ramener à Paris. Au moins, c'était explicite. Pour le reste, il m'a laissé entendre qu'il s'arrangeait « avec les gens », je suppose qu'il voulait parler des services. Il aurait rencontré « des gens » à deux ou trois reprises ces derniers jours et aurait trouvé une manière d'arrangement. Il n'a pas utilisé ces mots-là, c'est ma traduction, Fred. Il te suggère, il *nous* suggère un deal que moi, ton avocat préféré, je te supplie d'accepter, parce que c'est inespéré, miraculeux, j'ai même du mal à le croire. Le deal, c'est que tu remontes à la capitale et que tu laisses courir. En échange, rien contre toi, pas de poursuites, pas de confrontation avec d'éventuels témoins, pas d'interrogatoire, rien. Le dossier Kebbour-Mathieu se referme tout seul, peu à peu, lentement mais sûrement.

Et là, il s'est arrêté, à moitié caché par un nouveau jet de fumée. Je pense et j'espère bien qu'il avait peur de ma réaction. J'étais surtout très abattu. Abattu, mais aussi écœuré.

– Hartmann achète ma tranquillité en même temps que la sienne. Ma liberté contre sa bonne conscience de mes deux, c'est le message, Antoine ?

– Je crois que tu ne comprends pas bien de quoi on parle, Fred. Si tu ne marches pas, bougre de taré, tu passes par la case prison et tu t'arrêtes dessus quinze ans ! Fred, merde, c'est pas le moment de blaguer. Fred !

Il gueulait. Il s'était mis debout, il avait posé sa pipe sur la table, et il gueulait. Je crois qu'il était paniqué, qu'il voulait que je me réveille, que je débarque sur terre, que j'atterrisse, que j'amerrisse, que je pose le pied, quoi. À cet instant, j'avais envie de lui mettre un pain, je le jure sur la tête de mon père mort, je le jure. Je voulais lui cogner la gueule, à Antoine De Bei. Maureen est arrivée à temps, elle avait entendu les cris, elle n'arrivait pas à croire qu'on en soit là, Antoine et moi. Elle s'est comme interposée, en disant juste trois ou quatre mots qui se sont dispersés au-dessus de nos têtes surchauffées. Je me suis calmé. Antoine, je ne sais, mais, quand elle est repartie vers la maison, on a par bonheur repris deux tons au-dessous.

– De toute façon, les services me feront la peau, tu le sais. Tu les vois accepter sans broncher qu'un gars comme moi flingue deux de leurs mecs ? Franchement, Antoine ?

Il a paru se rassembler, se recroqueviller puis se déployer, j'ai eu le sentiment physique qu'on était dans le dernier quart d'heure de son ultime plaidoirie. C'était beau, d'une certaine manière. Beau, dans un genre tragique.

– Bien. Je ne sais pas si on peut faire confiance à Hartmann, Fred. Plutôt, je ne sais pas jusqu'où on peut lui faire confiance. Il joue un jeu très coton, difficile et redoutable pour lui, sa carrière et sa réputation. Si on le gaule en train de te protéger, il est mort. Tu es d'accord ? On savait déjà depuis des années qu'il n'était pas comme les autres, il a enchaîné, eh bien, ça se confirme. Il m'a fait comprendre que tu avais l'immunité de ce côté-là aussi. Il m'a dit de te dire, écoute bien, Fred, j'ai l'impression que tous les mots sont importants.

Il a sorti un bout de papier de sa poche, l'a approché de la lampe à gaz qui sifflait dans la nuit et torchait au passage quelques papillons nocturnes.

– J'ai tout noté après être sorti de son bureau. Voilà exactement : « *Je crois à l'ordre autant qu'à la justice, pas plus, pas moins. Et s'attaquer à Monsieur Tran comme on s'est attaqué à Madame Marina Lourens serait un grand désordre et une terrible injustice. En conséquence, j'ai pris les dispositions nécessaires pour que Monsieur Tran conserve tous ses droits à la tranquillité. Aujourd'hui comme demain ou après-demain. Il y a une condition dont je ne suis pas maître, c'est que Monsieur Tran ne revienne pas dans les environs, et qu'il laisse les morts où ils sont.* » Voilà, Fred, pour moi, c'est clair : il les tient, en tout cas il leur interdit de s'attaquer à toi. Ça durera ce que ça durera, mais je pense que c'est beaucoup mieux que rien du tout. Fred ?

Une clope achevait sa courte vie contre mon nez. Des choses cassantes comme le verre et dures comme le fer bousillaient mon cœur. Je n'ai pas répondu, le vrai malheur est une machine qui tue les idées et les mots. Je suis allé m'asseoir près des poissons, Dieu que la vie me semblait moche. J'ai fumé là d'autres clopes, je sais qu'Antoine est venu deux ou trois fois me dire de rentrer, que Maureen est passée me serrer contre elle sans parler, je sais que la nuit a grignoté lentement la nuit. À la fin, je suis rentré seul dans la maison, abîmé, malade de tout et de tous.

Le lendemain, quand je suis sorti des précipices du sommeil, Antoine était reparti à Paris. Maureen m'attendait dans la cuisine de Pierre-Henri, en compagnie d'Angelica Bardini, autour d'un café. Angelica m'a lancé son regard qui tue ou ressuscite, selon, et je dois reconnaître qu'elle a réussi son coup comme chaque fois, j'en tremblais. Je l'ai embrassée, j'ai bu du café, encore du café, je ne voyais pas quoi faire d'autre. L'éternelle boisson noire donnait une contenance en attendant mieux. Maureen s'est ensuite excusée, car Charwa commandait une action rapide et immédiate de réconfort, on entendait depuis l'étage des petits cris de famine.

Je me suis retrouvé face à Angelica, seul à seul, son bras droit posé sur la table au milieu des tasses, à vingt centimètres de mon torse. Merde, je ne veux pas me répéter une fois de plus, mais cette femme avait un fluide. Elle ne disait rien mais me tenait déjà. Je n'attendais qu'une chose : me jeter la tête la première contre son poitrail, sentir son corps de marsouin, de grand animal mythologique. Mais qui peut croire de telles fadaises ?

En relevant la tête, j'ai eu un choc : Angelica pleurait en silence, sans larme. J'ai tendu deux doigts, je ne savais pas quoi faire, je ne savais même pas s'il fallait. Mais elle, oui. Elle a eu un grand mouvement invisible, disons un sursaut immobile, on sentait l'effort. Et elle s'est mise à parler.

– Mon petit Frédéric, je vous aime, vous savez. Je me permets de parler pour des raisons que vous devinez et d'autres que vous découvrirez peut-être. En tout cas, ce n'est pas pour vous prendre, c'est pour donner. Je vous aime, et je ne veux pas que vous partiez maintenant. Que vous sortiez de la vie, si vous voulez. Je veux que vous viviez, Frédéric, il est nécessaire et beau que des gens comme vous vivent encore un peu. Je vous le dis, je vous le répéterai tant que vous n'aurez pas entendu : il faut que vous rentriez à Paris. Vous devez rentrer au plus vite chez vous, Frédéric. Là-bas, là-haut, peu importe. Il faut partir. Je ne veux pas de votre mort.

Je puis assurer que je n'ai pas marché à la baguette. J'ai parlé de Marina ma douce, de sa Louise chérie, j'ai parlé violence et haine, et de la mort bienfaisante, définitive et délicieuse. J'ai même parlé d'Hartmann et d'une femme noire tremblant dans l'aube proche.

J'ai résisté comme j'ai pu, amoindri, diminué des trois quarts et des quatre cinquièmes, mais elle a emporté la partie. C'est certain, c'était écrit, il fallait se soumettre. La volonté d'Angelica Bardini était aussi enracinée qu'un chêne millénaire et je n'étais que flûtiau, plantain, herbe folle cramée par cet impossible été.

J'ai cédé comme casse une pièce mécanique, d'un seul coup d'un seul. J'ai dit oui, elle m'a embrassé en me prenant dans ses bras forts et lourds, pas sur la bouche cette fois. Oh non, sur la tête et le front, sur le cheveu moribond, sur les joues.

Ayant cédé, Angelica étant repartie chez elle voir son Ange, j'ai voulu qu'on aille vite, j'ai souhaité qu'on s'active, qu'on ne traîne pas, qu'on s'envole. Maureen a compris, admis du moins cette soudaine accélération et, à quatre heures de l'après-midi de ce jour enfui, on était dans le taxi, elles deux, Charwa et sa mère, et moi.

On est allés saluer et embrasser ce frère de combat, ce frère impeccable, ce doux personnage appelé Pierre-Henri Monnat. Il était atteint, il garderait probablement cet affaissement des traits par quoi se manifestent l'angoisse, la peur et le dégoût du monde. Je suis resté un petit quart d'heure en tête-à-tête, Maureen l'avait proposé et elle avait raison, comme toujours. Je lui ai dit quelques-uns des mots les plus intenses que je possède. Lui, il était ému aux larmes. On se comprenait. Pierre-Henri.

Ensuite, on a récupéré un second taxi qui nous a menés à l'aéroport, il était cinq heures et demie, l'avion pour Paris décollait une heure plus tard. J'aurais dû être tendu mais j'étais à plat. Heureusement, Charwa crée la joie comme d'autres respirent, au même rythme, je veux dire, et j'ai passé deux bons quarts d'heure avec elle dans les bras, sous les yeux de Maureen qui ne me quittait d'un pouce. Avait-elle peur que je me sauve ? Bien possible.

Alors qu'on était déjà en salle d'embarquement, je me suis approché d'un téléphone comme d'un ennemi juré et j'ai appelé Hartmann. Il aurait pu ne pas être là, ou là sans l'être, occupé à lire ou rédiger, à engueuler un sous-fifre, à triturer un suspect, ou ne pas vouloir me prendre, mais non. En une seconde, guère plus en tout cas, Florimond Hartmann a dit dans le combiné :

– *Monsieur Tran ?*

– Je pars, Hartmann, je prends l'avion. Je voulais…

À ce moment, qui n'était pas bien choisi, ma voix s'est cassée en deux morceaux, je ne trouvais pas la colle des mots.

– *Vous vouliez ?* m'a aidé Hartmann.

– Je voulais vous dire merci.

Et là-dessus, j'ai raccroché. Et là-dessus on nous a appelés faire les zouaves dans les airs. Vingt-cinq minutes plus tard, l'avion a décollé et cette histoire a été terminée. Terminée ? À bien y réfléchir, je n'en suis pas convaincu.

DÉJÀ PARUS CHEZ FAYARD NOIR

ÉDITIONS ORIGINALES

Jean-Philippe Arrou-Vignod, *Ferreira revient*
Brigitte Aubert, *Nuits noires*
François Barcelo, *Les Chroniques de Saint-Placide de-Ramsay*
Noël Balen, *Les Fleurs du bal*
Alain Brezault, *La Noce des Blancs cassés*
Ken Bruen, *En effeuillant Baudelaire*
Ken Bruen, *Hackman Blues*
Ken Bruen, *London Boulevard*
Ken Bruen, *Rilke au noir* suivi de *Dernier Appel à Louis MacNeice*
François Caradec, *Le Doigt coupé de la rue du Bison*
James Crumley, *Folie douce*
Jean-Louis Debré, *Quand les brochets font courir les carpes*
Alain Demouzon, *Agence Melchior*
Alain Demouzon, *Un amour de Melchior*
Rolo Diez, *Éclipse de lune*
Roberto Drummond, *Sang de Coca-Cola*
James Durham, *Delta Queen*
Dominique Forma, *Skeud*
Tom Grimes, *Mémoires sous médocs*
Pierre Hanot, *Les Clous du fakir*
Joseph Incardona, *Remington*

Russell James, *Peindre au noir*
Moussa Konaté, *L'Empreinte du renard*
Moussa Konaté, *La Malédiction du Lamantin*
Carlo Lucarelli, *Enquête interdite*
Sam Millar, *Poussière tu seras*
Eddie Muller, *Mister Boxe*
Eddie Muller, *Shadow Boxer*
Philippe Paringaux, *Blues blanc*
Chantal Pelletier, *L'Enfer des anges*
Chantal Pelletier, *Noir Caméra !*
Chris Petit, *Le Tueur aux Psaumes*
Scott Phillips, *Cottonwood*
Jean-Bernard Pouy, *Nus* (Grand prix de l'Humour noir 2008)
Jean-Bernard Pouy, *La Récup'*
Anne Secret, *L'Escorte*
Romain Slocombe, *La Crucifixion en jaune IV : Regrets d'hiver*
Romain Slocombe, *L'Océan de la stérilité I : Lolita complex*
Tito Topin, *Bentch & Cie*
Tito Topin, *Bentch blues*
Tito Topin, *Cool, Bentch* !
Georgui et Arkadi Vaïner, *38, rue Petrovka*
Eric Miles Williamson, *Noir béton*
Don Winslow, *La Griffe du chien*

Rééditions

Frédéric Dard, alias Max Beeting, *On demande un cadavre*

Frédéric Dard, alias Wel Norton, *Monsieur 34*

Frédéric Dard, alias Frédéric Charles, *La Main morte*

Frédéric Dard, alias F. D. Ricard, *Le Mystère du cube blanc*

Frédéric Dard, alias Frédéric Charles, *Vengeance !*

Frédéric Dard, alias Frédéric Charles, *La Grande Friture*

Frédéric Dard, alias Max Beeting, *La Mort silencieuse*

Frédéric Dard, alias Verne Goody, *Vingt-huit minutes d'angoisse*

Frédéric Dard, alias Cornel Milk, *Le Tueur aux gants blancs*

Frédéric Dard, alias Cornel Milk, *Le Disque mystérieux*, suivi de *L'Assassinat du somnambule*

Alain Demouzon, *Le Premier-né d'Égypte*

Alain Demouzon, *Mouche*

Alain Demouzon, *Un coup pourri*

Alain Demouzon, *Le Retour de Luis*

Alain Demouzon, *La Pêche au vif*

Alain Demouzon, *Mes crimes imparfaits*

Composition par Asiatype

Cet ouvrage a été achevé d'imprimer sur Roto-Page
par l'Imprimerie Floch à Mayenne en mai 2009.
Dépôt légal : mai 2009. N° d'impression : 73909.
35-17-3933-5/01
Imprimé en France

« Pour l'éditeur, le principe est d'utiliser des papiers composés de fibres naturelles, renouvelables, recyclables et fabriquées à partir de bois issus de forêts qui adoptent un système d'aménagement durable.

En outre, l'éditeur attend de ses fournisseurs de papier qu'ils s'inscrivent dans une démarche de certification environnementale reconnue. »